gregormaria**hoff**

Nebel, am Ende

D1666534

gregormaria**hoff**

Nebel, am Ende

Kriminalroman

Für
Marcus.
Noch immer

1

Kein hinten, kein vorne. Wo Jacob sein müsste, wischt Nebel ums Eck. Ein zäher Atem, feuchte Stellen wie die, an denen Barth sterben dürfte. Aber *dürfen* ist kaum der richtige Ausdruck für den alten Kommissar, der vom Pastorat aus wie blind über Land schaut, Richtung Friedhof, wo Jacobs manifester Umriss eben verschwunden ist. Oder irrt er sich? Dichter Dunst schnürt sich um Kirche, Haus, Straße, diese Spielzeugwelt. Es beunruhigt Barth, dass sich sein Freund wie ein zu dicker Tramp unter die dubiosen Schwebeteilchen mischt. Auf diesen Novemberwolken reitet jedenfalls nicht der Messias, den der letzte Priester eines unbekannt verzogenen Gottes erwartet. Der pensionierte Pfarrer von Dornbusch wackelt seit einiger Zeit bedenklich, findet Barth. Passt ins Gelände. Hinter der Bruchkante des nebligen niederrheinischen Horizonts hört nicht nur Gott auf. Umso trauriger, denkt Barth geradeaus und selbst reichlich müde. Für den Kommissar ist Jacob der Vollstrecker seines römischen Kultes. Restseelenverwalter nennt M ihn mit seinen lebenslangen Grundkenntnissen über den bauchfesten Pastor Beerwein. Der biegt um seine eigenen Ecken. Geht in seinem ganz persönlichen Nebel verloren. Wie dieses Nest und die, die noch geblieben sind. Hier geht es nur ums Sterben. Deswegen ist Barth gekommen. Der Kommissar hustet seinen Befund, tröpfchenweise. An der Fensterscheibe perlt ab, woran er denken musste. Auf mattem Glas zeichnen sich die Spuren seines Innenlebens ab, maligne Schemen.

Am Eingang zum Friedhof versammeln sich die Aerosole

dieses viel zu frühen Morgens. Sechs Uhr ist keine Zeit für Barth. War es nie. Aber der Freund, der ihn aufgenommen hat, verlässt um diese Zeit das Haus. Seit Jacob sich einmal verlaufen hat, mitten im Sommer, bei klarer Sicht, zerrt den lungenschwachen Kommissar etwas aus dem Schlaf, an das er nicht glauben will. Statt Ruhe zu finden, diesen Vorgeschmack auf das, wonach nichts mehr schmeckt, macht Sorge eine Faust in ihm. Sorge um einen Menschen. Das kennt Barth nicht mehr. Hat er sich abgewöhnt. Stattdessen löste er Fälle. Nur den einen nicht. Und den löst niemand.

Barth wischt sich durchs Gesicht. Ein Tropfen tanzt eine Nasenlänge herab. Vor ihm nichts als dampfige Kälte, die ihn aus millionenvielen feuchten Augen beobachtet. Lassen sich nach Maßstäben errechnen, deren Einheiten Barth nicht kennt. Physik war nie seine Sache. Sie fördert Zahlen zutage, die an Formeln erinnern, aus denen sich Diagnosen ergeben. Er hustet. Hustet die bissige Farbe, die kein Spektrum verzeichnet. Seine Farbe. Sie schüttelt ihn durch und hinterlässt auf schlichtem Zellstoff, was kein Bild fasst. Er kann sich sehen, besser als in jedem Spiegel. Dahinter liegt die Welt, Jacobs Welt und die seines Gottes, die der Freund jeden Morgen, jeden Abend auf dem Friedhof besucht.

Da liegt Raven Richards. Er benötigt keinen Grabstein. Fliegt nicht mehr davon. Kein Traum entkommt unter der soliden Schicht Hass, die ihn hierhingebracht hat. Die, die ihn so lange geschlagen haben, dass sogar der Tod zu spät kam, liegen in Spuckweite. Ausgerechnet hier. Bestattet mit juristischem Aufschub. Man hatte sie obduziert und wochenlang in den kühlen Registern der Gerichtsmedizin aufbewahrt. Den Titel hat sich das Institut verdient, findet Barth. Den lässt er gerne über den Zungenabsatz rollen: *Gerichtsmedizin*. In dem Wort steckt alles, was es braucht, auch ein Priester. Der aber hatte die beiden Täter auf ihrem letzten Weg begleitet, nachdem sie sich totgefahren hatten oder totgefahren werden mussten. Was bleibt, sind zwei datenlose Namen, auf eine Platte graviert, die nicht schwer genug sein kann, denkt Barth. Wer ans Beten nicht glaubt, braucht Tote nicht zu verfluchen. Nützt nichts. Aber weil er sie zur Hölle wünscht, argwöhnt der Kommissar, dass vielleicht doch etwas anämisch in ihm dahinglaubt …

Am Tag der Beisetzung der beiden Totschläger – *Beisetzung*, noch so ein Ausdruck – lag Barth im Krankenhaus. Anders als er Jacob erzählt hatte, ging es nicht um seine Mandeln. Er tastet, vor dem Fenster aus Nebel, als wolle er sich versichern, noch da zu sein, nach dem Schnitt, der auf der Karte seines aufgeschwemmten Körpers eine Hauptstadt gegründet hat. Ein ausgeleiertes Unterhemd und ein grober Pullover mit Zickzackmuster ziehen ihren textilen Vorhang über die aufgeraute Landschaft. Da ist nichts schön. War es auch nie.

Ein entschlossener Thoraxchirurg hatte den Kommissar darauf hingewiesen, eine Entfernung des linken Lungenflügels sei alternativlos. Barth hatte in ein von Tränensäcken umstelltes Augenpaar geblickt und die Alternative gesehen. Also hatte er den abgespannten Mann schneiden lassen. Offene Lobektomie. Alles hing, wenn er richtig verstanden hatte, an der Funktionsfähigkeit von Drainagen, an Entzündungswerten und vorher an der ruhigen Hand eines Menschen, der mehr schlafen müsste und den Barth vielleicht einem Drogentest hätte unterziehen sollen. Augen mit arg erweiterten Pupillen verfolgten ihn in seinen narkotischen Schlaf. Immerhin schafften es bis zu vier Prozent der Patienten nicht. Barth schloss im Wegdämmern keine Wetten mehr ab, weil er nicht wusste worauf …

Im Spital zum Heiligen Geist hatte Barth anschließend mindestens einen Morphiumtag verschlafen. Auf Tod und Leben. Irgendwann stand sein Chirurg wieder vor ihm. Der sah nicht aus, als habe er seine Instrumente seit dem rabiaten Eingriff aus der Hand gelegt. Aber das konnte auch an Barth liegen, benommen von feinsinnigen Opiaten. Dostojewski hatte sich mal ohne Betäubung operieren lassen, meinte Barth irgendwo gelesen zu haben. Für ihn reichte das schon.

„Na? Wieder wach?"

Barth hatte sich bemüht, auf der nach oben offenen Schmerzskala von Stufe 9 aus zu lächeln. Jeder Atemzug brannte höllisch.

„Gut gelaufen, was? Wenn Sie wollen, können Sie sich nachher den Film von unserer kleinen Kampagne reinziehen. Gab ein paar echt aufregende Momente."

Hinter vorgehaltener Hand:

„Ich sag Ihnen was, die OP-Schwester, die zwischendurch rauslief, hat nicht gekotzt, weil sie schwanger ist."

Barth starrte in die Richtung, aus der dieses Grinsen kam. Er träumte, dass er träumte. Oder schlief. Eine präzise Erinnerung hat er bis heute nicht, nur den sicheren Eindruck, dass er seine Kollegen einmal auf diesen Doktor Sonnenschein ansetzen sollte, um sich dessen Letalitätsrate vorzunehmen …

„Bin ganz zufrieden. Hätte schlechter laufen können. Ja, dieser Reißverschluss ist am Anfang was unbequem."

Der Arzt tippte allen Ernstes auf den relevanten Frontverlauf.

„Sie bleiben noch eine Woche oder so. Dann ab durch die Mitte. Gönnen Sie sich was. Sind doch jetzt Rentner, oder? Lassen Sie mich mal sehen. Akte!"

Der Kerl dehnte nicht nur das letzte Wort. Barth überlegte, ob er um Schlaf betteln sollte.

„Mal unter uns."

Schon wieder hinter vorgehaltener Hand. War der Typ echt? Barth würde die Schwestern fragen, später.

„Von wegen *minimalinvasiv* oder so – da hätten wir beide keinen Spaß dran gehabt."

Doktor Sonnenschein klopfte Barth auf die Schulter, gönnerhaft, vermutlich aber auf Chirurgenspeed. Barth zuckte zusammen. Das half nicht.

„Schwester, unser Kommissar macht einen etwas empfindlichen Eindruck, nicht wahr? Haben Sie was Passendes im Sortiment?"

Die beiden Krankenschwestern ließen sich nicht aus der Ruhe bringen. Sie schienen die Nummer zu kennen.

„Fentanyl?"

„Na, nicht so zimperlich. Da können wir doch noch ganz andere Sachen."

Der Chef spritzte selbst. Später fragte sich Barth, ob er das alles nur halluziniert hatte. Doch seitdem teilt den Kommissar eine aufgeworfene Grenze aus schlecht verheilendem Narbengewebe in zwei Teile. Eine makabre Tätowierung, findet Barth jedes Mal, wenn er sie beschauen muss. Meist verzichtet er darauf. Sie nässt.

Barth schüttelt sich, seinen Kopf, den er wie schweres Gerät aus der Klinik mitgebracht hat. Die Wunde hat lange geschmerzt, ein eitriger Grenzstreifen. Das Gehen lernte er schrittweise, nach vorne gebeugt wie mit einem virtuellen Rollator. Seinen ersten Spaziergang schaffte er gerade einmal zum Dornbuscher Friedhof. Nass geschwitzt, musste er noch vor der Kirche auf der Parkbank eine Pause einlegen.

Inzwischen dehnt er seine Runden bis an den Rand von Broiers Bruch aus und bis zum Rennekoven, vorbei an der Fabrik des alten Ceysers, die Kindheitserinnerungen weckt. Das Pastorat ist aus denselben Backsteinen gebaut, genauso wie die finstere Justizvollzugsanstalt, keine dreißig Autominuten entfernt. Da sitzt eine Frau, die für Gerechtigkeit Tage auf ein Konto einzahlt, von dem niemand etwas abhebt. Das keine Zinsen bringt. Aber das ist eine andere Geschichte, eine, die für Barth nicht mehr zu dieser Welt gehört. Der Kommissar in Barth muss grinsen, dass ihn ausgerechnet ein Priester auf die Wahrheit brachte, der in diesem Moment im Nebel verschwindet.

2

„Hättest Du Dir nicht träumen lassen, Bulle, oder?"
Melchior von gegenüber, gegenüber von allem, hatte
eine Flasche Malt geöffnet, als Barth ins Pastorat gezogen
war. Das ist jetzt vier Monate und einen Freitag her. Sie
tranken behutsam an diesem ersten Abend: Melchior in seinem futuristischen Rollstuhl wie in einem Cockpit, Jacob
schläfrig in seinem Korbschaukelstuhl, Barth in einem
Lehnsessel mit Fußstück, trotz sommerlicher Temperaturen
in eine leichte Decke geschlagen.

„Ich meine, dass ein Pfaffe Deine Fälle löst."

„Singular, Melchior. Einzahl."

Barth war angeschlagen, aber nicht langsam. Am liebsten
hätte er hinzugefügt: *Einzahl wie Einfalt, himmlische.* Aber
das überlässt er Jacob.

„Was weißt Du über Träume? Du bewohnst tote Gedanken, dachte ich immer."

„Und er verdient nicht schlecht dran."

Ein Geräusch wie Mäuse in einer Regentonne. Zwischen
Kratzen und Ersaufen. Jacob Beerwein konnte husten und
gleichzeitig heiser lachen. Das hatte Barth auf einem Opera-
tionstisch verlernt. Ein einfacher Sommertag erschöpfte ihn
seitdem. Die Sonne würde noch eine Stunde brauchen, bis
sie den Kommissar in den traumlosen Schlaf entließ, den
ihm zwei Pillen gestatteten. Er schaute auf Melchiors sehni-
gen Körper. Der hatte andere Dinge verlernt und war darüber zum Millionär geworden. Auf so eine Idee musste man
erst einmal kommen: einen virtuellen Friedhof anlegen und
eine Welt bewirtschaften, die es nicht gibt. Eigentlich. Ein

mildes Lächeln traf den Kommissar von der Seite: Jacob. Oder hatte er sich das nur eingebildet? Seit der seinen letzten Fall gelöst hatte, traute Barth diesem Kerl mit dem Gebetskopf so einiges zu. Auch dass er seine Gedanken las.

„Neid. Purer Neid."

M nahm Fahrt auf, mühelos vom ersten in den dritten Gang.

„Ich kapitalisiere das, woraus unser frommer Hinterweltler seine Existenz bestreitet."

„Von nix kommt nix."

Jacob, mit einem Gesicht, aus dem man keine Brille nach unten ziehen musste. Melchior schnaubte.

„Metaphysik als Suppenwürfelformel, was?"

So viel Zorn, nur aus Spiel, hatte der Kommissar gedacht. Ob sie sich ihre Empörung glaubten? Normalerweise hätte Jacob gekontert, vermutlich so, wie Barth seine Akten schloss. Aber Jacob Beerwein hatte sich in den vergangenen Monaten ein Lächeln angewöhnt, das dem Kommissar zunehmend milder erschien. Ein nachsichtiger Muskel bildete eine Linie, die an Jacobs rechtem Mundwinkel Halt machte. Eine maliziöse Verlängerung wäre Barth lieber gewesen. Und wohl auch M. Ein Gedanke aus entspiegeltem Glas stand zwischen den beiden, während sie den Priester wie bei einem Verhör beobachteten: Da stahl sich einer weg. Kam abhanden.

So saßen sie also. Zu dritt. Sitzen, wie man einsitzt. Die beiden lebenslangen Freunde, der katholische Priester und der Friedhofswärter, der sein Leben im Rollstuhl führt. Dazu er, der Kommissar, der den letzten Fall seines Lebens an einen Priester verloren hat. Sie spielen kein Spiel, diese drei. Keins mit Regeln. Außer dass sie sich beobachten. Wer zuerst verloren geht.

3

Barths Husten löst die Erinnerung auf, einen Gedanken von der Farbe des Nebels, der Dornbusch seit gestern aus der Richtung des großen Abgrunds entgegentreibt. Eine ungreifbare Wand. Dahinter, immer nur einen Schritt entfernt, öffnet sich das schwarze Loch, das *Tiefbraun* gräbt. Die Bagger warten auf Sichtweite von *Broiers Bruch* wie eine Armee auf den finalen Angriff. Wie weit man sehen kann, fragt sich der Kommissar, ohne Nebel? Auf flachem Land mögen es vier, fünf Kilometer sein. Aber Barth ist klein. Das gibt einen Abzug.

„Vermutlich graben sie, bis sie unten wieder rauskommen", hatte Jacob einmal gekräht und dazu getrunken, was ihm M vorsetzte: einen schlimmen Whiskey, torfig, beinahe selbst schon kohlig. Barth beteiligte sich zurückhaltend, ein schweigsamer Trinker. Er hatte seine Wohnung verloren, während er länger in der Klinik bleiben musste als erwartet.

„Wie kann man seine Wohnung verlieren?", hatte ihn Jacob gefragt, bei seinem letzten Besuch im Krankenhaus. Warum er abends kam, blieb sein Geheimnis.

„Hmm … Wüsste ich auch gerne. Muss da was übersehen haben."

„Übersehen?"

„Papiere."

Das klang auch für Barth eher wie eine Frage.

„Was für Papiere?"

„Ich habe nicht mehr alle Post aufgemacht. Wozu auch?"

Eine Krankenschwester unterbrach sie, ein wuchtiges Lächeln, dazu eine Tagesschausprecherinnenstimme.

„Ich bringe Ihnen Ihre Dosis für die Nacht. Wünsche lässige Träume. Kann ich sonst noch etwas für Sie tun?"

„Vielen Dank. Darum kümmert sich der Herr Pfarrer."

„Ach. Wirklich?"

Das Lächeln drehte noch eine Runde, haftete etwas ungläubig auf dem älteren Herrn mit Kreuzbesatz am Revers und zog sich dann in seinen Alltag von Bettpfannen und Desinfektionsmitteln zurück.

„Klingt nach *Tiefbraun.*"

„Bitte?"

„Na, Deine Wohnungsauflösung."

„Sie heißt übrigens Belinda."

„Wirklich?"

Jacob Beerwein ließ sich nicht leicht beeindrucken. Oder ablenken.

„Tja. Hinter *Broiers Bruch* haben sie alles weggemacht. Ich dachte, ehrlich gesagt, dass mir das egal sein könnte ..."

Jacob hatte ein wenig nach letzter Ölung ausgesehen, fand Barth, wie er da so hockte, eine Aktentasche an der Seite, aus der er nichts holte. Vielleicht wartete er bloß auf den richtigen Augenblick? Was brauchte man so, um jemand auf den letzten Weg zu schicken? *Viaticum* – hieß das nicht so? Barths katholische Vergangenheit war lange vergangen. Aber statt ihn zu versehen, hatte Jacob nach den Plänen des Kommissars gefragt.

„Muss mir was suchen. Bleibt mir wohl nichts Anderes übrig. Was für den Übergang."

Das Wort hatte Anker geworfen. Der eine schaute den anderen an. Eine Hand zitterte, eine von beiden Männern.

Jacob rutschte auf seinem Besucherstuhl weiter nach vorne, fast an den Rand, und beugte sich zum Kommissar.

„Dann würde ich vorschlagen, dass Du die Reste Deiner Zelte bei mir aufschlägst. Das Gästezimmer ist frei. Musst aber Treppen steigen. Meinst Du, das schafft Bruder Leib?"

„Sollte gehen. Braucht halt alles was länger."

„Wie viel länger hast Du denn Zeit?"

Jacob blinzelte, etwas verlegen. Dabei hätte es Barth unangenehm sein müssen, dachte der.

„Der pneumologische Aufschneider hat nach der OP einen lungenfreundlichen Sommer und einen vergleichsweise milden Herbst in Aussicht gestellt. Vom Winter war keine Rede."

Erst nickte der Priester, dann der Kommissar, beide in dieselbe Richtung, von oben nach unten. Den vergangenen Winter vergessen beide nicht mehr.

Barth hat nach Annas Tod zu rauchen begonnen. Nicht aus Lust. Es handelte sich um eine Maßnahme. Jede Zigarette eine Erinnerung an den ersten Tag ohne seine Frau. Ein morbides Versprechen. Sein Körper hat es gehalten. Barth hadert nicht. Keine weiteren Fragen.

„Na dann."

Sie hatten keinen Vertrag aufgesetzt, sich nur die Hände gereicht. Wie lange kannten sie sich jetzt schon? Wer von ihnen hätte in der Schulzeit gedacht, dass es so mit ihnen beiden ausging?

Barth bezog das Pastorat in der ersten Juliwoche. Das letzte Mal war er hier im Schnee angekommen. Dezember klang nie nach Zukunft, fand Barth. *Tiefbraun* hatte ihm einige zwangsgeräumte Umzugskartons zugestellt. Die Zweizimmerwohnung des Kommissars gab nicht viel mehr her. Das meiste aus mehr als dreißig Jahren kam auf den Sperrmüll. Annas *Viaggio* verstaute er in einem eigenen Schrankfach, sorgsam in Packpapier geschlagen, gegen jeden Staub geschützt. Bis auf einen Koffer mit dem Notwendigsten sowie zwei Anzügen zum alltäglichen Gebrauch hat Jacob alles im Keller eingelagert. Die leichte Sommerkleidung hat er bereits austauschen müssen, und auch der Herbst wechselt allmählich in Winter.

Das Gästezimmer fand und findet Barth durchaus wohnlich. Ein solides Lager. Über den Boden zieht sich ein Sisalteppich. Hintergründiger Hanfgeruch liegt in der Luft. Die beiden Regale hat er mit Büchern belegt. Eher vollgestopft. Den Schreibtisch haben sie gemeinsam zur Straßenseite verschoben, mit Blick auf Melchiors Schulhaus. Barth braucht ihn ohnehin nicht. Seitlich, am Gardinenansatz mit weinrotem Wurf, behauptet ein aufgepolsterter Lesesessel von Jacobs Vater den Raum. Auf dem Beistelltisch hat jemand eine Schachpartie eröffnet. Eine Stehlampe mit beigem Schirm wirft matt-warmes Licht. Gegenüber auf der Kommode verstaubt Barths antiker Bildröhrenfernseher. Aber Barth liest lieber. Den alten Fontane bevorzugt. Beruhigt ungemein, dieser gelassene Ton. Barth hat sich einen herbstlichen Zyklus geschaffen. Erst *Vor dem Sturm*, dann den *Stechlin*. Den hält er ein, wie Jacob Beerwein sein Stundengebet verrichtet. An der Wand hängt die Welt, die er für seine letzten Ferien bezogen hat: St. Thomas im Schnee. Melancholische Farben. Barth überlegt seit seinem Einzug, ob Jacob dieses Zimmer eigens für ihn eingerichtet hat. Nur das Pflegebett irritiert ihn.

So leben sie, zu zweit. Mit M gegenüber. Essen aus Dosen, meist kalte Küche. Manchmal kocht Melchior. Sonntags, nach der Messe. Barth hat sich angewöhnt, die letzte Reihe zu besetzen. Zuzuschauen. Abzuwarten. Er hat wenig mehr zu tun. Außerdem findet er, dass er das Jacob schuldig sei. Er hat ihm Asyl gegeben. Sofern man dem Tod Asyl gewähren kann.

Das hatte der Kommissar erwähnt, an ihrem ersten gemeinsamen Abend, lakonisch, nebenbei. Der Gedanke schien Melchior zu beschäftigen. Er neigte den Kopf zur Seite, brummte etwas, schwenkte sein Glas abwägend hin und her. Mit dem dritten Whiskey hatte er Barths Einfall in die Waage gebracht.

„Na ja, dem Tod kann man das Aufenthaltsrecht kaum abschlagen, oder?"

Für einen Augenblick stand das Destillat still. Bernsteingleichgewicht der Zeit. Dann platzte Jacob der Priesterkragen, flüsternd:

„Du bist ein Arschloch, Melchior, das weißt Du schon?"

Der bewegte sein Glas, wie man einen Einwand erwägt.

„Wenn ich es jemals vergessen sollte, wird mich Deine Visage daran erinnern, mein Lieber."

„Ich fürchte, M hat Recht, Jacob. Schließlich ziehe ich auf ewig ein."

Barths Blick ging auf Melchiors Rechner.

„Auch eine Form von Gerechtigkeit."

Barth überlegte, was Jacob damit sagen wollte. Manchmal kam ihm der Priester wie ein Orakel vor. Der Satz half nicht weiter. Schon weil der Kommissar nicht jede Akte hatte schließen können, bevor er in den Ruhestand verabschiedet worden war. Irgendwo verwahrte er das Schreiben des Polizeipräsidenten und einen Pensionsbescheid, an den er nicht glauben konnte. Ziffern mit Berechnungen seiner Zukunft. Algorithmen wie die, aus denen M seinen Friedhof errechnete. Für Jacobs Gott war da kein Platz.

Da saßen sie also, drei Gespenster, bevor der große Nebel ausbrach, in dem sich an diesem Morgen, wieder ein Freitag, mehr als nur die Konturen des Freundes verlieren, dem Kommissar Barth jetzt so angestrengt wie erfolglos hinterherschaut. Jacob wird sich verlaufen. In diesem Nebel.

Das kann Barth nicht zulassen, und er kann es nicht verhindern. Also steht er auf, wie man einen Schluss zieht. Er hustet sich nach unten, durch das holzknarrende Treppenhaus, greift den Lodenmantel, der nach Kommissar riecht, und streift ihn über, während er das Pastorat verlässt, eine Taschenlampe in der Hand. Gegenüber, auf Ms Seite der Welt, keine Bewegung, nichts.

4

Als die Tür ins Schloss fällt, fühlt sich Barth einen Moment ausgesperrt. Nebelschwaden rücken bedrohlich an ihn heran: stickstoffförmige Phantasmen, Geister selbstverständlich. Barth glaubt an Erinnerungen. Seine Taschenlampe bestreicht ein eng umgrenztes Sichtfeld. Der Kommissar ist nicht ängstlich. Er musste zwar niemals in seiner Laufbahn die Dienstwaffe abfeuern, aber handgreiflich konnte es gelegentlich schon zugehen. Man unterschätzte ihn wegen seiner Körpergröße und seines mächtigen Bauchumfangs. Doch er war früher ein kompakter Kämpfer, wenn es darauf ankam, und er hatte solche Situationen nicht gescheut. Seine Ängste bewahrt er in den Schubfächern einer Vergangenheit auf, die er fest verschlossen hält. Doch die kühlen Dämpfe, die ihn nun einschließen, sind aus düsteren Archetypen gemacht. Sie verdichten sich zu Gestalten mit verwegenen Fratzen. Sie schleichen die Landstraße entlang, die zweihundert Meter hinter St. Thomas eine Tangente zur nächsten Ortschaft bildet und quer durch Maashaft führt, um am anderen Ende des Nebels eine Grenze zu passieren. Dass kein Laut von irgendwoher durchdringt, kein Licht einen Punkt in der Landschaft setzt, vermittelt Barth ein Gefühl, wie man einen Weltuntergang überlebt. Als Einziger. Vor ihm tanzen Gase. Von Jacob keine Spur. Nur graue Steppe aus übersättigter Atmosphäre. Barth überlegt, ob er sich seinen Regenschirm holen soll, um sich Tastsicherheit zu verschaffen. Aber bei dem Gedanken, auf diese Weise im Trüben zu fischen, entschließt er sich zu einigen kompromisslosen Schritten nach vorne. Er stößt auf keinen Widerstand. Sein Orientierungssinn funktioniert auch mit einem Lungenflügel: Er erreicht die Dorfstraße und wendet sich nach rechts. Um diese Zeit fährt hier niemand, aber ein Wagen würde ihn wohl frontal erwischen. Hinter Melchiors Schulhaus franst eine Rotbuchenhecke bis zur schmalen Kreuzung aus. Dort muss er sich links halten. Das klappt. Allerdings tut ihm dieses Sauerstoffgemisch nicht gut. Ein elender Hustenreiz gibt Laut. Für einen Augenblick meint Barth, ein Echo zu vernehmen. Oder ein Bellen? Er weiß, dass Ton van Breijden wie Jacob um diese Zeit seine Runden dreht und Shep ihn begleitet. Barth mag das Vieh. Für seinen Ruhestand hatte er sich überlegt, ob er sich eins zulegen sollte, einen struppigen Hirtenhund, vielleicht einen Picard. Anna hatte diese Rasse gemocht: feste Figur, schmiegsam.

Auf dem Landkamm lichtet sich plötzlich die Szene. Die Klarsicht wirkt beinahe gespenstischer als die verschobenen Schichten, hinter denen sich nun eine verlorene Sonnenscheibe zeigt wie ein neuer Mond. Kann das sein? Es ist November. Barth hustet nach vorne, dann spuckt er zur Seite aus. Er sollte sich nicht hier draußen rumtreiben. Aber wenn er schon Schwierigkeiten hat, sich in dieser Suppe zurechtzufinden, was passiert wohl mit Jacob? Der geht inzwischen manchmal, wie er spricht. Hin und wieder fehlen dem Freund wichtige Konjunktionen. Vielleicht hat er das Pflegebett im Gästezimmer ja schon mit langer Vorsicht angeschafft? Barth denkt an den Sommer und dass der Herbst schneller kam als erwartet. Die Zeit, die bleibt … Hat Jacob darüber nicht unlängst gepredigt?

Auch wenn manches schwerer fällt, Barths Kondition hat erstaunlicherweise in den letzten Monaten zugelegt. So wie er Gewicht verloren hat. Er kann Jacobs große Runde mitgehen, auch wenn er hofft, dass dies heute nicht nötig ist. Am Friedhofstor zögert er. Blickt sich um.

„Jacob? Bist Du hier?"

Aber es kommt keine Antwort. Ravens Grab befindet sich an der nächsten Einfriedung. Jacob müsste ihn hören können. Zur Sicherheit betritt Barth den Friedhof, folgt dem Hauptweg und steht nach wenigen Schritten vor Raven. Die beiden sind allein. Barth schaut auf die Daten, die einen kümmerlichen Kommentar ergeben. Jemand hat auf das Holzkreuz einen Stein gelegt, ein schlichtes Gebet. Dem Kommissar fällt kein anderes ein. Er nickt dem Toten zu, dann verlässt er das Gelände wieder. Die Nebelschwaden rücken näher. Sie folgen eigenen Gesetzmäßigkeiten.

Das Friedhofstor quietscht eisern, wie man es erwarten darf. Wenn Jacob wirklich hier war, muss er über das Feld Richtung *Rennekoven* marschiert sein. Dann vermutlich zum *Lühpfuhl* und wieder nach St. Thomas. Wenn er sich nicht in seinen Gedanken verläuft oder der Nebel noch dichter wird. Danach sieht es gerade aus.

„Also los."

Barth gibt sich das Kommando, und sein Körper hält Schritt. Es dauert nicht lange, bis ihm der Schweiß ausbricht. Dafür braucht er keinen Sommer. Er atmet gleichmäßig ein und aus, wischt mit der freien Hand über die Stirn und leuchtet sich voran. In der Ferne bellt tatsächlich ein Hund. Shep muss auf eine interessante Spur gestoßen sein. Vielleicht Jacob? Barth probiert es mit einer Tempoverschärfung, aber das wird nichts. Ein Stechen an der falschen Stelle erinnert ihn daran, dass ihm nicht nur ein Körperteil fehlt. Eigentlich rechnet er schon länger damit, dass er wieder Blut spuckt. Doch der Herbst scheint ihm einen Aufschub zu geben. Wenn er ehrlich ist, hätte er gegen einen zusätzlichen

Sommer zu dritt nichts einzuwenden. Aber das lässt sich kaum verhandeln. Nach Anna gab es nicht mehr so viel Menschheit in Barths Leben. Aber er ist zufrieden mit dem, was da unerwartet noch gekommen ist. Dass sich Melchior als ein großer Kümmerer entpuppte, war eine echte Überraschung. Es würde den Kommissar nicht wundern, wenn M dieses teure Teil angeschafft hätte, in dem Barth seine seltenen Träume träumt. Auch die haben sich beschränkt, nach Anna. Als hätte ein geheimer Mechanismus die Existenz des Kommissars auf Minimalbetrieb umgestellt. Einmal hat er das Gespräch von zwei Kollegen aufgeschnappt. Ihre langjährige Sekretärin war verabschiedet worden. Barth hatte als Chef ein paar Worte auf eine Karte gekritzelt. Statt einer Ansprache. Die Karte hatte Frau Herlog im Büro vergessen. Oder liegen lassen.

„Gelesen?"

„Hm. Nüchterne Technik."

„Ganz der Chef."

Ausgerechnet Lameck. Sein engster Mitarbeiter. Er war unsicher, was ihn mehr getroffen hatte: zu wissen, wie ihn seine Kollegen sahen, oder dass sie Recht hatten. Anna hatte nicht nur sich das Leben genommen.

5

Fast hätte Barth ihn verpasst. An der Biegung, die vom Bach wie ein ausgestreckter Arm zum Hof der Haverkamps führt, verlässt sich der Kommissar auf sein Gehör. Ein Jaulen, kläglich gezogen, durchbrochen von einzelnem Bellen: definitiv ein Hund. Wenn es Shep ist, vermutet Barth ihn in Richtung St. Thomas, denn auf der Kreuzung treffen sich die Dorfstraße und der Übergang zum *Willebrand*. Doch auf halbem Weg bemerkt Barth, dass sich das Geräusch entfernt. Und von Jacob ist immer noch nichts zu sehen.

„Jacob?"

Er schreit nicht. Wie peinlich, wenn ihn jemand aus der Nachbarschaft aufgreifen und ihm seine Hilfe anbieten würde. Die Leute machen sich ohnehin über ihn lustig. Jedenfalls legen das die Blicke nahe, mit denen man Jacob und ihn bei *Coenen* belegt. *Männerwirtschaft*, hat er einmal aufgeschnappt, in einem Ton, der ihm nicht gefällt. Auch für Jacob nicht. Aber der hat nichts mitbekommen oder lässt sich die Dummheiten anderer Menschen nicht anmerken. Heute Abend, bei Altbier und Panhas, will sich Barth nicht über die platten Witze vom *Rettungsmeier* ärgern.

Als sich auf sein wiederholtes Rufen hin nichts rührt, dreht Barth bei, ein behäbiges Schiff mit zu viel Körper. Er wendet sich dem *Lühpfuhl* zu. Mit seiner Taschenlampe beschreibt er Kreise, um Jacob auf sich aufmerksam zu machen. Für den Fall der Fälle. Barth hustet wieder, gelbliches Sputum im Taschentuch. Wird nicht besser. Nichts wird besser. In einem parkenden Wagen spiegelt sich ein mickriger Maigret mit Hut. Der Ford hat hier nichts zu suchen, denkt der Kommissar. Die nächsten Häuser sind ein Stück weg. Aber was schert ihn das? Er will sich abgewöhnen, auf alles zu achten. Wie schwer es ihm fällt, die Dinge zu lassen, wie sie sind. Anna mischt sich wieder ein.

„Deswegen bist Du geworden, der Du bist."

Klingt nach biblischer Weisheit. Zitiert seine verstorbene Frau heilige Schriften in ihm? Barth kann sie hören. Immer schon. Spricht mit ihr. Wenn sie beide allein sind. Das hat nie aufgehört. Jacob hat ihn einmal dabei überrascht, in der Küche, beim Kaffeemachen, frühmorgens, nach seiner Runde. Der Priester hat den Kommissar kurz angesehen, das Frühstückstablett genommen und sich diskret zurückgezogen. So wie jetzt.

„Dieser alte Trottel. Was stöbert der bei so einem Wetter durchs Gelände …"

Barth schimpft leise vor sich hin, ohne damit etwas zu ändern. Jacob Beerwein glaubt an die Macht der Worte, nicht er. Das Bellen hat aufgehört. Vielleicht ist ja der Kommissar der Verrückte von den beiden? Läuft durch diese Wattewelt und kann kaum drei Meter weit sehen. Gerade hat er die Gaststätte Coenen passiert, ein Verkehrsschild warnt vor Wildwechsel. Er kann nicht ganz falsch unterwegs sein. Barth folgt dem Straßenverlauf noch hundert Meter, als sich das Nebelfeld wieder auflöst. Jemand zieht den Vorhang auf. Zwischen *Coenen* und Lühpfuhl stehen ein Hund und zwei Männer, bewegungslos. Sie starren ins Leere. Und dort, an einem Baum, mitten in der Welt, von keinem Wind bewegt, pendelt sich ein Mensch ein, zwischen Himmel und Erde und ohne jeden Zweifel tot.

6

„Wie ist er da hochgekommen?"
Ton van Breijden stellt nicht die nächstliegende Frage, aber Barth versteht sie. Ein Paar ausgetretene Schuhe befindet sich vor der Leiche, die Socken achtlos hingeworfen. Er tritt an den leblosen Körper heran, berührt das linke Bein, ein kräftiges Männerbein, und tastet den Innenknöchel ab, bis er die Stelle findet, die er sucht. Kein Puls.

„Habt Ihr schon die Polizei verständigt?"

Van Breijden schaut Barth an, als wolle er ihm mitteilen, dass die Polizei doch hier sei. Aber vielleicht irritiert ihn auch nur das allzu persönliche *Ihr*. Er schüttelt den Kopf.

„Kein Handy."

„Jacob? Hast Du Deins dabei?"

Aber der Priester ist in andere Gedanken versunken.

„Warten Sie hier. Ich gehe zu Coenen. Ich rufe von dort an."

Dass Barth sein Smartphone zu Hause liegen gelassen hat, war leichtsinnig und einfach blöd. Wenn er den Freund sucht, hätte er es im Notfall gebraucht.

„Ist Haverkamp."

Jacobs Bass, als gleite er einen Abhang hinab. Deswegen hat Shep also gejault, fällt Barth ein.

„Haverkamp. Mein Gott …"

Jacobs Gott zieht sich in einem abgebrochenen Satz zusammen. Van Breijden legt ihm einen Arm um die Schulter, nur kurz, schüchtern tröstend. Das ist das Schlimmste, denkt

Barth. Traurige Endgültigkeit fasst nach ihm. Er kennt diese Szene. Und verlässt sie. Dafür ist jetzt keine Zeit.

In der Gaststätte Coenen herrscht friedliches Dunkel. Barth klingelt Sturm. Es dauert eine schleppende Minute, bis sich im Haus etwas regt: ein aufgebrachtes Hintergrundknurren, dann eine regulierende Stimme. Türenschlagen. Zeitgleich knipst jemand eine Lampe im ersten Stock an, grelles Neonflimmern, und flucht sich ans Fenster. Die alte Mutter Coenen. Wie muss es in einem Zimmer aussehen, das ein solches Licht erzeugt? Aber Barth kommt nicht dazu, den Gedanken zu verfolgen.

„Ja?"

Eine Stimme wie zur Warnung. Und was soll der Kommissar mit einer solchen Frage?

„Entschuldigen Sie die Störung. Ich müsste einmal Ihr Telefon benutzen."

„Telefon?"

Die Frau kann krähen. Für ein Bündel von Fragen reicht ihr ein Wort.

„Ich bin es: Barth. Kommissar Barth."

Darf er das eigentlich noch behaupten? Egal.

„Es handelt sich um einen Notfall."

„Barth? Der Barth vom Pastor?"

Das klingt nicht wie ein Ehrentitel. Außerdem ist er Kriminalhauptkommissar, eigentlich.

„Ebender. Pastor Beerwein ist auch da. Wir … Ich müsste einmal telefonieren. Dringend!"

Er spricht das Ausrufezeichen, aber das beunruhigt die Frau mit ihren unsortierten weißen Haarsträhnen nicht. Dafür gehen die Lampen im Eingang zur Gaststätte an: gedämmte Leuchtmittel, warme Farbtemperatur, vom Nebel aus betrachtet. Die Haustür öffnet sich.

„Kommen Sie rein, Herr Barth. Das Telefon ist auf der Ladestation. Hinter der Theke."

Die Tochter von Mutter Coenen sieht nicht nach ihr aus. Sicher auch schon über fünfzig, ist sie mit ihrer weiblichen Figur das, was seine Kollegen einen *Hingucker* nannten. Massiv braune Augen, profilierte Wangenknochen. Die dunkellockigen Haare schließen ein sympathisch rundes, nicht zu rundes Gesicht ein, das auch ungeschminkt wirkt. Rebecca Coenen erinnert Barth an eine Schauspielerin, ferne Kinovergangenheit, aber darauf kommt es nicht an. Früher verfügte der Kommissar einmal über einen eigenwilligen Charme. Er konnte es mit Frauen. Aber das hat er, wie zuletzt seine Bissigkeit, verloren. Nur gelegentlich flackert etwas auf. Die Coenen macht sich inzwischen hinter der Theke zu schaffen. Unter dem nachlässig zugeschlagenen Bademantel nimmt Barth ihren Busen wahr, den Ansatz, etwas mehr. Sie trägt eine Halskette mit markantem Anhänger: eine rissige Münze, aus der Barth zwei blasse Gestalten anblicken. Rebecca Coenen schaut auf. Ein unsinniger erotischer Gedanke streift den Kommissar, während kaum hundert Meter entfernt ein Mensch seinem Leben ein Ende gesetzt hat.

„Danke, Frau Coenen."

„Rebecca."

Barths Stimme sucht nach einem Anhaltspunkt. Er räuspert sich. Wartet. Rebecca Coenen schließt die Haustür und geht in den Schankraum voraus.

„Hier. Bitte."

Die beiden Männer auf dem Medaillon haben sich mit der nächsten Bewegung abgewandt.

„Ich schütte einen Kaffee auf. Bin in der Küche."

Sie fragt nichts.

„Vielen Dank."

Für beides, denkt Barth und schaut ihr nach. Die Nummer, die er wählt, kennt er auswendig. Während er darauf wartet, dass Lameck abhebt, schaut er auf die Uhr. Gleich sieben. Schwer zu sagen, wie lange Haverkamp schon hängt. Und wie er auf den Baum gekommen ist. Ton van Breijden hat durchaus die richtige Frage gestellt.

„Lameck."

Schläfrig, schläfriger als erwartet. Normalerweise ist sein Kollege ein Frühaufsteher.

„Barth hier. Hör zu. Nimm den Karlstadt und sag der Spurensicherung Bescheid. Ich bin bei *Coenen*. In der Gaststätte. Dornbusch. Findest Du. Gegenüber hat sich einer aufgehängt. Oder wurde erhängt. Vielleicht Letzteres. Ich warte."

Er legt auf, bevor ihn Lameck an seinen Ruhestand erinnern kann. Ob er den Mut hätte? Seinen alten Chef zurechtzuweisen? Ist Barth auch egal. Er nimmt, was kommt. Seit sechsunddreißig Jahren. Jetzt kommt nichts mehr. Macht keinen Unterschied. Aber er will wissen, was hier passiert ist. Schon wegen Haverkamps Frau. Nicht nur wegen ihr.

7

Sie sitzen zu dritt an der Ecke der Theke, die freitagsabends für Jacob reserviert ist, jeder einen Pott Kaffee
vor sich. Schwarz, ohne Zucker. Lameck hat Fragen gestellt,
Karlstadt den *Lühpfuhl* abgesperrt und den *Ersten Angriff*
vorgenommen. Personalien. Dokumentation. Die Kollegen
werden später mehr wissen wollen. Für den Augenblick
reicht gemeinsames Warten mit Kaffee. Jacob liest in seinem
Mokka etwas, was Barth nicht übersetzen kann. Schwaden
ziehen nach oben, es ist still. Als die Schwenktür zur Küche
aufgeht, betritt Rebecca Coenen den Schankraum mit einem
Tablett belegter Brötchen.

„Möchten Sie etwas? Kann noch was dauern. Meint der
andere Kommissar."

Der andere Kommissar. Gefällt Barth.

„Lameck."

„Bitte?"

„So heißt der Kollege. Kommissar Lameck."

Obwohl der inzwischen auch längst Kriminalhauptkommissar ist. Eine Stimme steht auf. Bass.

„Herr Kommissar Lameck wird Gelegenheit finden,
mich am Vierkanthof aufzusuchen. Es sollte ihn nicht über-
fordern, mir zu Hause seine Fragen zu stellen."

Van Breijden starrt seine Ungeduld und mehr dem alten
Kommissar entgegen. Der Dirigent zieht Shep hoch.

„Es reicht für heute Morgen, denke ich."

„Van Breijden, bitte."

Jacob versucht es mit einem Ton, den Inés angeschlagen

hätte. Aber die Frau des Dirigenten gibt es nicht mehr, und das sieht man ihm an. Er lässt sich auch von Pastor Beerwein nicht hereinreden. Im Stehen greift er nach seinem Mantel, streift ihn über und wendet sich zum Gehen ab. Ein Knopf fehlt, der oberste.

„Sie warten."

Barth verfügt über andere Mittel als sein Freund, auch stimmlich, selbst wenn er gleich danach husten muss.

„Kennen Sie den Ausdruck *Sofortlage*? Sie sollten ihn in Ihren Wortschatz aufnehmen. Hier geht niemand."

Shep knurrt, und sein Herrchen macht den Rücken gerade, eine straffe Bewegung. Der Dirigent zögert, dann setzt er sich wieder. Rebecca Coenen schmunzelt. Es scheint sie zu amüsieren, wie der alte Kommissar die Lage beherrscht. Van Breijden ringt um seine Fassung. Widerspruch ist er nicht gewohnt. Man merkt es seiner Stimme an.

„Haben Sie einen Schnaps für mich, meine Liebe? Vorzugsweise einen Korn?"

Rebecca Coenen holt eine Flasche *Ceysersbrand* aus dem Eisfach und stellt vier Pinnchen auf die Theke. Sie füllt sie mit einer einzigen Bewegung, ohne etwas zu verschütten. Jeder erhält eins. Sie kippen das Zeug synchron herunter. Als es an der vorgesehenen Stelle ankommt, spürt Barth die gegenstandslose Belohnung des Alkohols. Und die drei besten Minuten kommen erst noch. Wenn sich alles leichter macht. Der Kommissar verspürt auf einmal eine energische Lust, sich zu betrinken. Einfach sitzen zu bleiben und dem begonnenen Tag den Rest zu geben. Barth schaut Jacob an und fragt sich, ob der Priester ähnliche Anwandlungen kennt. Der Schock des Funds ist ihm anzusehen. Jacob hat den Toten entdeckt, wie van Breijden zu Protokoll gegeben hat. Sonst ist aus ihren Aussagen wenig zu gewinnen. Sie haben nur die Leiche von Bauer Haverkamp gefunden. Irgendwann muss der in der Nacht einen Baum hochgeklettert sein – ein erstaunlich akrobatisches Stück zum Abschluss des Lebens. Warum so? Und weshalb an diesem Ort? Hat da jemand nachgeholfen? Barth fällt der Ford ein und gleich danach, dass es nicht verboten ist, wenn sich Zeugen besaufen. Für ihn gelten keine Dienstvorschriften mehr. Draußen zieht der Nebel wieder auf, kreist den Tatort ein. Barth kann sehen, wie er nach dem Freund greift. Dass er das noch einmal sagen könnte … *Freund* … Jacob Beerwein stützt sein Gesicht in die Hände, kaum um zu beten.

„Lassen Sie die Flasche doch einfach stehen, meine Liebe. Das spart Zeit."

Ton van Breijden scheint dieselbe Art Durst zu haben wie Barth. Unversehens beginnt Jacob zu lachen, erst ein Kichern, halb Schnauben, dann dringt dieses Lachen tiefer vor. So tief, dass es einem in der Kehle stecken bleiben könnte.

„Absurd, das alles. Ist so verdammt absurd."

Mit dem Verdammen hat es Jacob sonst nicht so, nicht einmal beim Fußball, trotz reichlich Anlass. Van Breijden gießt seine Zustimmung in den Stamper und trinkt den Korn in einem Zug aus. In den vergangenen Monaten hat er sich gehen lassen. Oder das Leben ihn. Man sieht ihm die Einsamkeit an. Er wirkt leicht verwahrlost. Schlecht rasiert, die grauen Haare zu lang, kein Schnitt. Anzug ohne Krawatte, das Hemd nicht ganz sauber. Knöpfe statt Manschetten. Nur sein Hund scheint Ton van Breijden noch zu interessieren. Shep weicht ihm auch in der Schenke nicht von der Seite. Rebecca Coenen setzt ihm eine Schale Wasser und etwas zu fressen vor, streichelt ihm über das Fell.

„Danke."

„Nicht dafür."

Jetzt packt sie etwas. Als wär's der Hund gewesen. Der hechelt wie bald nicht mehr.

„Mein Gott ... Der arme Herr Haverkamp."

Jacob schaut sie an, will etwas sagen, aber es kommt nicht raus. Verhakt sich.

„Sagen."

„Bitte?"

„Sagen ...!"

Manchmal fürchtet Barth, dass Jacob einen Schlaganfall erlitten haben könnte. Aber dann redet er wieder normal. Der Schock, denkt Barth. Und dass die Haverkamps eine Menge Tod seit dem letzten Winter trifft. *Letzter Winter ...* Seine eigenen Gedanken weichen ab.

Mit einem Ruck geht die Tür auf. Lameck, immer etwas zu laut. Er beobachtet die Szene, verzieht misstrauisch sein längliches Gesicht, verzichtet aber auf den Einwand, den man ihm ablesen kann. Seinen Mantel lässt er an.

„Und?"

Barth hat noch Fragen frei. Der Kollege ist ihm das eine oder andere schuldig.

„Keine Fremdeinwirkung. Auf den ersten Blick. Außerdem haben wir das hier gefunden. Ist für Sie, Herr Pfarrer."

Lameck stellt einen Kassettenrecorder auf den Tisch, Marke *Universum*, Fabrikat aus den Siebzigern, dazu einen Plastikbeutel mit einer C-120 Philips. *Standard Quality.* Luftig grüne Punkte mit einzelnen Leerstellen auf der Hülle lassen Raum für was auch immer. Lameck nimmt die Kassette behutsam heraus, legt sie ein. Anfangs klemmt etwas. Barth fürchtet Bandsalat, aber dann hört er die gepresste Raucherstimme eines Toten:

„*Wer das findet, soll es dem Pfarrer geben ...*"

8

Barth beobachtet beide. Nimmt sie in Haft, mit seiner Auffassungsgabe für unbeabsichtigte Bewegungen, für die Balance von Empfindungen in den Gesichtern von Menschen. Lameck spielt eisern den Kommissar. Er gewöhnt ihn sich nur mühsam an. Der Rücken muss ihm davon weh tun, denkt Barth, zwischen Nachsicht und Bedauern. Ihm fiel es nie schwer. Er war seine Rolle. Manches hat er verfeinert, aber von Anfang an bewies er ein ausgeprägtes Einfühlungsvermögen in schwierige Wahrheitskandidaten. Hat er von Anna gelernt: schräg anzusetzen. Barth hat ein Timing dafür entwickelt, wann er Leute konfrontieren musste. Den Antwortrhythmus von Zeugen unterbrechen. Sie härter angehen. Aus der Reserve locken. Treibsätze von Zweifel legen. Verzögert zünden.

Jetzt müsste Lameck eigentlich seinen ehemaligen Chef befragen. Aber mehr, als Barth bereits zu Protokoll gegeben hat, wird der lange Lameck nicht herausfinden. Also muss Barth selbst nachforschen, sich ins Gebet nehmen und beobachten, was er beobachtet und möglicherweise übersehen hat, als er den Tatort betrat. Jacob hilft dabei nicht. Der starrt auf das Gerät, das einen letzten Ton verschluckt hat.

Der Ford und der Baum. Darum kreisen Barths Gedanken. Und um den Nebel. Der Lühpfuhl lag um halb sieben unter einer vergessenen Wolke. Ein Himmel neigte sich abwärts, schluckte brackiges Wasser. Hockte da ein Rabe, auf dem Baum? Und als er am Ford vorbeiging, spiegelte sich nur sein eigenes Gesicht? Barth hat nicht darauf geachtet, ob sich jemand im Wagen befand. Aber welchen Sinn sollte das machen? Der alte Haverkamp war, so viel scheint klar, seit mindestens drei Stunden tot. Die Leichenstarre war erkennbar fortgeschritten. *Rigor mortis*. Das Wort löst Bilder von zu vielen Toten aus. Nicht einmal ihre Namen kann Barth vergessen. Er konzentriert sich auf den Ford. Wenn Haverkamp sich nach Mitternacht erhängt hat, könnte ihn ein Passant gesehen haben – oder der Fahrer des geparkten Wagens. Karlstadt hat den Fahrzeughalter bereits ermittelt. Aber der ist unter seiner Wohnadresse nicht auffindbar. Karlstadt hat seine Nachbarin trotz der frühen Tageszeit ans Telefon bekommen. Die hat ihn seit einiger Zeit nicht mehr gesehen. Vielleicht eine Woche schon? Im Laufe des Tages sollte sich etwas ergeben. Immerhin sind sich beide Coenen-Frauen einig, dass der Ford gestern Abend, bevor sie die Gaststätte öffneten, noch nicht dort geparkt hatte.

„Moll noachdenke. Minn Dauter hät da Honk ersch ruutjeloate. Woar äscht usselisch. Rebecca, Du häss dä Ceysers noch noach Huus jebrocht. Voll woar'he. Komplett voll woar'he."

Sie setzt ab. Fährt sich mit der Hand über den Mund. Wischt etwas weg.

„Fröher hät he ja nit so jesoape. Äbber seit all dat … Tiefbraun … Na ja …"

Niederrheinisch, gesungen. Barth denkt an das Platt, das seine Eltern kaum verstanden, weil sie nicht von hier stammten. Aber auch das stirbt weg. Rebecca Coenen wirft ihrer Mutter einen mühsamen Blick zu, ein Zucken direkt unter ihrem linken Wangenknochen. Die alte Coenen räuspert sich, schiebt ihre strenge Schildpattbrille aus dem Haar ins Gesicht, als könne sie dann nicht nur besser sehen.

„Die Rebecca, als die wieder zurück war, da sind wir dann hin. Also an den Rand, vom Lühpfuhl. Mit dem Hund. Gesehen haben wir ja nichts. Und Sie sagen, da hing er schon, der Haverkamp? Ist ja schrecklich. Grauenvoll. Wirklich grauenvoll."

Gesteigert, gedehnt, jedes Wort. Mit einer Hand gestikuliert sie ihr Entsetzen. Nur dass sie nicht danach aussieht, findet Barth. Erregt eher, die Augen weit, das rechte höher als das linke gezogen oder eingesetzt.

„War ja noch vorher bei uns gewesen. Also am frühen Abend. Hat aber kaum was getrunken. Und ist dann 'n paar Stunden später tot? Nimmt einen schon mit. Wenn man jemand so lange kennt."

Barth fragt sich, ob die Witwe Coenen bloß spielt, was sie sagt. Aber vielleicht mag er die herrische Frau einfach nicht.

„Ich mein, da rechnet ja keiner damit. Mit so was. War schließlich Nachbarschaft. Ihm war ja auch der Hof. Ewig schon. Ich kannte ja noch den Vater. Von dem hat er alles geerbt. Und die Charlotte, also seine Frau … Was soll man sagen? Leicht hat er es ja nie gehabt …"

Sie redet dahin. Ohne Widerstände. Plappert. Kennt zu allem und jedem Dönekes. Barth stört das in der Kneipe nicht weiter, aber heute kommt es ihm falsch vor.

„Wobei. Is ja auch bald Schluss."

Sie weist in die Richtung, aus der die Bagger kommen.

„Und der Nebel?"

„Ja, der Nebel. Heftig. Also …"

Rebecca Coenen unterbricht den ausbrechenden Redefluss der Mutter.

„Man hat kaum was sehen können. Deswegen sind wir ja auch nicht ganz ran. An den Lühpfuhl."

Sie zögert.

„Meinen Sie, dass der Herr Haverkamp schon dort … hing? Dass wir … Hätten wir etwas tun können?"

Die Tochter trifft dieser Selbstmord, denkt Barth. Wenn es einer war. Sie spricht so anders als die Mutter. Vermutlich nicht nur wegen des Kommissars.

„Nein. Machen Sie sich keine Gedanken. Das ist alles später passiert."

Barth setzt auf Sicherheit, wie man in einen Bauern bei der Eröffnung einer Partie Schach investiert. Seine eigenen Gedanken bewegen sich in eine andere Richtung. Er spielt am liebsten mit dem Springer. Öffnet Räume. Wie ist Haverkamp auf den Baum gekommen? Ohne Untersatz, eine Kiste oder etwas Ähnliches? Ein Ansatz zum Klettern bietet sich in der ersten Gabelung, fast zwei Meter hoch. Da hätte Haverkamp sich festhalten und hochziehen können. Aber dafür braucht man nicht nur Kraft, über die der alte Bauer bestimmt verfügte. Am Stamm fanden sich keine Anzeichen, dass jemand hochgeklettert ist. Andererseits war Haverkamp wohl barfuß. An den Fußsohlen hatte Barth am Morgen keine Kratzspuren bemerkt. Allerdings auch nicht gründlich geprüft. Nur den Puls gemessen. Und einen dieser Eindrücke aufgenommen, die man erst nachher filtert: geschnittene Zehennägel, gepflegte Füße für einen Bauern mit so derben Schuhen, wie er sie ausgezogen hatte. Wohin sein letzter Blick gezielt haben muss. Der Kommissar versucht sich die Position vorzustellen. Nichts als das Feld und der Turm von St. Thomas. *Thomas Didymus*, wie Jacob nicht müde wird zu betonen.

„Ich bin der Pfarrer eines Zweiflers …"

Barth kann nicht anders, er glaubt an irgendeine Hilfe. Nicht so sehr an Mord. Ohne Zeichen äußerer Gewalt hätte man den Bauer nicht hochhieven können. Es sei denn, er wäre bewusstlos gewesen. Betäubt. Unter Drogen. Das wird sich bei der Obduktion zeigen. Aber diesen schweren, fast ein Meter neunzig großen Mann hätte man mindestens zu zweit an den Lühpfuhl transportieren müssen. In dem ne-belfeuchten, aufgeweichten Boden fanden sich Fußabdrücke, allerdings wohl nur die von Jakob und van Breijden, das hatte sich Barth von Karlstadt bestätigen lassen. Andererseits befanden sich einige feste Lehmklumpen im Gras. Konnte man auftreten. Aber ohne Spuren zu hinterlassen? Außer-dem zog sich ein loser Ring von scharfkantigen Steinen um die Eiche, sichtbar nur, wenn man von oben auf sie schaute. Nicht gerade wie mit einer Schnur gezogen, sondern ver-setzte Stücke, aber vermutlich auch keine zufällige Struktur.

Die Fragen des Kommissars sind damit nicht beantwor-tet. Im Gegenteil: Assistierter Suizid? Wer? Warum? Ginge doch alles viel leichter, schließlich befindet sich der Bauern-hof der Haverkamps fast um die Ecke. Die Scheune, ein ide-aler Ort für einen reibungslosen Abgang. Oder wollte Haverkamp gestört werden? Schnell gefunden? Das müsste sich Barth noch einmal durch den Kopf gehen lassen – ein öffentlicher Ort … Und war da nicht schon mal was pas-siert? Das Kreuz. Natürlich. Der Pfarrer Wirsch, den der Blitz getroffen hat. 1789. Die frommen Bauern dürften das für eine Art Gottesurteil gehalten haben … Was stand da noch eingraviert? *Leid ons niet in bekoring.* Ihrem Gott scheinen die Leute so einiges zugetraut zu haben. Auch dass er seinen Priester in Versuchung führt …

„Ich verstehe nicht."

Jacob setzt den nächsten Zug. Barth kann nur gewinnen, wenn er diesen Fall mit verschiedenen Varianten spielt.

„Ich würde die Aufnahme gerne noch einmal hören."

Es kommt auf Details an: Hintergrundgeräusche, Pausenfunktion, Schnitte.

„Sicher."

Lameck streift sich wieder die Einmalhandschuhe über. Der Kommissar muss an seine OP denken. Das elastische Latex-Geräusch hat die Gänsehautwirkung einer Gabel, die über Porzellan zieht. Der Widerstand der Welt in den Dingen ... Das hat Melchior einmal erwähnt. Es ging um Ravens Grab, meint sich Barth zu erinnern, aber jetzt verschieben sich die Ebenen. Einzelheiten hat er früher klarer sehen und unterscheiden können. Was war noch auf dem verdammten Baum? Dieser Rabe? Wie kommt der ins Spiel?

Lameck drückt die Wiedergabetaste. Weiterleben auf Knopfdruck. Haverkamp setzt ohne Anrede ein: Stimmbänder mit typischen Wassereinlagerungen, verschwimmende Aussprache. Der Mann war betrunken.

Wer das findet, soll es dem Pfarrer geben. Dem Beerwein. Wird sich freuen. Hat falschgelegen. War nicht meine Frau. Das mit den Jungs vom Piet. Hat sie nicht totgefahren. Hätte sie gerne. Die Schietkerle. Haben es verdient. Wie sie den armen Schlucker gequält haben. Den Raven. Wie ein Stück Scheiße liegen lassen haben sie den. Halb totgeschlagen. Charlotte hat ihn gefunden. Dachte, er wäre tot. Kam nach Hause. Zu mir! Konnte kaum sprechen. Geschrien hat sie. Was tun? Hat sie geschrien. Hätte vorher was tun müssen. Alles verhindern. Die Schweine anzeigen. Deine Neffen! Hat sie geschrien. Ja. Meine Neffen. Ruf die Polizei an! Aber bin ich erst hin. Da lag

er. Atmete noch. Röchelte Blut. Erstickte fast dran. Da
hab ich ihm geholfen. Verstehen Sie? Ich. Und dann waren sie dran. Mussten dran. Hab mich drum gekümmert.
Wenn Gott schon nichts tut. Hab ich übernommen. Für
Charlotte. Hab zu wenig für sie getan. Keine Kinder. Also
habe ich ihren Wagen genommen. War ihre Idee mit dem
Licht. Hat sie mal erwähnt, als sie den Pfarrer beinah
umgefahren ist. Dass man sie verdächtigt, hat uns gepasst.
Wie kann man sie verurteilen, wenn sie es doch nicht
war? Aber scheint so, man kann. Dachte, wir kämen beide raus. Aus der Nummer. Aber geht nicht. Hab Charlotte nichts gesagt. Mich nur verabschiedet beim letzten Besuch. Und jetzt ist Schluss. Die kommen sowieso mit den
Baggern. Der Hof kommt weg. Ich auch. Nur dass sie
Charlotte rauslassen. Das kann ich noch. Der Pfarrer
muss dafür sorgen. Ist er ihr schuldig. Und dass er sie
falsch in Verdacht hatte. Komisch. Macht's leichter. Der
Pfarrer glaubt ums falsche Eck. Da kann mir wohl auch
jetzt danach nix passieren.

Jetzt danach.

„Herr Pastor, Sie kannten Haverkamp. Das ist seine
Stimme?"

Jacob sitzt da, festgefroren vom Eis des letzten Winters.
Letzter Winter … Da steckt kein Trost drin.

„Schlimme Geschichte."

„Bitte?"

Lameck bemüht sich zu präzisieren.

„Diese Geschichte. Schlimm."

„Kann man wohl sagen."

Jacob hebt seinen hinfälligen Kopf, bewegt seine Lippen,
muss sich Wort für Wort anstrengen.

„Reicht das? Barth, sag: Reicht?"

Wieder fehlt etwas in Jacobs Satzbau und in dem dieser Welt.

„Reicht wofür?"

„Alles. Alles für!"

Lameck mischt sich ein.

„Wie meinen Sie das, Herr Pfarrer? Dass wir Frau Haverkamp aus der Untersuchungshaft entlassen können?"

In Jacob spielen sich Dinge ab, über die er nicht verfügt.

„Wir müssen noch einiges klären. Wie alles passt. Aber es sollte dann schnell gehen."

Schon wieder *alles*. Lamecks *alles* ist zu wenig für das, was Jacob im Sinn hat. Barth würde gerne die Hand des Freundes nehmen, aber mit Lameck am Tisch ist das nicht möglich. Stattdessen steht der Kommissar auf und geht hinter die Theke. Die Wirkung des Korns verblasst allmählich wie eine zu spät und zu zögerlich ausgesprochene Entschuldigung. Er fischt eine weitere Flasche *Ceysersbrand* aus dem Eisschrank unter der Bar und schenkt zwei Gläser großzügig voll. Beinahe gefrorenes Gegengift. Gegen alles. Wie auf Kommando öffnet sich die Tür zur Küche.

„Brauchen Sie etwas? Möchten Sie noch Kaffee?"

„Nein danke, Rebecca. Wir sind für heute fertig. Pastor Beerwein und ich gehen nach Hause."

Wir versuchen es zumindest, sollte er ehrlicherweise hinzufügen. Aber wen interessiert das? Die auffällige Kette der Rebecca Coenen pendelt. Was Kommissar Barth vorhin gesehen hat, sieht er noch immer. Trotzdem: Nach Hause. Niemand erhebt einen Einwand. Nur dass sich Barth nicht daran gewöhnen kann. An nichts von allem.

9

Jetzt danach. Charlotte Haverkamps Dutt ist verrutscht. Wie die Zeit. Eine Träne verläuft sich in ihrem Gesicht, einzeln, bitter. Sie muss ihren Mann einmal geliebt haben, vermutet Barth. Wie lange das her ist? Auf der Hinfahrt hat Jacob kaum gesprochen, die letzten Tage fast nichts. Doch Barth entnahm den wenigen Worten, die sein Freund über Frau Haverkamp und ihren Mann verlor, eine Art geschwisterlicher Distanz. Etwas mehr als ein Jahr hat sie Jacob als Haushälterin ausgeholfen, aber er kannte sie schon seit einer Ewigkeit. Die fängt für die ausgemergelte Bäuerin erst an. *Jetzt danach.* Wohin sie ziehen wird? Den Hof muss sie aufgeben. Der gehört *Tiefbraun.* Lameck hat sich vergewissert. Die letzte Mahnung vor dem Räumen lag auf Haverkamps Küchentisch. Einschreiben. Poststempel vom Donnerstag. Ungeöffnet. Die Abfindung für seinen Hof hat der Bauer offensichtlich für Schulden aufgewendet: ein Kuvert mit Bankvermerk, eingelegt in einen Ordner aus zwanzig und mehr Jahren Abtragungsnot. Wovon er gelebt hat, die ganze Zeit … Barth schmeckt Elend, das Tabellen baut. Vielleicht gab es ja eine Lebensversicherung. Ob die bei Selbstmord greift? Noch so ein Grund, zu ermitteln.

Das eiserne Trappistenschweigen der Haverkamp verrät nichts. Jacob schiebt ihr eine Packung *Moods* über den Tisch zu, ihre Marke. Doch die rührt sie nicht an. Im Gefängnis raucht man keine Zigarillos, nicht einmal Charlotte Haverkamp.

„Ik heb het roken opgegeven.“

Nicht nur das, vermutet der Kommissar. Ihr Windhundgesicht hat die Monate gespeichert, die sie im kalten Gängelärm dieser Anstalt verbringen musste. Wenn Barth richtig liegt, waren das eben die ersten Worte, die sie hier gesprochen hat. Nach ihrem Geständnis bei Jacob Beerwein, das keins war. Oder doch? Wem soll man glauben?

Sie saßen bei M, noch so ein erster Abend. Der alte Haverkamp lag in der Gerichtsmedizin, steril verschlossen. Die meiste Zeit schwiegen sie. Draußen weiter dieser Nebel, eine dünne Kruste Nichts. Melchior hatte für sie gekocht, Balsamico-Spaghetti, verfeinert mit Trüffeln, nichts Aufwändiges. Dazu hatte er eine Flasche Rotwein aufgemacht, einen eleganten *Primitivo*. Barth konnte sich Weinmarken besonders dann nicht merken, wenn sie für ihn zu teuer waren. Im Laufe des Abends verkosteten sie eine zweite Flasche. Melchior und er, Jacob kaum ein Glas. Seine Augen flirrten, die Hände krampften sich manchmal wie epileptisch ineinander fest.

„Wem soll man glauben?"

Was sollten sie antworten? Melchior hielt sich bedeckt. Barth wusste, was er sonst eingewandt hätte. Aber dieses Spiel war ein Endspiel. Am Ende des Abends hatte Melchior seinem Freund eine Packung Schlaftabletten in die Hand gedrückt.

„Nimm sie, ausnahmsweise. Du stehst unter Schock. Du brauchst Schlaf. Es hilft nicht, wenn Deine Gedanken kreisen. Ich kenn Dich doch. Du machst Dir Vorwürfe. Tu das nicht. Nimm eine von denen, und bleib morgen früh länger liegen. Bloß keine Runde wie sonst drehen. Versprichst Du mir das?"

Jacob schaute M überrascht an, etwas verlegen. Aber er

hielt sich daran. Schlief eine Nacht und einen halben Tag, um heute hier zu sitzen, im Knast, *jetzt danach.*

Das hat sich im Kommissar festgeschnürt, wie man einen Knoten anzieht. Recorder und Kassette liegen vor ihnen. Hier die beiden alten Männer, der Priester und sein Kommissar, gegenüber die Angeklagte, die wohl keine mehr ist.

Lameck hatte die beiden gebeten, Frau Haverkamp zu besuchen. Er war noch am selben Tag zu ihr ins Gefängnis gefahren. Hatte sie ins Bild gesetzt. Ohne zu viele Details. Aber die Haverkamp saß nur da, regungslos, als habe sie sich in den vergangenen Monaten jedes Gefühl weggehungert. Ein knorriger Kanten war sie mal. Jetzt passen ihr weder die Jeans mit dem Bundzug noch der flattrige Pullover.

„Sie weigert sich zu reden. Der Prozess soll in zwei Wochen stattfinden."

„Hat lange genug gedauert."

„War kompliziert, Herr Pastor. Wissen Sie ja. Eine Verdächtige, die nicht redet. Beweislage nicht so ganz klar. Sie hat ja im Grunde nur Ihnen gestanden, dass sie erst den Richards mit ihrem Taschentuch erstickt und dann ihre beiden Neffen in den Tod geschickt hat … Wenn man das so sagen kann."

„Kann man, Lameck."

Barth hatte die Szene vor Augen: Der Wagen, der im Schnee von der Straße abkommt, weil der Fahrer extrem geblendet wurde.

„Trotzdem. Frau Haverkamp sitzt mehr als zehn Monate ein."

„Herr Pfarrer, nach Paragraph 121 Absatz 2 StPO kann der Vollzug der Untersuchungshaft über sechs Monate aufrechterhalten werden, wenn die besondere Schwierigkeit oder der besondere Umfang der Ermittlungen oder ein anderer wichtiger Grund das Urteil noch nicht zulassen und die Fortdauer der Haft rechtfertigen."

„Lameck, Du bist ein korrekter Idiot."

Der verzog den Mund, riskierte aber keinen Widerspruch. Nur seine backenlangen Koteletten vibrierten.

„Fahren Sie hin, Kommissar Barth? Und Sie, Herr Pfarrer? Reden Sie mit ihr? Ich bekomme aus ihr nichts raus, und ein bisschen seelsorglicher Beistand kann wohl nicht schaden …"

Schaden kann ihr nichts mehr, dachte Barth in einer der Schleifen, die ihn immer tiefer in diesen Fall hineinzogen. Dafür gab Jacob seine Zustimmung.

„Versprechen Sie sich nicht zu viel davon. Immerhin hat sie meine Aussage in diese Lage gebracht. Und nicht nur sie."

„Lass das, Jacob. M hat Recht: Dass sich Haverkamp das Leben genommen hat, ist nicht Deine Schuld. Sein Geständnis hätte er längst vorher ablegen können. Und die Haverkamp aussagen."

„Ihren Mann belasten? Sie war doch davon überzeugt, dass es richtig war. Dass …"

Es kommt nicht raus. Dass Haverkamp den sterbenden Raven von seinen Schmerzen erlöst hat. Und dass er seine Neffen in den Tod gejagt hat. Aber Barth glaubt nicht an Haverkamps Schuld. An seine schuldselig besoffenen Abschiedsworte. Da hat einer was auf sich genommen, als er nicht mehr weiterwusste. Und seine Frau entlastet. Doch wer soll ihm das noch nachweisen? Am Tatort unter der Brücke ließen sich nur wenige Spuren sichern. Der Schnee hatte das Meiste verwischt. Keine DNA von Frau Haverkamp, nicht einmal von den beiden Tätern. Aber die hatten auch Stangen benutzt …

Jetzt danach sitzen sie in der Justizvollzugsanstalt. Die Kassette haben sie in einer Kopie mitgenommen, um sie Charlotte Haverkamp vorzuspielen. Sie berichten das Wenige, das sie wissen. Jacob sagt nichts, worauf seine frühere Haushälterin Anspruch haben könnte. Und sie fragt ihn nicht danach. Schaut ihn kaum an. Wenn sie es war, hat sie allen Grund dazu, denkt Barth. Und wenn nicht? Warum kein Zorn? Warum nichts? Was gesteht diese starrköpfige Frau mit ihrem Verhalten? Schließlich stellt Barth die eine Frage, die sie nicht einmal zu hören scheint:

„Stimmt das Geständnis Ihres Mannes?"

Eine Minute. Eine weitere. Keine mehr. Als hätte jemand allen Sauerstoff aus dem Raum abgezogen. Ein Vakuum, gebaut aus schierem Unverständnis. Dann steht Charlotte Haverkamp auf, langsam, mit dem Restmaß an Würde, das ihr Ort und Kleidung gelassen haben. Von oben schaut sie auf die beiden dicken, kleinen Männer: Figuren in einem Spiel, das keiner von ihnen bestimmt.

„Ik wil terug naar mijn cel. Niks anders."

10

„Was jetzt?"

„Ich weiß es nicht."

Sie sitzen in Melchiors Wohnküche. Beraten sich wortkarg. Barth und der Meister. Jacob hat sich zurückgezogen. Liest in seinem Manuskript. *Leben und Theologie des Doctor Kasper Bareisl.* Nach dem Mord an Raven und dem Tod der beiden jungen Männer trieb ihn die anschließende Verhaftung von Charlotte Haverkamp an den Rand des Zusammenbruchs. Er hatte sie angezeigt. Weil es nicht anders ging, mit seinem Gewissen. Und weil er gefürchtet hatte, sie könnte sich selbst richten. So wie sie an diesem letzten Abend weggefahren war …

Nur die Arbeit am Buch hielt ihn zusammen, eine lose Klammer. Als hinge sein Leben davon ab, schrieb Jacob, was er längst schon auf seinen Karteikarten verzeichnet, seitenweise an Exzerpten vorliegen und in seiner feinteiligen Disposition festgelegt hatte. Das Manuskript wuchs jeden Tag um zwei Seiten an: vormittags eine, nachmittags eine. Fünf Tage schreiben, ein Tag für die Korrekturen, mit denen er den Bareisl wieder ordentlich beschnitt. Aber bis in den Herbst hinein hatte Jacob sein Startkapital von siebzig Seiten verdreifacht. M bekam jeden Abend die Resultate des Tages per Mail. Als Sicherheitskopie. Einmal gestand Melchior dem Kommissar, dass ihn die Texte beunruhigten. Jacob schien nicht aufzufallen, wenn in einigen Sätzen etwas fehlte. So würde sich das Manuskript an keinen Verlag geben lassen. Aber das war Melchiors geringste Sorge. Teilweise hatte Jacob in den letzten Monaten seine Gottesdienste vergessen.

Manchmal musste ihn jemand aus der schwindenden Gemeinde geduldiger Rosenkranzbeterinnen herausklingeln, damit er den Sonntagsdienst versah. Man blieb nachsichtig mit dem Pfarrer, auch wenn er wie abwesend zelebrierte. Das war etwas besser geworden, seit Barth bei ihm wohnte. Er verschaffte Jacob ein Gerüst, an das er sich in seinem Tagesablauf halten konnte. Er nahm seine Spaziergänge wieder auf. Irgendwie gelang es ihm, seine Kräfte noch einmal zu bündeln. Sich besser zu konzentrieren.

Aber der Besuch bei Frau Haverkamp hat ihm einen Schlag versetzt. Er beginnt wieder mehr zu murmeln. Stellt sich Fragen. Dehnt seine Besuche bei Raven aus. Es scheint, als genieße er den Nebel, der auch nach einer Woche nicht nachgelassen hat. Das ist kein Smog, nicht der gewohnte niederrheinische November.

„Die Welt macht sich anders."

Ein Jacob-Satz wie ein Findling.

„Du blutarmer Apokalyptiker. Du solltest mal wieder was Anderes als Friedhöfe besuchen. Hörst Du mich überhaupt noch, Jacob? Heute Abend Fußball. Das ist eine rezeptfreie Anordnung. Wir hauen zu dritt eine Kiste Bier weg und ergehen uns gemeinsam im Leid einer deftigen Klatsche. Interessierst Du Dich eigentlich für Fußball, Barth? Von irgendetwas musst Du ja Ahnung haben."

„Sagt der Prophet des eigenen Untergangs … Es gibt für Bayern ordentlich einen auf die Mütze."

Barth und Melchior führen die Gespräche, die Jacob sonst mit M bestritt. Hin und wieder lächelt der, steuert Wortfetzen bei. Die ganze Zeit steht Charlotte Haverkamp hinter ihm, eine kalte Hand auf Jacobs Schulter. Barth kann sie im Gesicht des Freundes sehen.

„Was jetzt?"

„Ich weiß es nicht."

Barth meint den Fall, Melchior den Freund, zusammen meinen sie beides. Auf Barths Smartphone meldet sich ein Anrufer. Der Kommissar nimmt ab und stellt laut.

„Hast Du keine Familie mehr, Lameck? Es ist Wochenende."

„Ich weiß."

„Wenn Du wissen willst, wie es bei der Haverkamp war, frag mich lieber am Montag wieder."

Barth ist nach Anblaffen. Kommt selten vor, mittlerweile. Braucht er, jetzt danach.

„Darum geht es nicht."

„Sondern? Ich will ja nicht rummäkeln, aber ich befinde mich im Ruhestand. Und von diesem Fall habe ich jetzt schon die Schnauze voll."

M wirkt belustigt. Barth kann noch den anderen Barth geben, den verschrobenen Grantler. Tut ihm gut. Zieht Energie hoch. Aber die verliert sich wieder.

„Es geht … Es geht um etwas Anderes. Haben Sie Zeit? Ich stehe unten vor dem Pastorat."

„Hast Du schon geklingelt?"

„Ja. Der Pastor macht sich fertig. Klang etwas verschlafen."

Barth gibt ein nasales Geräusch von sich.

„Er meinte, ich würde Sie gegenüber erreichen."

Den Lameck wird Barth nicht vermissen, wenn es so weit ist.

„Ich komme runter."

„Nehmen Sie Ihren Mantel mit. Wir müssen noch einmal zum Lühpfuhl."

„Eine neue Spur?"

„Wie man es nimmt. Eher eine neue Leiche."

11

Nichts Kompliziertes. Ein gewöhnlicher Henkersknoten aus grobem Seil, schon abgenutzt. Anna hatte so einen gewählt. Tun die meisten. Das Bild schlägt Barth auf den Magen. Jacob scheint es auch nicht besser zu gehen. Er tritt an die Leiche heran. Fühlt den rechten Fuß, als gäbe es noch etwas zu fühlen. Niemand hindert den Priester.

„Kalt."

Jacob wendet sich ab. Geht in die Richtung, aus der er gekommen ist.

„Jacob?"

Der Priester schüttelt nur den Kopf.

„Ich gehe nach Hause. Kann nichts mehr tun. Bin müde. Nur noch müde."

Lameck schaut seinen ehemaligen Chef verwundert an.

„Lass ihn. Ist gut."

Dabei ist es wirklich nur kalt. Barth zittert, nicht nur wegen der Temperaturen, die seit gestern gefallen sind. Wenn der Winter früh genug kommt, erlebt Barth noch einen. Wie diesen Fall. Wieder einen letzten.

„Wer hat den Ceysers gefunden?"

„Frau Coenen. Sie wartet drinnen."

„Die junge?"

Wünscht sich der Kommissar etwas, in diesem Augenblick?

„Sie war mit dem Hund raus."

„Scheiße."

Barth fällt kein besserer Ausdruck ein.

„Alles gesichert? Dann könnt Ihr ihn abnehmen."

Barth bestimmt, selbstverständlich. Karlstadt zögert, aber tut, was zu tun ist. Wird zu einer Gewohnheit, denkt Barth.

„Zweimal derselbe Ort. Zwei alte Männer. Zusammenhang?"

„Na ja, bei Ceysers rücken die Bagger auch an."

„Hat er was hinterlassen? Abschiedsbrief?"

„Karlstadt ist zum Haus. Er meldet sich."

„Hm. Und wie lange hat er gehangen?"

„Nicht lange. Maximal vier Stunden. Erste Schätzung vom Doc."

Barth stellt sich Rebeccas Entsetzen vor. Er nennt sie beim Vornamen, für sich. Zwei Tote vor ihrer Haustür. Schmeckt man nicht weg. Beide Gäste. Kurz nacheinander. Barth nähert sich noch einmal dem Baum. Eine gewöhnliche Eiche. Oder nicht?

„Sag mal, Lameck, hat es mit dem Baum irgendwas auf sich?"

„Hmm … Handelsübliche Eiche, würde ich sagen."

Barth tastet den Stamm ab. Kerbige Borke, bittergrün, faserige Risse. Sie stammen nicht von Schuhen. Auch Ceysers ist nicht hochgeklettert. Wäre ein Wunder. Der Mann war im Alter von Jacobs Vater. Barth rechnet: Mitte neunzig, geschätzt. Fit, gut unterwegs. Typ Turner. Wirkte jünger. Trotzdem.

„Wieder kein Stuhl oder irgendein Untersatz?"

Lameck winkt ab.

„Und der Ford?"

„Steht immer noch da. Dieser Junge bleibt verschwunden."

„Was wisst Ihr über den?"

„Name: Frank Terhag. Alter: einundzwanzig. Jetzt wird's spannend. Der hat bis vor Kurzem für Ceysers gearbeitet."

„Aber die Brennerei ist doch schon seit vielen Jahren geschlossen?"

„War so eine Art Hausmeister. Hat sich um alles Mögliche gekümmert. Von Rasenmähen bis Reparaturen. Ceysers hat zwar nicht mehr produziert, aber für sein Anwesen benötigte er Support."

Barth hasst diese Anglizismen. Er schaut schief, aber so schaut er meistens. Hier geht mehr verloren als Land. Wer spricht schon noch so wie Jacobs Vater. Alle reden gleich, irgendwie. Auch egal, denkt der Kommissar. Hat selbst nie wie ein Eingeborener gesprochen.

„Betriebsbedingte Kündigung. Aus bekannten Gründen."

„Hm. Er kannte Ceysers, aber was ist mit Haverkamp? Irgendein Bezug?"

Wissen wir nicht. Was für ein Motiv sollte jemand haben, die beiden aufzuhängen? Im Abstand von etwas mehr als einer Woche?"

Nicht das Motiv interessiert Barth, sondern der Ort.

„Frag mal wegen der Eiche nach. Und nach dem *Lühpfuhl*. Geschichte. Was war damals mit dem Pfarrer Wirsch? Gab es sonst noch was? Besondere Ereignisse?"

Barth dehnt das letzte Hauptwort. Er dreht sich einmal langsam im Kreis: St. Thomas, der Kirchturm ein schüchternes Periskop; die hochgezogenen Felder, seitlich verbaut von der Gaststätte Coenen und dem Stall, den sie nicht mehr bewirtschaften. Nach links hin zeichnen sich im unnachgiebigen Nebel die Umrisse der anliegenden Häuser ab. Dieses Wetter schlägt aufs Gemüt. Wer will mit so einer wrasigen Aussicht abtreten? Punktierte Lichter in der Nachbarschaft.

Stockfinster, wie nicht anders zu erwarten, gleich am Anfang der Hof der Haverkamps. Ansonsten: Weiden, die bald verschwinden. Wer kümmert sich eigentlich um das Vieh der Haverkamps? Dann schon, nach hinten versetzt, der erste Mauervorsprung von Ceysers Fabrik. *Kornbrennerei seit 1871.* Das Jahr der Reichsgründung. Aber das ergibt keinen Zusammenhang.

„Ich geh mal rein."

„Rein?"

„Zur Coenen. Du hast sie schon vernommen, Lameck?"

„Steht neben sich. Vielleicht kriegen Sie mehr raus."

Hat schon bei Charlotte Haverkamp nicht funktioniert, aber das sagt Barth nicht eigens. Er schaut auf die Uhr. Erst zwanzig Uhr. Jacob hat sich hoffentlich wieder hingelegt und eine von Ms Tabletten genommen. Zur Vorsicht ruft Barth bei Melchior an. Ob Jacob überhaupt zu Hause angekommen ist. M scheint auf ein Zeichen gewartet zu haben. Er geht direkt an sein Handy.

„Ja?"

„Eher nein."

„Was soll das? Spielen wir jetzt ein bescheuertes Quiz?"

„Wäre mir lieber."

„Hör mal, Du hast angerufen. Ich kann auch wieder auflegen."

„Ist Jacob drüben?"

„Hier ist er nicht. Warte mal."

Das sanfte Schweben des Rollstuhls.

„Alles dunkel. Wohnzimmer jedenfalls. Schotten dicht. Jacob dürfte sich hingelegt haben."

„Hoffentlich schläft er."

„Was soll er sonst tun?"

„War vorhin noch mal mit mir unterwegs."

„Mit Dir? Warum?"

Der erbarmungslose Faden Erinnerung zieht am gestreckten Körper des alten Ceysers. Barth versucht, sich auf den Freund zu konzentrieren.

„Hoffentlich kann Jacob schlafen."

Sonderbar, denkt Barth, dass sich seine ganze Hoffnung aufs Schlafen richtet.

„So schlimm?"

„Diesmal der alte Ceysers."

„Wie bitte?"

„Erhängt. Am selben Baum."

„Nicht Dein Ernst."

Nicht meiner, denkt Barth.

12

Aus Rebecca Coenen war nichts herauszubekommen, was Lameck nicht schon in Erfahrung gebracht hätte. Ihr Foxterrier war zum Lühpfuhl geprescht, um sein Geschäft zu erledigen. Statt sein Terrain zu erkunden, einen unvorsichtigen Hasen aufzuschrecken und zu jagen, hatte er plötzlich wie zur Warnung angeschlagen. Rebecca fand ihren Hund vor der Eiche: eine Szene wie in einer Zeitschleife, in hypnotischem Tempo. Ein lebloser Körper hing im Nebel. Zuerst sah es aus, als ob er in der Luft schwebte. Nackte Füße, die Schuhe mit den Socken abgestellt, eher weggeschleudert. Schwarzer Anzug, fast feierlich. Der Körper verdreht in einem Krampf, den auch der Tod nicht gelöst hat. Starre Augäpfel, wie nach außen geschraubt und aus der Entfernung von zwei, höchstens drei Metern milchig geronnen. Die Hände wie bei Haverkamp frei beweglich, aber willenlos baumelnd: eine Marionette, von einem Hanfseil über dem Boden gehalten. Ein gespenstisches Ensemble. Ein zweiter Suizid am selben Ort. Rebecca Coenen fühlte, wie ihr eine Dosis Angst alle Kraft entzog. Symptome eines regulären Schocks. Ihr fehlte anschließend Zeit. Sie versuchte sich zu erinnern: nichts als eine unbelichtete Fläche. Sammys Winseln schien sie irgendwann geweckt zu haben. Ein Windzug brachte den Corpus in Bewegung, und Rebecca rannte weg, panisch. Die Mutter verständigte schließlich die Polizei.

„Es war schrecklich. Und ... Ich bekam Angst. Allein im Nebel. Mit dem Toten. Ich weiß, es ist albern ...“

„Angst ist nie albern."

Sie nickt, kaum überzeugt.

„Es war … Es war einfach unheimlich."

Barth kennt die Erklärung. Die Nähe des allzu Vertrauten. Die Urangst vor dem Äußersten, das als Möglichkeit in allem steckt.

Jede Selbsttötung raubt der Welt ihren Zusammenhang. Denunziert ihren Sinn. Kündigt den Wirklichkeitsvertrag.

Der glatzköpfige Seelenzergliederer mit dem Perlohrring. Guter Mann. Um Klassen besser als die Polizeipsychos. Fünf Jahre Couch. Ohne den wundersamen Lutzsch hätte sich Barth vielleicht auch suspendiert.

Wenn die Wirklichkeit unwirklich erscheint, wird es der Mensch mit ihr. Das macht Angst.

Könnte Barth der Coenen sagen. Erklären. Aber was hilft's?

Weil alles tot wird.

Annas Flüstern …

„Herr Barth?"

„Ja?"

„Alles gut?"

Wie denn? Rebecca hatte eine Hand auf seine gelegt und jetzt, erst jetzt begann sie zu weinen, in immer neuen Schüben, bis sie leer war und auch so guckte, aussah, verrotzt, nur schöner noch, noch schöner …

Tröste den, der trostlos weint …

Eins von Jacobs Gebeten. Nur wie …

Diesmal half sich Barth nicht mit einem Korn aus. Er hatte Rebecca Coenen ins Bett geschickt und erneut das Amulett bemerkt, das sie beim letzten Mal getragen hatte. Die rundkantige Münze erinnerte Barth an die Borkenhaut der Eiche. Was ungefähr so viel Sinn ergab wie der Eindruck, dass ihn die beiden bärtigen Gesichter auf dem Anhänger aus ihren Heiligenscheinen anstarrten. Beim nächsten Mal würde er Rebecca Coenen fragen, unter welchen Schutz sie sich stellte.

Stattdessen M. Wo es warm ist und jeder Nebel draußen.

„Was weißt Du über sie?"

„Über die Coenen?"

„Beide."

„Musst Du Jacob fragen. Sein Vater war Stammgast bei den Coenens. Rebeccas Vater ist vor ein paar Jahren gestorben. Einfach umgefallen. Die Wirtschaft hat Mutter Coenen weitergeführt. Aber nur noch an zwei Abenden in der Woche. Na ja, rentiert sich vermutlich nicht mehr groß. Und ist ja sowieso bald Schluss."

„Und die Tochter?"

„Sie arbeitet in Maashaft. Arzthelferin, glaube ich. Warte mal."

Melchior loggt sich von seinem rollenden Cockpit aus ins Netz ein, tippt einige Tastenkombinationen und zaubert auf seinen Wall-Flachbildschirm Rebecca Coenens Porträtfoto.

„Gynäkologische Praxis. Dr. Fanny Layel."

„Der Name sagt mir was ..."

Barth überlegt mit dem rechten Zeigefinger auf den Lippen.

„Mir nichts. Jacob weiß vermutlich mehr. Er kannte die Coenen schon als Kind."

„Du nicht?"

„Blasse Erinnerung. Bin ja ein Zugereister. Hab das

Schulhaus, lass mich mal rechnen, ja, Winter 1989 bezogen. Seitdem also. Tja …"

Hinter dem Tja verbirgt sich eines der anderen Gesichter von M. Er hatte sich um Jacobs Vater gekümmert, ihn versorgt, wenn es nötig war. Mit ihm Schach gespielt. Sich seinen Anteil Familie verschafft: die eigenen Eltern eine tiefe Vergangenheit, keine Geschwister, nie eine Frau. Barth beobachtet den hageren, durchtrainierten Kerl, der seit dem Unfall mit Jacobs Mutter im Rollstuhl sitzt. Mehr als ein halbes Jahrhundert. Nicht nur die Bagger von *Tiefbraun* rücken an ihn heran. Wenn sie schon der letzte Schneewinter nicht hatte stoppen können, dann auch kein Nebel oder fromme Gebete. Die Proteste im Dorf haben aufgehört, die meisten Leute ihre Häuser notgedrungen verkauft. Die jüngeren Familien sind als Erste weggezogen. Allein über den Sommer wurden fünf weitere Höfe aufgegeben, nicht alle mit Gewinn. Geisterdorf. Einige Alteingesessene harren noch aus. Eine letzte Klage auf Baustopp ist anhängig. Aber an einen Erfolg glaubt niemand mehr. Fristen laufen ab – wie bei Haverkamp und Ceysers, die zum Verkauf gezwungen wurden. Auf Melchior kommt dieser Abschied auch zu. Eher früher als später. Es wird nicht der einzige bleiben. In den letzten Monaten überkamen Melchior immer häufiger melancholische Episoden. In kürzeren Abständen. Aber Barth will den eigenwilligen M nicht fragen, welche Zukunft er sich vorstellt. Steht ihm nicht zu. Nicht jemandem, der keine Zeitrechnung mehr braucht.

„Hast Du *Fanny* gesagt?"

„He?"

„Na, die Ärztin."

„Fanny Layel."

„Der Nachname sagt mir nichts. Aber eine Frauenärztin namens Fanny. Mensch …"

Barth steigt ins Archiv, in dieses feinnervige Gewölbe aus Fällen und verwobenen Geschichten. Nimmt es in die Hände, drückt die Schläfenlappen, als ließe sich mit Fingeraufsatz eine Information aus seiner Großhirnrinde entnehmen.

„Ich komme nicht drauf."

„Worauf?"

„Na, wenn ich das wüsste, müsste ich nicht suchen. Irgendeine Verbindung. Name, Beruf, Frau, Suizid. Scheiße …"

Barth greift in seinen Sessel, klammert sich an die Lehne, als wolle er nicht sich, sondern die Welt festhalten, einen flüchtigen Raum aus mehr als nur einer Erinnerung …

„Mir ist … Lass mich …"

Er schließt die Augen. Seine Narbe brennt ihren Paso doble …

13

„Junge, was ist los?"

Das *Junge* holt Barth zurück, ein Wort aus einer abgelegten Legowelt, in jeder Nuance vertraut. Die Stimme, die von den Toten auferweckt, muss wie die erste Stimme klingen, die man gehört hat, vor jeder Erinnerung … Barth dämmert noch, aber er kann Melchiors Tabak riechen, ein hintergründiges Aroma: verschnittene Vanille, mit Whiskey angereichert. Als Erstes sieht Barth Rauch.

„Hier, trink mal."

„Was ist das?"

„Pures Wasser."

Barth probiert es, unentschieden.

„Hast Du noch was Anderes?"

„Musst Du denn immer saufen?"

Der Kommissar dreht sich zu dieser Stimme.

„Jacob?"

Jacob Beerwein sitzt in seinem Schaukelstuhl. Gelassen, die Züge stabil, ein bequemes Lächeln wie vom alten Jacob.

„Wieso bist Du da?"

„Konnte nicht schlafen. Hatte Durst."

Jacob lächelt verschmitzt, mehr Großvater als Prälat. Melchior mischt sich ein.

„Du warst richtig weggetreten. Wollte schon einen Arzt rufen, als Jacob geklingelt hat. Geht's wieder besser?"

„Ich denke, ich bin was unterzuckert. Und übermüdet. War viel, heute."

„Kann man wohl sagen. M hat mir berichtet. Kurzfassung."

„Die reicht auch."

Sie wechseln Blicke, zu dritt.

„Melchior hat erwähnt, dass Du rumphantasiert hast, bevor es Dich aus den Schuhen gehauen hat."

Barth muss sich nicht anstrengen.

„Fanny ... Ja."

Barth bekommt Lust auf eine Zigarette. Macht nichts schlimmer. Nur dass er nicht inhalieren kann. Ms Blend qualmt exzellent.

„Kann sein, dass ich falschliege, aber es hat wohl mit ... mit Anna zu tun."

„Mit Deiner Anna?"

M schaut, wie er fragt. Seine Pfeife pafft, was draußen Fratzen zieht. Sie klettern den Kirchturm hoch. Steigen durch Ritzen ein.

Vierzehn Monate und vier Tage Leben. Aber Barth zählt nicht diese Zeit: wild wechselnde Ehezeit, sondern die Fugenzeit seitdem. Jacob hat nicht gefragt. Er kannte Anna. Annaweiß mit den beinahe durchsichtig blauen Pupillen. Ihre urkindlichen Augenblicke gehörten ausschließlich Barth. Er unterwarf sich Anfällen umfassender Erregung und streckte sich in haltlosen Abstürzen. Suchte und fand in Schubladenverstecken ihre Drogen, Medikamente für farbigen Stillstand. Manchmal lief sie durch Regen, als gäbe es was. Hatte aber auch Phasen ohne alles. Dann war sie ernst. Ernsthaft lebendig. Redete so, wie man sich um seine Katzen kümmert. Rumorte harmlos durch die Wohnung. Sang auch. Wie sehr Barth ihren Kontra-Alt liebte: wenn sie unter der Dusche *Both sides now* improvisierte, morgens zum Radio summte oder ihn mit einem Kuss weckte und über seinen struwweligen Kopf wischte: *Junge ...* Beim Fahren konnte sie in einen selbstvergessenen Zustand verfallen. Schaltete auf Autopilot, was nicht ganz ungefährlich war. Ansonsten: unvorhersehbare Spurwechsel, schizoide Manöver zwischen Schreien und Flüstern. Annaweiß gab es nie einfach. Aber diese Stimme: *Junge* …

Niemand außer Barth kennt den Rest. Die Spiralen geritzter Haut auf ihren Armen, Schenkeln: eingekerbte Jahresringe aus nie Verschmerztem, aus abgestoßenen Annateilen, den *Andersteilchen*, wie Anna sie nannte. Mangel an melaniner Lebensfarbe, wettgemacht durch Schnitte an sensiblen Orten. Beim Sex führte sie Barth über Land, mit verbundenen Augen, ganz wörtlich. Bis er Anna das erste Mal nackt, annanackt sehen durfte, hatte er sich strengen Riten und Waschungen aller Erwartungen unterziehen müssen. Annaangst spritzte aus allen Poren: giftig-erotisch, wüst im Gebrauch, im Verwendungszustand einer biestigen Lust, die sie jedes Mal an den hinteren Rand des Wahnsinns brachte und es für Barth unmöglich machte, nach Anna jemals wieder wirklich mit einer anderen Frau zu schlafen.

Dass Annaweiß ihn genommen hat, bleibt für Barth ein strenges Geheimnis. Versteht es bis heute nicht. Schlanke Annaschön. *Elbin.* Kosename, geflüstert. Keine Proportion anders, als sich Barth vorstellen mochte. Dagegen er. Korpulenter Festkörper. Aus unpassenden Bauteilen zusammengesetzt: die Arme lang, die Beine stämmig kurz, gewölbte Fehlstellung der Füße, kaum Größe vierzig, die Hände wie geschwollen, sein Bauch in unaufhaltsamem Wachstum begriffen, alles ein statischer Sonderfall.

„Vögelst halt gut", hatte Anna gelacht, als er sie ein einziges Mal gefragt hatte. Wie lässt sich so viel schön auf einen Mann wie ihn verteilen?

„Schwein gehabt."

Hell konnte Anna lachen, wenn ihr danach war, mit Barth; nur er kannte diesen Aspekt ihrer Stimme. An ihrem letzten Wochenende hatten sie einen Urlaub gebucht: ein Last-Minute-Angebot. Statt ihre Wohnung zu streichen, würden sie am kommenden Samstagmorgen in aller Frühe für eine Woche nach Kreta fliegen.

Den Minotaurus besuchen.

Am Freitagnachmittag musste Barth noch einmal ins Büro, nur kurz. Als es länger dauerte, rief er Anna an. Dreimal, viermal versuchte er es. Entweder war sie sauer, weil er sich mal wieder verspätete, oder sie zog mit ihrer Freundin Mina zum Abschied durch Markandern. Es wurde kurz nach vierundzwanzig Uhr, als Barth endlich zu Hause ankam, müde, mit schlechtem Gewissen. Aber da hatte sich Annaweiß bereits aufgehängt.

14

Durch das Haus der Haverkamps mäandert ein Streifen Licht. Barth schaut auf die Uhr. Kurz nach halb sieben. Neben ihm hat auch Jacob Beerwein den Kegel einer Taschenlampe bemerkt.

„Licht? Ein Einbrecher?"

Barth überlegt, ob er eine Streife ordern soll, aber was soll die tun, was er nicht könnte? Er setzt sein entschlossenes Kommissarsgesicht auf.

„Finden wir raus."

Bevor sie klingeln, öffnet sich die Haustür mit rostigen Gelenken.

„Wat doe je hier?"

Charlotte Haverkamp hält einen Schraubenschlüssel in der Hand. Im Hintergrund steht ein Koffer. Ein muffiger Geruch zieht raus. Verbrauchter Atem von Monaten.

„Sie sind wieder zu Hause?"

Klingt besser als *wieder raus.*

„Hoe ziet het eruit?"

Es sieht nach Aufbruch aus, argwöhnt Barth.

„Seit wann sind Sie hier?"

„Gestern Abend."

Jacob sieht aus, als hätte er eigene Fragen, aber die Haverkamp hat keine Zeit für sie.

„Heizung ist ausgefallen. Strom abgestellt. Moet naar de schuur."

Was sie im Schuppen sucht? Aber Barth fragt lieber nicht.

„Können wir Ihnen helfen?"

Jacob trifft ein verächtliches Schnauben.

„Ja. Laat me alleen."

Gegen dieses Bedürfnis lässt sich wenig einwenden, denkt Barth. Aber Jacob ist anderer Meinung.

„Ich könnte einen Kaffee vertragen. Kommen Sie mit? Ins Pastorat? Bitte."

Das *Bitte* macht Halt im Gesicht von Charlotte Haverkamp. Sie mustert Jacob, nicht einmal abschätzig. Ein langer Augenblick.

„We zijn klaar met elkaar, Pastor."

Fertig. Nicht ganz. Jetzt mischt sich Barth ein.

„Mag sein, Frau Haverkamp. Aber wir beide müssen miteinander reden. Sie sind seit gestern Abend wieder auf dem Hof? Dann sind Sie möglicherweise eine Zeugin."

„Zeugin? Wofür?"

„Stellen Sie sich nicht dümmer, als Sie sind."

Barth wird scharf, gezielt. Er setzt auf eine Reaktion. Jacob hält sich zurück. Der Schraubenschlüssel macht eine Bewegung, keine bedrohliche.

„Ik weet niets."

„Nichts wovon?"

„Von gar nichts. Ich bin erst seit gestern Abend hier."

„Warum so spät? Man wird morgens aus dem Gefängnis entlassen."

„Wilde eerst niet naar huis. Wat doe ik hier? Ik nam een kamer. In Markandern."

Sie schluckt.

„Hab's nicht ausgehalten. Ik nam een taxi naar hier."

„Wann?"

„Na tien uur. Avonds."

Barth überlegt.

„Von welcher Seite sind Sie gekommen? Durch Dornbusch?"

„Landstraße."

„Haben Sie eine Quittung?"

„Nee. Waarom zou ik dat doen?"

„Ich brauche eine Bestätigung. Vom Taxifahrer."

Das scheint die Haverkamp nicht zu beeindrucken. Sie geht einen Schritt auf Barth zu.

„Laat me door, alsjeblieft."

Barth baut sich raubeinig vor der Bäuerin auf. Er ist kleiner als sie, ein ganzes Stück, aber standfester. Ihr Rücken hat sich im vergangenen Jahr wie eine windschiefe Tür verzogen, sicherlich schmerzhaft. Kein Wunder, dass sie es nicht in einer Pension mit durchgelegenen Matratzen ausgehalten hat. Barth kann dem Energiezähler ihrer Augen ablesen, was die letzten Monate und Tage mit ihr gemacht haben: ein unendlich einsamer Mensch steht da vor ihm. Aber er darf sich darauf nicht einlassen. Mag sein, dass sie Raven nicht getötet und die Neffen ihres Mannes nicht in den Tod geschickt hat. Aber wenn es zwischen den beiden Selbstmorden einen Zusammenhang gibt, muss die Haverkamp es wissen. Sie am ehesten.

„Name des Taxiunternehmens? Oder Telefonnummer?"

„Er zijn er niet zoveel in Markandern. Finden Sie es selbst raus. Mijnheer de commissaris!"

Klingt wie ein Schimpfwort, nicht nur für Barth. Neben ihm zuckt etwas in Jacobs Gesicht, rechtes Augenlid, minimaler Spasmus: Mitleid.

„Hören Sie, Frau Haverkamp. Es geht möglicherweise um einen Mord. Gestern Abend ist an der Stelle, an der sich Ihr Mann erhängt hat, die Leiche von Herrn Ceysers aufgefunden worden. Sie sind seine direkte Nachbarin. Sie waren zur Tatzeit zu Hause. Wir wollen einfach wissen, ob Sie etwas mitbekommen haben. Etwas beobachtet."

Charlotte Haverkamp dreht den Schraubenschlüssel um die eigene Achse. Er ist schwer genug, um einen Strich unter die gemeinsame Rechnung zu ziehen.

„Niemand verdächtigt Sie, Frau Haverkamp."

Ihre Augen hält sie geschlossen. Dunkler wird es nicht mehr. Irgendwo ein Hund, vielleicht Shep. Van Breijden dreht seine Runde. Schließlich wendet sich Charlotte Haverkamp ab, eine halbe, aber entschiedene Drehung, und kehrt ins Haus zurück. Die beschlagene Bauernhaustür fällt ins Schloss, ein Hebel zieht innen vor, eine metallische Kadenz.

15

Nach dem Licht kein Licht. Das Haverkamp-Haus starrt vor Dunkel, der Hof finster, rundum. In Watte gepackte Phantome ziehen auf: Schwebefiguren mit bleckenden Zähnen, aus nichts als purer Einbildung gemacht, hochwirksam. Barth würde ja lachen, wenn er den erstarrten Freund nicht neben sich sähe. Der zittert, Gott weiß, vor was.

„Komm, Jacob!"

„Ja, sicher."

Aber Jacob Beerwein kommt nicht voran. Bleibt stehen, stämmig und nachdenklich. Dann schüttelt er einen Gedanken aus seinem Kopf, eine einzelne Zeile, die Barth erst nicht versteht.

„Was?"

„Zieht Schloss und Riegel vor …"

Jacob neigt den Kopf, summt seinen Spruch und beginnt zu kichern.

„Advent, nicht wahr? Jetzt bald wieder."

Barth fasst den Freund am Arm, zieht seinen unter den rechten von Jacob, ein Klammergriff, wie um ihn in der Welt zu halten.

„Was soll das, Jacob?"

Die Symptome des Freundes sind nicht klar. Sein Nebel wächst unter strengem Verschluss. Jacob redet nicht darüber, und was Melchior weiß, möchte Barth nicht wissen. Steht ihm nicht zu, glaubt er, zu fragen. Hilft nichts, denn was soll er helfen?

„Nichts *soll*. Verstehst Du denn nicht?"

In solchen Momenten wünscht sich der Kommissar Melchiors zupackende Gegenwart. Wenn Jacob durchs Haus schleicht, murmelt, statt zu beten. Auf nichts reagiert. M geht strammer mit Jacob um. Manchmal reichen Blicke. Melchior richtet den alten Freund notfalls wie einen verkehrt in seinem Hemd geknüpften Menschen her. Und tatsächlich, bemerkt der Kommissar, hat Jacob die äußere Knopfleiste seines Lodenmantels falsch angesetzt. Sie bildet eine schiefe Reihe.

„Du machst mir Angst, wenn Du so bist. Reiß Dich zusammen, Mensch!"

„Reißen hilft nicht."

Er summt wieder diese Liedzeile, die Barth aus Kindertraumzeiten kennt. Wie beruhigt man einen, der nicht an Unruhe leidet, sondern nach innen schaut und dort eine Welt sucht, die sich Tag um Tag mehr verschließt? Das Haus der Haverkamps kellert sich in einer Nebelwand aus trüber Stille ein. Nichts zu hören, nirgends. Eine Schaumhand aus kondensiertem Wasserdampf legt sich auf die beiden chaplinesken Figuren: wirklicher Schein. Kehrt die Zeit um, ohne Anfang und Ende. Das ist es, denkt Barth, was mit Jacob passiert und sich nicht nur an ihm wie ein Urteil vollzieht.

„Mein Gott …", murmelt der Kommissar und meint es so. Gut, dass er in diesem Mischmasch aus Gas, Wasser und subtilen Energien zunehmend auskühlt. Da weiß sein Körper, dass er losmuss. Er zieht an dem Faden, den er seitlich ausgelegt hat, und macht sich mit Jacob ins Labyrinth. Der folgt ihm, summt aber sein episodisches Lied, einzeilig. Und macht plötzlich Halt, nicht weit von Mutter Coenens Wirtschaft entfernt. Jacobs Augen, die in letzter Zeit manchmal weite Abstände einlegen, aus gegensätzlichen Richtungen Eindrücke sammeln, stellen sich wieder scharf.

„Hab ich Dir mal von meinem Vater erzählt? Wie er sich verlaufen hat? Im Krieg. Merkwürdige Geschichte. Ich habe mir ja nie vorstellen können, dass im Zweiten Weltkrieg noch so viele Pferde eingesetzt wurden. Sind mehr Gäule als Menschen krepiert."

Für den Nachsatz nimmt sich Jacob Zeit, schürzt die Lippen, widerständig, mit einem Gesichtsausdruck, der ein Requiem für die ganze verreckte Kreatur in Aussicht stellt. Aber seine Stimme hat sich wieder gefangen, wie man sich an den dünnen Haaren der Vernunft aus schlechten Träumen zieht, wenn man nur aufwacht.

„Er hatte einen Pferdezug. Musste mit seinem Gespann alles Mögliche verschaffen. Oft Verwundete. Manchmal leichte Artillerie in einem angekoppelten Karren. Weiß nicht mehr … Jedenfalls hat es meinen Vater in Russland mit dem Pferd irgendwo in abseitiges Moorgebiet verschlagen, eingeschlossen in plötzlich aufziehendem Nebel. Er musste ins Lager zurück, aber da gab es keine Straße mehr, keinen Weg, keinen Anhaltspunkt. Er rechnete jederzeit damit, entweder Partisanen in die Hände zu fallen oder in dem allumfassenden Schlamm dieses russischen Winters stecken zu bleiben. Einfach zu versinken."

Jacob atmet die Angst des Vaters tief ein und wieder aus. Barth kann sie sehen, wie sie sich ins schlierige Einerlei dieses Morgens mischt.

„Jedenfalls hat er das Tier einfach losgelassen. Zügel weg. Freigang. Erst scheint das Pferd stehen geblieben zu sein, führungslos. Dann setzte es sich instinktsicher in Bewegung. Es dauerte, ohne dass mein Vater die Zeit hätte sagen können. Aber das Vieh fand seinen Weg. Sie kamen an. Einfach so."

Jacob Beerwein blickt nach vorne, wo er den Umriss von

St. Thomas vermuten darf. Wo der Vater immer wartet. Barth nickt, was keiner Zustimmung bedarf und niemand sieht, aber wirklich kommt jetzt erstes Licht. Sie stehen vor Coenen. Barth fragt sich, ob er dort einen Kaffee für sie beide bekommt. Aber er will es nicht übertreiben mit der Nachsicht von Rebecca Coenen und ihrer robusten Mutter, die hinter ihrem Fenster eigene Träume schiebt. Also packt er Jacob fester unter und manövriert ihn auf den Weg am Lühpfuhl vorbei, wo sich die Toten im Gras unterhalten.

„Was ist aus dem Pferd geworden?"

Barth fragt nicht nur, um den Freund abzulenken. Aus Russland kehrten nur ein paar tausend Landser zurück, wenn er sich richtig an den Geschichtsunterricht erinnert. Für die Pferde war kein anderer Gott zuständig.

„Glaubst Du an Wunder, Barth?"

„Wie meinst Du das?"

„Na, wörtlich, wie alle Theologie."

„Hmm. Dass ich noch bin, hat was davon, nicht wahr?"

Sie schauen an der Eiche vorbei, die ihre Arme ausstreckt.

„Der Gaul kam hierhin. Nicht gelaufen oder so. Aber er gehörte zu den Tieren, mit denen sich eine Kavallerie-Einheit über den Plattensee bis nach Österreich durchschlug. Mein Vater dabei. Dann englische Gefangenschaft. Schließlich ließ man ihn frei. Das Pferd wurde auf einem Gehöft gehalten, nicht weit von Graz, glaube ich, und anhand der registrierten Nummer konnte mein Vater es später ausfindig machen."

Jacob schluckt an der Erinnerung, die sich auf St. Thomas richtet, wo jetzt das Sieben-Uhr-Geläut einsetzt. Früher hat das der Vater von Hand bewerkstelligt.

„So war mein Vater. Hat sich sorgen müssen. Hat dem Pferd sein Leben verdankt, sagte er. Also wollte er wissen, was aus ihm geworden ist."

„Und wie kam es hierhin?"

„Hat es gekauft. Hatte nicht mehr viel Zeit, der Gaul, aber einen guten, warmen Sommer noch. Warum ich darauf komme: Der alte Ceysers hat es ihm bezahlt. Mein Vater hätte das Geld nicht gehabt. Der Ceysers schon. Gnadenbrot."

Der alte Tramp macht Halt. Schiebt sich seinen Hut in den Nacken, lehnt sich zur Seite, wo nur Acker ist, wie um der Geschichte Raum zu geben, dass sie zwischen den beiden Freunden Platz hat.

„Fühlt sich alles an wie erlebt. Selbst erlebt. Kann alles sehen. Auch das Pferd. Könnte es beschreiben: eine rechte Mähre. Den Namen, verdammt, den Namen habe ich allen Ernstes vergessen. Das kann doch nicht wahr sein."

Das macht Jacob Beerwein kindeszornig. Obwohl er damals noch gar nicht geboren war, muss er sich erinnern. Er stampft mit dem rechten Fuß auf, aber davon fällt ihm nichts ein.

„Macht nichts, Jacob. Schöne Geschichte."

Der schüttelt den Kopf, wie man etwas aus dem Hut zaubert.

„Keine Geschichte. Ich sag doch. Ein Wunder."

Und er lacht sein Priesterlachen, freundlich staunend über die geheimnisvollen Wege des Herrn.

16

Der Kaffee besteht an diesem Morgen aus vorzüglichen Bitterstoffen. Barth geht ihnen in Jacobs Mienenspiel nach: Falten legen Sorgen aus. Nachdem sie im Pastorat angekommen waren, hatte sich Jacob in sein Arbeitszimmer zurückgezogen. Zum Gebet.

„Wird immer frommer auf die ganz alten Tage, unser Jacob", hatte M vor einiger Zeit angemerkt. Er protokolliert die Veränderungen des Freundes mit der Art Sorge, die ihm zur Verfügung steht. Und er hat Recht. Jacob irrlichtert durch seine wechselhaft bewölkten Zustände. Mal scheint er präsent, mal versickert er förmlich. Die Perioden matter Abwesenheit nehmen zu. Außerdem verliert er Gewicht, nicht dramatisch, aber unübersehbar.

„Melancholische Appetitlosigkeit."

Melchior hat für alles eine Formel. Barth betrachtet Jacob seitdem unter diätetischen Gesichtspunkten: wie schnell er weniger wird. Traurige Informationen. Ein bekannter Schmerz verkapselt sich in Brusthöhe. Wie kann man an eine Zukunft glauben, die man selbst nicht mehr erlebt?

An der Stelle, wo Jacob sonst seinen Kaffee schlürft, liegt seine Serviette, eine harmlose Reliquie mit Flecken wie auf alter Haut. Muss mal in die Wäsche. Nach Frau Haverkamp hat Jacob keine andere Hilfe gesucht. Die Nachlässigkeit, mit der er seinen Haushalt betreibt, ist selbst für Barth zu viel. Also kümmert er sich um die Wäsche, um Einkäufe, putzt einmal in der Woche grob durchs Haus, so wie es gerade geht. Er verrechnet es mit seinem kostenlosen Mietstand und etwas, worüber er nicht weiter nachdenken will. Jacob scheint es ohnehin nicht zu bemerken.

Vorhin hat er gemeint, er wolle die Laudes beten. Was Unfug ist. Die nimmt er sich morgens vor dem ersten Spaziergang vor. Ob er das vergessen hat? Oder war es eine Ausrede, um allein zu sein? Barth gönnt sich seinen ersten gründlichen Kaffee und die Resultate der Zeitung, die er zunehmend flüchtiger zur Kenntnis nimmt. Die Kaffeemischung, die Jacob bevorzugt, eine Errungenschaft aus einer seiner Stationen als Auslandspfarrer, bringt den Kommissar gut voran. Macht die Welt klarer. Um acht Uhr bringt er dem Freund seine Dosis Mokka nach oben. Er klopft an, ein rhythmisiertes Tocken, und betritt auf eigene Rechnung Jacobs Allerheiligstes. Der sitzt in seinem Lesesessel, den Rosenkranz des Vaters locker zwischen Zeigefinger und Daumen der linken Hand perlbetend.

„Alles in Ordnung, Jacob? Kaffee okay?"

Jacobs Finger wandern kompetent die vorgeschriebene Reihe entlang. Seine Lippen bewegen sich lautlos, einem undurchsichtigen Gesätz folgend. Das Kreuz baumelt frei in der Luft. Ein silbernes Medaillon pendelt ein päpstliches Gesicht aus. Der Daumen nimmt schließlich die letzte Kurve, souverän erreicht er das Ziel.

„Gleich. Und hol Dir auch einen. Nein. Warte. Lass uns zu M rübergehen. Ich möchte Euch etwas erzählen."

„Soll ich ihn anrufen?"

„Brauchst Du nicht. M ist schon auf. Aber Du kannst uns noch etwas Kaffee aufschütten. Nimm die Thermoskanne. Steht auf dem Kühlschrank. M baut keinen Kaffee an, und wenn, ist er pures Nervengift."

„Ich weiß, dieser Instant-Zombie. *Erweckt Tote zum Leben.*"

So lagern sie. Barth hat den Tisch gedeckt, M das Tablett zusammengestellt: bunte Marmeladen, bemerkenswert viele Käsesorten, geräucherten Fisch, dazu Jacobs Frühstücksei. Den Priester lassen sie eigene Vorbereitungen treffen. Sein Kaffee schmeckt auch auf der anderen Straßenseite. Dazu beinahe ruhige Musik: M lässt Arvo Pärt frei. *Tabula Rasa.* Barth ist ein Stümper. Im Netz hat er etwas über die spirituelle Bedeutung des Stücks gelesen: *Frequenzen des Schweigens.* Klingt schick, aber der Kommissar hat nicht verstanden, was das bedeuten soll. Beim ersten Hören hat ihn die rasche Streicherserie nervös gemacht. Inzwischen weiß er, was folgt. Damit kommt er zurecht. Alles wird leiser. Melchior reguliert die Lautstärke nach unten, jetzt wo das Stück ins *Silentium* wechselt, nach zehn Minuten. Barth hat die Zeit einmal gestoppt, weil er es nicht aushielt.

„Wir warten, Jacob."

„Warten worauf?"

„Worauf wohl? Du hast dem dicken Kommissar gesagt, dass Du was erzählen willst."

Jacob schält aus seinem Ei nichts Substantielles. Man sieht ihm an, dass er sich erinnern muss. Die oberen Gelenke sind steif. Aber das schwarze Wasser hilft, in das er blickt. Verlegen beißt er in eine deftig geschmierte Pumpernickel-Scheibe: hausgemachte grobe Leberwurst von Mutter Coenen. Vertreibt sie nebenher.

„Lass Dir ruhig Zeit. Vermutlich hängt sich gerade irgendwo der Nächste auf. Barth, sag mal ehrlich, hast Du schon mal einen Mord verhindert oder kommt die Polizei grundsätzlich zu spät?"

Bevor der Kommissar antworten kann, hat sich Jacob verschluckt. Er hustet wilde Brocken, schießt Kaffee nach, erholt sich mit einem bösen Blick, der M mittig erwischt.

„Schon gut. War ja nicht so gemeint. Finde es nur überaus beunruhigend, dass hier ein suizidales Massensterben ausbricht. Macht es *Tiefbraun* leichter. Du siehst, mein Unbehagen an der Welt ist rein politisch bestimmt."

Doch Jacob guckt einfach weiter, sehr geradeaus. Dann schließt er die Augen wie zu einem dringend gebotenen Gebet, eine strikte Bitte für die verlorene Atheisten-Seele seines Freundes, vermutet Barth.

„Alles gut, Jacob?"

Der Kommissar ist selbst darauf gespannt, was Jacob Beerwein zu erzählen hat.

„Nichts gut. Darum geht's ja."

„Geht es auch etwas präziser?"

Aus irgendeinem Grund tendiert M an diesem Morgen zu Krawall. Barth hat eine Theorie. M bleibt einfach keine Zeit mehr. Nicht nur das Universum stirbt. Verwandlung von Materie nimmt ab. Strahlung auch. Jemand knipst in kosmischem Ausmaß das Licht aus. Und vor dem drahtigen Kumpan im Rollstuhl sitzen zwei, die das schon lange wissen.

„Ceysers."

„Der alte Ceysers?"

„Der."

„Was ist mit dem? Weiß Du schon mehr über seinen Tod?"

„Mehr über sein Leben. Ist mir vorhin eingefallen."

Jacob Beerwein kann seinen sitzlastigen Freund noch verblüffen. Der spitzt die Ohren, zumindest bewegen sie sich leicht. Dieser übel gelaunte Nosferatu mit Glatze und struppigen Augenbrauen stellt seine Henkeltasse grünen Tee ab und faltet die Hände, selbstverständlich nicht zu einem Gebet, wie Barth bewusst ist. Aber in diesem Augenblick spiegeln sich die beiden Freunde, eine Allegorie für etwas, das nichts mit dem Geschäft des Kommissars zu tun hat. *Spiegel im Spiegel* – das nächste Stück von Pärt läuft diskret und zielgenau im Hintergrund. Vielleicht ist es doch bloßer Kitsch, argwöhnt Barth. Annaweiß hätte ihm Auskunft geben können. Die verstand was davon. Er will sie später fragen …

„Die Sache ist die. Der alte Ceysers war früher der engste Freund meines Vaters. Von klein auf. Haben gemeinsam gespielt, was in diesem Dorf nicht selbstverständlich war. Immerhin war die Familie Ceysers was Besonderes."

„Schon klar, die örtliche Bourgeoisie. Schnapsbrennerei im großen Stil."

„Genau. Mit eigenen Bediensteten, vor dem Krieg auch so eine Art Butler. Da fanden Feste statt, von denen die Alten noch Jahrzehnte später leuchtende Augen kriegten."

„Obwohl sie nichts davon hatten außer Nachbarschaftslärm, oder?"

„Waren großzügig, die Ceysers. Spendeten viel, vor allem für die Kirche. Und waren der wichtigste Arbeitgeber in der Gegend."

„Bei Dir klingt das nach kapitalistischer Apologie. Aber wenn ich Deinen Vater richtig im Ohr habe, gab es da einige unappetitliche Verwicklungen."

„Mag sein."

„Nix da. *Mag sein* – das ist dieses Priesterlatein mit eingebauter Vergebungsautomatik. Beichten, spenden, weiter so. Mindestens der Vater vom alten Ceysers hatte braunen Dreck am Stecken. Und nicht nur da."

Barth sucht nach einer Anschlussstelle für die Geschichte, auf die Jacob hinauswill. Aber Widerspruch gegen M an diesem Punkt seines zornigen Ehrgeizes schlägt nur ins Gegenteil um. Das scheint auch Jacob zu denken. Der schweigt sich aus. Wartet geduldig, bis Melchior selbst darauf kommt, dass er nicht gegen seinen Freund ins Gefecht muss. Der grüne Tee hilft dabei, irgendeine asiatische Entspannungsmixtur.

„Bist Du so weit?“

So ganz kann auch Jacob es nicht lassen.

„Der alte Ceysers war eng mit meinem Vater. Bis etwas zwischen beiden vorgefallen ist. Muss schwerwiegend gewesen sein, denn sie haben nie wieder miteinander gesprochen. Waren Freunde, seit der Kindheit. Und mein Vater hat dem Ceysers wohl bei einer Gelegenheit das Leben gerettet. Warum ich das überhaupt erwähne: Als ich den Ceysers hängen sah, ist mir etwas aufgefallen, was ich nicht einordnen konnte. Jetzt kann ich es. Es war kein Selbstmord.“

17

Im Nebel Glocken: neun Schläge gegen den beharrlichen Dunst. Schlechte Wolken quellen von allen Seiten her auf. Unterschiedslose Schwaden behocken den Turm. Barth ist aufgestanden und lehnt sich ans Fenster: Nicht einmal das ewige Licht findet nach draußen. Um die Tageszeit müsste es längst heller sein.

„Ist das Dein Ernst?"

Unter anderen Umständen hätte Melchior schärfer gefragt. Barth ist sich auch nicht sicher, ob Jacob nicht den Verstand verloren hat. Der pastorale Daueraufenthalt zwischen Leben und Tod war ihm nie geheuer. Im Verlauf seiner Karriere sind dem Kommissar einige Religionsexemplare zwischengekommen: Anzugträger mit paranormalen Begleiterscheinungen, dauerlächelnde Enthusiasten, erleuchtete Fanatiker. Ein Medium hat er mal kriminaltechnisch untersuchen lassen, weil es zu viele Informationen aus dem Jenseits angefordert hatte. Endete in einem Totalkollaps des vegetativen Nervensystems. Eine junge Frau, Typ Annaweiß. Vielleicht hatte ihn der Fall deshalb so mitgenommen. Ihn strapazierte alles, was ihn an seine Anna erinnerte. Vor allem die Toten. Dass er selbst mit Annaweiß spricht, bis heute, steht auf einem anderen Blatt seines ungläubigen Lebens. Das ist gezielte Einbildung. Barth weiß, woher die Antworten kommen, wenn er Anna fragt. Und deswegen muss er nicht darauf verzichten, ihre Stimme zu hören. Aber diese Nummer …

„Jetzt noch mal langsam. Für meine Mitschrift. Als Statthalter einer ganz bestimmten Sorte zahlungswilliger Wahnsinniger bin ich ja einiges gewohnt. Wollen via Internet Kontakt mit ihren Verstorbenen und so. Soll demnächst über Datentransfer weitergelebt werden. Algorithmen spielen Leben nach dem Tod."

Jacob Beerwein guckt wieder in eine der Richtungen, die wenig mit Melchiors Welt zu tun haben.

„Schon gut. Ich höre ja zu."

„Es geht um das Psi."

„Welches Psi?"

„Barth, Du hast auch nichts bemerkt?"

„Offen gesagt, fehlt mir gerade die Phantasie, wovon Du sprichst. Du hast irgendetwas von einem Übergang in eine Welt zwischen Leben und Tod erwähnt."

„Exakt."

„Also hat niemand den alten Ceysers aufgehängt, und der sich ebenso wenig, sondern ein Medium hat das besorgt?"

„So in etwa."

„Mit Verlaub, das ist …"

„Sag es nicht, bevor Du nicht nachgedacht hast."

Jacobs Stimme klingt klar, schlusssicher. Er zieht sein Notizbuch aus der Seitentasche seines Jacketts, trennt sorgfältig ein Blatt heraus, nimmt seinen Bleistift und zeichnet ein Symbol auf: Ψ.

„Schon mal gesehen?"

„Altgriechisch für Anfänger beim unverwüstlichen Dr. G. Und war da nicht was mit Physik im Abi?"

„Exakt."

„Hast Du eine neue Vokabel gelernt? Wird bei Dir jetzt alles exakter, je dubioser es kommt? Unschärferelation für Theologen?"

Der Einwand beeinträchtigt Jacob nicht, bringt Barth aber auf eine Idee.

„Du hast Recht. Irgendwas mit Wellenfunktion oder so. Aber Physik war nicht so mein Erfolgsfach …"

„Ihr seid beide auf der richtigen Spur. Das Wellending ist übrigens interessant. Keine Ahnung, ob es für das Symbol eine Bedeutung hat. Jedenfalls trug der alte Ceysers es an der Innenseite seines kleinen Zehs. Links."

„Wie bist Du denn da draufgekommen?"

„Haverkamp hing barfuß."

„Haverkamp? Ich dachte, es geht um den Ceysers?"

„Wart's ab. Hab Haverkamp angefasst, als wir ihn gefunden haben, Ton van Breijden und ich. Wollte den Puls fühlen. Mehr konnte ich nicht tun. War ohnehin klar, dass er nicht mehr lebte. Aber ich bin auch hin, um ihn stillzuhalten. Pendelte. Hab den Fuß gepackt, links, da war es."

„War das Psi?"

„Ja. Und beim alten Ceysers auch."

„Haverkamp und der alte Ceysers trugen es? Wieso haben das Deine Kriminalidioten nicht bemerkt?"

„Mal langsam. Es liegen noch nicht alle Resultate der Obduktion vor, soweit ich weiß."

„Außerdem sind die Zeichen minimal gesetzt. Leicht angewinkelt, liniendünn. Kaum zu sehen. Man kann sie für ein sonderbares Muttermal halten."

Barth überlegt.

„Deswegen bist Du gestern zu ihm, zum Ceysers?"

Der Kommissar holt die Szene zurück, sieht das irritierte Gesicht Lamecks, zittert die Kälte des vergangenen Abends nach.

„Nein … Ich weiß nicht. War ein Bedürfnis. Ein letzter Kontakt mit dem Leben. Ich …"

Jacob zögert, etwas zögert in ihm, eine Erinnerung, die Augenfeuchtigkeit sammelt. Aber vielleicht bildet sich der Kommissar das nur ein.

„Hat mit meinem Vater zu tun. Habe ich bei ihm gemacht. Seine nackten Füße genommen. Gehalten. Er …"

Die Tränen sind real, Barths Tränen, ein salziger Streifen Erinnerung …

„Es hat mit einem Psalm zu tun, den mein Vater jeden Tag gebetet hat. Kommt aus dem Krieg. Psalm 56. Ich will Euch nicht mit Einzelheiten langweilen. Die entscheidenden Verse lauten: *Du hast mein Leben dem Tod entrissen. Hast Du nicht meine Füße vor dem Straucheln bewahrt? So gehe ich meinen Weg vor Gott, im Licht des Lebens.*"

Melchior bewegt die Lippen, als bete er den Psalm lautlos mit.

„Ich weiß."

„Du weißt?"

„Hat er erzählt, Dein alter Herr. Schöne Sache das, mit den Füßen."

Sie nehmen sich Zeit, zu dritt. Arvo Pärt kommt voran, eine Endlosschleife. Jacob findet als Erster heraus. Macht den Rücken gerade und seine Stimme.

„Jedenfalls war das der Grund, ein Impuls. Die Füße fassen, ein letzter Kontakt. Den Verstorbenen nicht allein gehen lassen. Ihn ausrichten. So was."

„Und da hast Du auch beim alten Ceysers diese Tätowierung gesehen?"

„Gesehen habe ich sie im Grunde erst erst eben. Also wirklich wahrgenommen. Man sieht ohnehin meist später, oder?"

Darauf erwartet Jacob keine Antwort. Hofft der Kommissar. Er hat Annaweiß geküsst, damals, als die Welt verloren ging, ihre zartgliedrigen Füße, keine Hornhaut, glatt und weich wie gerade geboren. Sie hatte die Zehennägel ein letztes Mal lackiert, mit ihrem trauerroten Ton, wie zum Abschied, für ihn. Aber das muss nun wirklich niemand wissen. Plötzlich kommt ihm ein Gedanke, den er nie vorher hatte. Dass Annaweiß mit einer Schnur, ihrer Gebärmutterschnur um den Hals zur Welt gekommen war …

„Bedeutet was?"

M kommt auf das Wesentliche zurück. Er spricht laut genug, um Barth zu ersparen, was aus diesem letzten Gedanken folgt …

„Ich meine das Psi. Warum an den Füßen? Und so versteckt? Ein Erkennungszeichen? Sektenzeugs?"

„Ich bin kein Esoterik-Spezialist. Aber es hat wohl mit der Markierung von Übergängen zu tun. Das Psi weist darauf hin. Kontakt mit Seelen Verstorbener. *Psi* wie in *Psyche*. Geistwesen. Etwas in der Art."

Jacob steht auf, müde, aber entschlossen.

„Lass mich mal an Deinen PC, Melchior."

„Läuft. Beweg nur die Maus."

„Textprogramm?"

„Unten links, einfach anklicken."

Jacob Beerwein bedient Ms schwere Maschine gekonnt. Einige Tastenkombinationen genügen, nach wenigen Minuten präsentiert er das Foto eines männlichen Fußes.

„Schaut mal genau hin."

Jacob hat das Ψ extrem verkleinert und auf die Innenseite des linken kleinen Zehs montiert.

„Wirklich verblüffend."

„Wie bist Du darauf gekommen?"

„Weil ich das Zeichen kenne. Von Bareisl."

Übereinstimmendes Staunen, nicht ohne Zweifel.

„Ich glaube, ich muss mich mal kneifen. Wird mir zu mystisch hier. Spricht jetzt Dein längst verstorbener Bareisl-Typ zu Dir? Auch so ein Medium?"

„Einfacher. Er hat diese Symbolik erwähnt. Und erläutert. Es gibt eine lange Tradition. Hieroglyphen als Sinnbilder für Nahverhältnisse zu den Toten. Okkulte Wissenschaften. Im Grunde ist das ein Menschheitsphänomen. Suche nach den Verstorbenen. Orpheus und so."

„Und Dein Bareisl hat *was* damit zu tun?"

„War verboten. Ich meine, diese Art von Jenseitskontakt. Das Alte Testament ist da scharf. Die Kirche hat Vorbehalte gegenüber dem unkontrollierten Zugriff auf Nachlebendiges."

„Klar, Kontrolle."

„Nicht was Du meinst, Melchior. Da geht es um schiere Vernunft. Um das Einhalten der Todesgrenze. Wenn Du so willst, um Respekt. Macht über die Toten ist ein zu großes und zu verlockendes Versprechen für die Lebenden."

„Sagt der Kirchenmann."

„Ebender. Aber der Punkt ist ein anderer. Das Psi setzt einen Bezugspunkt, eine Art Kontaktschleife frei. Nicht so sehr Wiedererkennen unter Initiierten. Eher ein Tastmal. Einstieg auf der Haut, permanenter Tunnel auf die andere Seite."

„Da schnappst Du über …"

„Geh mal ins Internet, Melchior. Du findest bestimmt Angebote für Medien und Kommunikation mit den Toten."

M brummt vor sich hin, auf der Suche nach Vernunft. Ruft einschlägige Internetseiten auf.

„Stimmt. Hm … ziemlich schauderhafte Beutezüge …"

M grummelt weiter.

„Herrgott … Verstorbene suchen Austausch mit uns …
Arme Seelen …"

An dieser Stelle verweigert M die Nahrungsaufnahme
und fährt seinen PC herunter.

„Braucht man ein eigenes Virenschutzprogramm für."

Jacob schaltet sich wieder ein.

„Wirkt vielleicht komisch, bespielt aber ein anderes Feld.
Hat mit Schuld zu tun. Unaufgearbeitete Traumata. Verlust-
geschichten. Was sich nicht mehr gutmachen lässt. Und darum geht es in unserem Fall, fürchte ich."

Barth wird unruhig, der Kommissar in ihm und auch der
andere Teil. Jacob war viel unterwegs.

„Du hast am Anfang gesagt, dass sich der alte Ceysers
nicht umgebracht hat, aber auch nicht erhängt wurde. Was
hat das mit diesen spirituellen Medien zu tun?"

„Dass er sich veranlassen ließ. Hinüberzugehen. Bareisl
erwähnt in einem seiner Briefe solche Phänomene. Ver-
sammlungen. Bruderschaften. Man hatte ihn beauftragt, dem
nachzugehen."

„Inquisition."

„Nicht eigentlich. Es ging darum, die einfachen Leute zu
schützen. Aufklärung, wenn Du so willst. Schuld lässt sich
nicht so bearbeiten."

„Und die kleinen Tattoos der beiden Gehängten?"

„Sie haben einen Ausweg gesucht. Die Frage für uns ist,
woraus?"

Barth reicht das nicht.

„Hmm. Und wer hat die beiden alten Männer *veranlasst*?"

18

Den Nachmittag verbringt Jacob mit seinem Doctor Kasper Bareisl, lesenderweise. Ihre Unterredungen finden still statt. Was ihm ein politischer Theologe aus dem Dreißigjährigen Krieg einflüstert, um zwei Todesfälle in dieser krummen Gegenwart aufzuklären, würde Barth gerne aus erster Hand erfahren. Aber Jacob Beerwein betreibt historische Wissenschaft und schreibt keine Spukgeschichten. Der ausgelederte Foliant, in den sich Jacob vertieft, bietet dem Kommissar nur lateinische Anhaltspunkte. Über den Schreibtisch erstreckt sich eine Batterie von Sekundärliteratur, aufgereiht wie ein sachlicher Abwehrzauber gegen kriminalistisch ausufernde Vorstellungskraft. In einer gesonderten Mappe verwahrt Beerwein die Abschriften der überlieferten Briefe Bareisls: Grimmelshausen-Deutsch ohne Aufschlüsse für den Uneingeweihten.

Barth entscheidet sich fürs Nichtstun. Fällt ihm schwer. Aber da M gegenüber seine Toten verwaltet, besteht auch keine Aussicht auf eine Partie Schach. Hin und wieder lässt sich Barth von der struppigen Spielweise Melchiors unterkriegen. Allein zu spielen, fehlt ihm heute die Lust. Auf seinem Schreibtisch warten Figuren in aussichtsloser Stellung. Zufällig hat er in einem Schubfach ein Notizheft von Johann Beerwein gefunden: Jacobs Vater war ein versierter Spieler, der sich seine wichtigen Partien notiert hatte. Ein C weist seinen Gegner aus. Den umkämpften Stellungen entnimmt Barth nicht nur, wie die beiden spielten. Aber für vergeblichen Starrsinn mangelt es ihm an diesem Abend an Geduld.

Er legt sich auf sein Krankenbett, starrt an die Decke und

fragt sich, was kommt, wenn nichts mehr kommt. Seit einigen Tagen hustet er seltener. Was das wohl bedeutet? Früher hatte er geglaubt, er würde es mit seinem Todesurteil nicht aushalten. Ungeduld. Lieber gleich Schluss, als monatelang auf nichts zu warten. Aber der Gedanke ist an ihm vorbeigezogen, hat sich im Sommer verlaufen und jetzt will Barth diesen Fall lösen. Wie man einen Roman bis zum Ende liest.

Barth probiert es mit Fontane. *Vor dem Sturm.* Gegen die Langeweile. Beim Blättern stößt er auf *die weiße Frau*, die zu spät kommt, um ein Leben zu retten. Der Kommissar spannt ohne Absicht seinen Zygomaticus an. Grinst vor sich hin, mit Vorbehalt. An welcher Nahtstelle des Universums geht Zufall in Zusammenhang über? Nicht sein Metier. Auch der alte Fontane gibt nichts preis, was er nicht bereits wüsste. Also zählt Barth Fakten zusammen und addiert Vermutungen zu offenen Fragen auf. Sie müssen den Fordfahrer finden und in den tieferen Zeitstollen von Ceysers Biographie nach problematischen Ablagerungen fahnden. Bei Haverkamp ist es leichter. Der hat sein Geständnis auf Band gesprochen. Was es an Schuldgefühlen gab, findet sich dort. Das reicht, zunächst. Aber es muss eine Verbindung zum Schnapsfabrikanten existieren. Freunde scheinen sie nicht gewesen zu sein. Tranken bei Mutter Coenen ihr Freitagsbier, grüßten sich, maulfaule Kerle, die auch kein Schnaps in freie Rede versetzte. Immerhin Nachbarn. Die Linie könnte aber auch woanders verlaufen. Das führt Barth zu den Augen der *weißen Frau*, die Fontane aus seinem Romangemälde in die Gegenwart starren lässt:

„Sie fordern zu der Annahme heraus, daß sie nicht dazu bestimmt waren, sich wie zwei gewöhnliche Augen im Tode zu schließen. Sie haben etwas, als müßten sie wachen und endlos sehen.“

Irgendjemand schaut in diesem Moment auf die Szene. Zwei Menschen hängen in der Luft. Hingestreckte Puppen, die Glieder starr wie ihre leeren Augen. Die verraten nichts mehr. Aber jemand weiß, wie sie auf die Eiche gelangten. Weil er die Spuren verwischte. Ihren Abgang ermöglichte. *Beihilfe*, vermutlich. Die letzte SMS von Lameck liefert den forensischen Befund im Stakkato: „Bestätigt: Genickbruch bei Haverkamp. Trennung Schädelbasis von Halswirbelsäule. Ceysers erstickt." Dazwischen steckt ein *Aber*. Barth kalkuliert es. Es bleibt bei Ton van Breijdens Frage, wie sie auf den verdammten Baum gekommen sind. Lameck muss den Karlstadt noch einmal losschicken. Der hat was übersehen. Soll den Boden durchforsten. Besser, Barth macht sich selbst dran. Außerdem kann er Rebecca Coenen noch einmal befragen. Den Fontane legt er zur Seite, für später.

Er nimmt die Dorfstraße, den direkten Weg. Eine Mannschaft Raben erwartet ihn am Lühpfuhl. Der Kommissar stört ihre parlamentarische Versammlung. Erregt stieben sie auf, Unheilskameraden mit speziellen Flüchen, die sie in Barths Richtung schnabeln. Er umkreist das nach hinten abfallende Gelände. Die Eiche befindet sich auf einer leichten Erhöhung, von der aus sie richterlich regiert. Barth hat einmal etwas von Femeichen gelesen, und dort, wo die Bagger Land fressen, befindet sich ein Galgenberg, der bis in die Zeit des Pastor Wirsch in Betrieb war. Aber von einer Hinrichtungsstätte in Dornbusch hat er nichts gehört.

Barth wendet sich dem zurückliegenden Aspekt des Lühpfuhls zu. Er grenzt an eine Wildhecke, mit einzelnen Steinen befestigt. In aufsteigender Diagonale befindet sich der Schornstein der Schnapsbrennerei. Die Grundstücke des Haverkamp-Hofs und des Ceysers-Geländes liegen von dieser Seite gesehen näher beieinander, als Barth es vermutet hätte. Er sucht nach einer Öffnung in der Hecke, aber es gibt kein Durchkommen. Von da hat sich keiner an den Lühpfuhl gemacht, und ganz sicher nicht mit einer Leiter oder was auch immer, um den beiden alten Männern zum ewigen Absprung zu verhelfen.

Der Ausdruck bringt Barth auf eine Idee. *Absprung.* Er geht seitlich auf die Eiche zu. Richtig. Karlstadt hat den Boden wohl vor allem von vorne und in einem kleinen Zirkel um die Eiche untersucht. Es geht aber auch anders. Komplizierter. Nicht weniger wirkungsvoll. Im Abstand von geschätzt drei Metern befinden sich seitlich mehrere aufgeworfene Stellen: Scherhaufen. Darunter eine wellige Erdschicht, unebener Verlauf. Barth tritt heran, bückt sich, tastet die Erde ab. Von einer losen Schicht überlagert, schält sich, nach einigen Handgriffen, unter dem Aufwurf erst ein Griff, dann tiefer ein Quader heraus: eine Bodenplatte. Barth klopft sie ab. Das metallene Echo könnte auf einen darunter befindlichen Hohlraum hinweisen.

„Das kann doch wohl nicht wahr sein …"

Barth flucht unfreundliche Gedanken in Richtung des Karlstädter Deppen.

„Versammelte Blödheit! Magerhirn!"

Aber da Karlstadt nicht mehr sein Problem ist, schaltet der Kommissar um. Er versucht, das verrostete Teil anzuheben: eine Klappe. Sie bewegt sich, dann hakt etwas und Barth rutscht ab.

„Scheiße!"

Ein Schnitt am linken Handballen klafft auf. Saftig, denkt er. Es blutet beachtlich.

„Selber Idiot", schimpft er. Außerdem tut es weh. Barth nimmt sein Stofftaschentuch und wickelt es provisorisch um den Rist zwischen Zeigefinger und Daumen. Für den Augenblick muss das reichen. Ein Gedanke lenkt den Schmerz um. Wäre es möglich, dass die beiden tatsächlich eine Leiter benutzt haben – allerdings nicht, um auf den Baum zu klettern, sondern zu springen? Ziemlich gewagtes Manöver. Alles in allem zwei Meter Höhe muss man pro Mann rechnen, beide waren groß, um die eins neunzig. Treppenleitereinstellung bei eins fünfzig. Seil vorher um den vorderen Ast werfen, Schlaufe ziehen und fixieren. Drei Meter Seilspannung. Bleibt genügend Fallhöhe. Freies Pendeln, weil der Abstand zum Stamm ausreicht, wenn Barth die Neigung der ersten Astgabel richtig einschätzt. Der Umfang des Astes beträgt sicher mehr als zehn Zentimeter, stabil genug. Er beugt sich weit nach vorne, schräg. Beim Schwingen prallt der Corpus nicht auf. Könnte passen. Aber hält das der Nacken aus? Barth kennt einen Fall, da trennte sich der Kopf vom Rumpf. Lameck muss die Details checken. Bloß nicht dieser Karltrottel. Dem verdankt er diesen Schnitt. Gibt eine Narbe. Der Einschub bringt ihn zu Verstand. Er hustet ein grimmiges Lachen.

Der Strick sollte Abriebspuren hinterlassen haben, denkt Barth als Nächstes. Auf die dürfte Karlstadt nicht geachtet haben, weil er an einen senkrechten Fall glaubte. *Karlstadt.* Ganz beruhigen kann sich der Kommissar noch nicht. Er stellt sich die Szene vor. Lässt sie laufen wie einen Film, die Sequenz einer grotesken Selbstabschaffung.

Warum hier? Warum dieser Aufwand? Warum haben sich die beiden alten Herren nicht zu Hause erhängt? Barth fehlt nicht nur jede Idee dafür, sondern seine Wunde blutet inzwischen so stark, dass er etwas unternehmen muss. Gaststätte Coenen. Da wollte er sowieso hin. Als er sich umdreht, die verletzte Hand abgewinkelt, entdeckt er Rebecca am Straßenrand, ihren Hund angeleint an der Seite. Interessiert beobachtet sie die Szene. Wie lange schon, fragt sich der Kommissar und setzt sich in Bewegung, den linken Arm wie einen Windfang verdreht, eine ungeschickte Pantomime.

19

Rebecca Coenen weiß, was sie tut. Sie reinigt und sterilisiert die Wunde, legt einen festen Verband an und empfiehlt dem Kommissar, einen Arzt aufzusuchen.

„Das sollte genäht werden. Wann hatten Sie Ihre letzte Tetanusimpfung?"

„Keine zehn Jahre her. Gehört in meinem Beruf zur Routine."

Sie schaut ihn an, als überlege sie, was genau zum Alltag eines Kommissars gehört.

„Wie ist das eigentlich passiert?"

Barth hat eine eigene Frage.

„Am Lühpfuhl gibt es eine Bodenplatte. In Reichweite der Eiche. Haben Sie eine Ahnung, was es damit auf sich hat?"

„Du. Sie können mich duzen. *Rebecca*."

Mit ausbuchstabiertem Nachdruck, nichts vom *Platt* ihrer Mutter. Hat woanders gelebt, früher mal, vermutet Barth.

„Schon vergessen?"

„Sicher. Nein."

Widersprüche helfen gerade nicht.

„Rebecca, am Lühpfuhl befindet sich eine Platte im Boden. Unter dem Gras. Versteckt. Wissen Sie etwas darüber?"

„Eine Platte? Haben Sie sich daran verletzt?"

Barth antwortet nicht. Ihn treiben andere Fragen um. Er will nicht weitere Zeit verlieren. Rebecca Coenen scheint das zu verstehen.

„Keine Ahnung. Muss ich meine Mutter fragen. Aber eine Bodenplatte … Das heißt, es gibt drunter einen Raum?"

„Wem gehört der Lühpfuhl eigentlich? Ich bin bisher davon ausgegangen, der Gemeinde."

„*Tiefbraun.*"

Mutter Coenen steht in der Tür. Ihre Altfrauenstimme besitzt in keinem Barth bekannten Zustand etwas Freundliches. *Tiefbraun.* Hätte er selbst draufkommen können. Wenn alles drum herum schon von ihnen aufgekauft worden ist.

„War mal uns. Früher. Alles. Der ganze Lühpfuhl. Mit Eiche. Ist alt. Ein paar hundert Jahre alt."

Ihre Zunge fährt aus. Legt sich etwas zurecht.

„An der hat sich schon der Pastor Wirsch gewundert, als den der Blitz erschlagen hat."

Die Coenen lacht ihr Meckern. Barth forscht nach irgendeiner Ähnlichkeit mit der Tochter. Adoptiert, denkt er möglichst boshaft. Und dass die Alte auch anders reden kann. Mal so, mal so. Vielleicht weil es kantenscharf auf Hochdeutsch leichter geht.

„Sie treiben sich in letzter Zeit viel bei uns rum, was? Haben Sie nichts Anderes zu tun? Dachte, Sie wären nicht mehr im Betrieb, Herr Kommissar."

Hat sie *im* oder *in* gesagt? Barth sucht es sich aus.

„So ganz hört ein Bulle nie auf. Können Sie verstehen, nicht wahr?"

Tut sie, das Gesicht eine Hülle. Dann zuckt sie mit den Schultern und bedient sich am Kaffee.

„Die Platte?"

„Wat?"

Die Wirtin scheint Chancen und Risiken abzuwägen. Wie wird man diesen erzwungenen Gast am schnellsten los?

„Hat es nichts Besonderes mit auf sich. War mal 'ne Vorratskammer. Viel früher. Dann 'ne Art Schutzraum. Später.

Hat mein Vater im Krieg ausgebaut. Es gab zwar nich viele Fliegerangriffe. Aber nachdem es im Sommer 44 die Schnapsbrennerei ordentlich erwischt hat, erschien es ihm sicherer."

Sicherer als ein Keller? Diese Erklärung für die Existenz des *Schutzraums* erscheint dem Kommissar wenig plausibel. Das Teil hatte vermutlich eine andere Funktion. Aber diese Auseinandersetzung spart er sich für eine andere Gelegenheit auf.

„Ich erinnere mich noch an Fliegeralarm. Ganze Nächte im Keller. Manchmal kamen die auch tagsüber, am Ende. Tiefflieger. Haben ihre Bomben über den Höfen abgeworfen."

Was sich in ihren Zügen abmalt, kennt Barth aus manchen Geschichten. Angst vererbt sich, hat er mal gelesen und achtet auf Rebecca Coenens Reaktion. Sie wirkt überrascht.

„Hast Du nie von erzählt!"

„Mood ich dat?

Zwischen die beiden Frauen passt kein noch so schwarzer Kaffee, denkt Barth. Rebecca wendet sich ab, dezent verärgert, auf der Suche nach einer alternativen Beschäftigung.

„Sicher nicht, Mutter. Sicher nicht."

Sie zieht sich in einen Teil des Hauses zurück, in dem sich die Mutter nicht aufhält.

„Wurde der Raum noch genutzt?"

„Nicht, dass ich wüsste. Sollte versperrt sein."

Kritisch mustert sie Barths Verband. Die Wunde ist gestillt, Barth wird dafür keinen Arzt aufsuchen. Von professioneller Medizin hat er genug.

„Ich würde mir diesen Schutzraum gerne einmal ansehen."

„Haben Sie einen, wie heißt es: Durchsuchungsbefehl?"

„Für etwas, von dessen Existenz ich nichts wusste?"

„Tja, da er mir nicht mehr gehört, kann ich schlecht Zugang gewähren, oder?"

„Klingt aber so, als könnten Sie. Ich meine *technisch*. Sie besitzen doch noch einen Schlüssel?"

„Müsste ich nachschauen."

Sie kalkuliert immer noch Risiken und Chancen, nur unter umgekehrten Vorzeichen, denkt Barth.

„Wäre es nicht korrekter, Ihren Herrn Lameck zu informieren?"

„Kein Problem."

Barth zückt beweisführend sein Handy.

„Dauert nur länger. Bis der hier ist. Könnten wir jetzt gleich erledigen. Wenn da nichts ist, was ihn interessiert, haben Sie es hinter sich."

Das klingt wie ein Versprechen auf eine bessere Zukunft. Wogegen wehrt sich diese Frau? In Barths Gleichung wird sie nicht zur großen Unbekannten, aber einige seiner Fragen landen bei ihr. Wohnt in der Nähe der beiden Toten. Gegenüber vom Lühpfuhl. Der mysteriöse Ford parkt benachbart. Und das Gelass an der Eiche hat sie zumindest nicht erwähnt, wenn nicht verschwiegen. Trotzdem ergibt das keinen bilanzierbaren Sinn.

Rebecca Coenen hat nicht lange gebraucht, um ihre Fassung wiederzugewinnen. Vielleicht wollte sie sich auch nur zurechtmachen. Sie hat sich umgezogen: dunkle Jeans, cremeweiße Bluse, passender Blazer. Ihr Medaillon trägt sie offen, allerdings schauen die beiden Randfiguren mit Heiligenschein dieses Mal nach innen. Nach ihrer Identität zu fragen, verbeißt sich Barth in Anwesenheit von Mutter Coenen. Die macht sich auf den Weg in die Küche.

„Nehmen Sie es nicht persönlich, Herr Barth. Sie muss alles aufgeben. Die Gastwirtschaft, das ist ihr Leben. Und Dornbusch verlassen … Das macht sie … Sie ist so verbittert … Verbeißt sich in ihren Hass auf die ganze Welt. *Ordnungshüter* sind da die ganz Falschen hier."

Barth lächelt in ein bitteres Lächeln.

„Da."

Schleudern ist der falsche Ausdruck, aber mit vergleichbarer Wucht landet ein Schlüssel auf der Theke.

„Taschenlampe haben Sie ja dabei. Gibt kein Licht dadrin, nehme ich an. Mein Vater hatte einen Trafo eingebaut. Ist aber alles abgeschaltet."

Den Satz nimmt die Frau grundsätzlich, wenn man ihre Augen liest: erweiterte Pupillen, ungerichteter Zorn. Zum Fürchten, ohne Zweifel.

„Ich helfe Ihnen."

Rebecca Coenen scheint für die Gelegenheit dankbar.

„Haben Sie … hast Du denn Zeit?"

„Freitags frei."

Ein wenig amüsiert sie sich über den Kommissar, vermutet Barth.

„Ich kümmere mich freitagabends um die Küche. Aber das schaffst Du ja allein, Mutter, nicht wahr?"

Tochter kann auch Mutter, denkt Barth. Und fragt sich nebenbei, ob Rebecca Coenen Kinder hat. Einen Ring trägt sie nicht. Was nichts heißt.

Barth trägt die Taschenlampe, Rebecca den Schlüssel, ein rustikal geschmiedetes Gerät. Der Aufsatz spart den Umriss eines Kreuzes aus.

„Schönes Stück. Würde man nicht erwarten für einen schlichten Schutzraum."

„Wundert mich auch. Sehen Sie mal."

Verzierte Linien ziehen sich über den Bartrücken, gegenläufig zur Vorderseite.

„Wirkt älter als Zweiter Weltkrieg."

„Schauen wir mal, was der Raum bietet."

„Moment noch."

An der Garderobe tauscht Rebecca Coenen ihre Slipper gegen feste Stiefel.

„Ziemlich matschig draußen."

Seine soliden Mephistos sind Barth ein wenig unangenehm. Aus jeder Mode gefallen. Aber sie vertragen Schmutz. Beim Herausgehen fällt Rebecca etwas ein. Sie geht noch einmal zurück. Greift erst nach einem Trenchcoat, den sie sich lose über die Schultern legt. Nichts gegen den nasskalten Nebel, denkt Barth in seinem Mantel. Vor der Garderobe stellt sich Rebecca auf die Fußspitzen. Auf der Ablage findet sie, was sie sucht, und wirft es Barth zu.

„Handschuhe."

„Bitte?"

„Nehmen Sie. Von meinem Vater. Brauchen Sie gleich."

Umsichtige Frau, denkt Barth. Aber den Nebel vertreibt auch Rebecca Coenen nicht. Der Kommissar orientiert sich an der Eiche. Wendet sich drei gestreckte Schritte nach links und findet, was er sucht.

„Hier."

Barth bückt sich. In seiner linken Hand pulsiert die Erinnerung an den Ort. Er streift die Handschuhe über: elegante Gloves, zu fein für den Anlass. Behutsam streicht Barth die Eisenplatte frei, er möchte nicht mehr Spuren zerstören als nötig.

„Da, direkt neben Ihrer Hand. Probieren Sie mal."

Barth braucht zwei Versuche, bis der Schlüssel passt. Er dreht sich schwer, aber wirksam.

„Da können Sie zwischen Boden und Aufsatz greifen."

Rebecca Coenen dirigiert freundlich, doch bestimmt.

„Genau so."

Als Barth die Klappe öffnet, leuchtet Rebecca einen Raum aus, der ungefähr drei Meter in die Tiefe führt. Eine Schachtleiter ist am Einstieg montiert, mit festen Eisengriffen wie eine Reling. Sonst nichts. Nichts als ein leerer Kubus.

20

„Nichts? Wie meinst Du das?"
„Wie ich es sage. Der Schutzraum war leer."
Barth sitzt mit verschränkten Armen vor den Freunden, ein ratloser Buddha.
„Was hast Du erwartet?"
„Mehr als nichts. Eine freie Leiter, eine Klapptreppe, etwas in der Art … Mal sehen, was die Spurensicherung bringt. Lameck war reichlich sauer, dass Karlstadt das Gelass übersehen hat."
„Amateure."
M wischt mit den Armen etwas auf einer unsichtbaren Tafel aus.
„Wie geht es jetzt weiter?"
„Hmm … Alles dreht sich um den Lühpfuhl. Zwei Erhängte nacheinander am selben Ort. Warum da? Was verbindet die beiden alten Herren? Welche Rolle spielt Mutter Coenen?"
„Was hat die damit zu tun?"
„War immer in der Nähe. Wusste was von dem Keller. Benahm sich eigenartig."
„Verschrobene Alte."
Mehr weiß M auch nicht. Aber Jacob Beerwein schnalzt mit der Zunge, als habe er an etwas Gefallen gefunden.
„Alles gut bei Dir da drüben?"
Melchior schaut nicht wirklich besorgt in die maßgebliche Richtung. Der Freund liegt in seinem Schaukelstuhl mumienhaft verpackt, eingelegt in gleich zwei Decken. Er friert bei normalen Temperaturen. Und schnalzt weiter.

„Hör auf damit, das nervt."

Aber der stumme Priester scheint nichts zu hören. Er hat wieder einen dieser Tage. Diese Phasen nehmen zu. Das Geräusch ist neu. M bewegt seinen Rollstuhl und fährt an Jacob heran, fasst ihn am Handgelenk, als wolle er ihn beruhigen oder in dieser Welt halten oder vielleicht auch bloß den Puls messen. Doch Jacobs Symptome lassen sich nicht lesen. Barth und M wechseln Blicke. Sorge schaut aus zwei Gesichtern. Irgendwann geht das nicht mehr. Jacob wird Pflege benötigen, was wohl bedeutet: Er muss weg von Dornbusch. *Das überlebt er nicht*, hatte M einmal gemeint, nach einem *en passant*, das Barths Dame in Bedrängnis brachte, Pfeifenrauch sendend. Aber auch Melchior kann es kaum verhindern. Er hat den Freund einmal gefragt, ob er Vorsorge getroffen habe. Ob es eine Patientenverfügung gebe. Aber Jacob hatte nur sein Gottvertrauen gelächelt. Barth vermutet noch etwas Anderes, das im Untergrund dieses Priesterglaubens wirkt: das simple Verlangen nach Aufhören. *Dem Vater nachsterben*, hatte Jacob einmal gemurmelt, in keinem liturgischen Zusammenhang. Und dass die Mutter schon so lange tot sei. Die Sehnsucht, die keine anderen Worte braucht, kennt Barth.

Jetzt hat Jacob die Augen geschlossen: Sein Atem zieht gleichmäßig hin, als schlafe er. Macht er gelegentlich. Kommt über ihn. Manchmal weiß Barth nicht, ob ihn die Welt, an die Jacob glaubt, schon hinüberzieht. Was auch immer er träumen mag, fällt in diesem Moment nicht schwer. Ein Jacobslächeln steigt eine Leiter empor. Tröstliche Vorstellung, denkt Barth und denkt auch an das, was sonst noch kommt. Aber nicht jetzt! Der Kommissar macht sich energisch.

„Probierst Du auf dem Rechner mal aus, ob meine Theorie stimmen kann?"

M reist durch seine Zeit, angezogen von ganz persönlichen Gravitationswellen. Was er sieht, passt auf keinen Bildschirm: die Augen glasig von dem, was sein Geheimnis bleibt. Aber er scheint froh, dass ihn eine vertraute Stimme durch ihr Wurmloch zurückholt.

„Welche von Deinen Theorien?"

„Na ja, die Idee mit dem Absprung und dem Pendeln. Ist das physikalisch möglich?"

„Gib mal die Zahlen."

Barth hat sie notiert, er reicht M den Zettel mit der Skizze.

„Sauklaue."

M hat an allem etwas auszusetzen, aber er weiß, was er tut. Tippt Daten ein und erhält neue. Sie drehen stille Runden durch ihr Universum. Barth versteht davon nichts. Für ihn stellen sie eines dieser biblischen Sehwunder dar, die Jacob gelegentlich in seinen Messen strapaziert. M bleibt gelassen. Meditativ versunken, hockt er vor seiner säkularen Maschine und wartet auf ihre Offenbarungen.

„Hm. Hängt von einigen Umständen ab."

„Von welchen Umständen?"

„Wind zum Beispiel. Standschiefe der Leiter. Intensität des Absprungs ... Aber ... Nein. Bei zu großer Fallhöhe wäre es ihnen wie diesem Halbbruder von Saddam Hussein ergangen ... Keine appetitlichen Bilder."

„Aber sie müssen auf den Baum gekommen sein. Und das wäre eine Möglichkeit."

„Eher nicht."

„Schlag eine andere Erklärung vor."

Melchior probiert neue Simulationen. Der Bildschirm liefert überraschend realistische Bilder, aber keine befriedigenden.

„Woher nimmst Du das? Ich meine die Daten für diese täuschend echte Animation?"

„Fotos vom Lühpfuhl und der Eiche, adaptiert auf Wetterverhältnisse. Die Figuren braucht man nur mit vorhandenem Material anzureichern. Hab mal ein Programm geschrieben, ist ein eigenes Projekt. Arbeite ich schon ein paar Jahre dran. Biographien neu laufen lassen. Spannende Geschichte. Klappt noch nicht so, wie ich es mir wünsche. Aber für unseren Fall reicht es. Musste nur die Spielzüge vorgeben."

Und schon hängen die beiden Alten wieder an ihrem Baum. M verfeinert die Abstände, geht von Windstille bei Nebel aus, verringert, vergrößert Abstände, Winkel, während sich Barth vorstellt, was M aus Jacobs und aus seinem Leben einmal kreieren könnte. Er sollte es ihm ausdrücklich verbieten: kein Nachleben irgendwelcher Art. Aber für den Moment erweist sich Ms Kunst als hilfreich. Er hat die Szenen in einzelne Strips geschnitten und die Konturen geschärft.

„Kann man jetzt durchspielen. Minimale Anpassungen. Siehst Du? Funktioniert nicht."

„Grauenvoll. Wirkt wie eines Deiner Computerspiele."

„Dieselbe Logik."

„Nicht ganz."

Sie blicken sich um: Jacob, der mit geschlossenen Augen sehen kann.

„Ich dachte, Du schläfst."

„Niemals so ganz."

„Na, das gibt mir ja Hoffnung."

Jetzt schlägt Jacob Beerwein die Augen tatsächlich auf, erst mit dem Mund, aus dem er Luft ablässt, dann mit emporgezogenen Brauen: ein sanft ungläubiger Thomas.

„Hast Du zugehört?"

„Ein wenig."

„Und?"

Jacob rutscht aus stabiler Rückenlage nach oben. Setzt sich auf, sucht nach seinen Schuhen, belässt es bei den derben Socken, die ihm Frau Haverkamp mehr als nur einmal gestopft haben dürfte. Mühsam findet er in den aufrechten Gang und bewegt sich auf den Computer zu.

„Barth hat Recht. Das Loch im Boden ist das Entscheidende."

„Was soll das denn nun wieder heißen?"

„Du glaubst nur an die Wahrheit Deiner Algorithmen."

„Und Du an kabbalistischen Zahlensinn, was?"

„Mehr an die Art und Weise, wie Kasper Bareisl dachte. An Chiffren."

Barth denkt dieses Mal schneller als M.

„Könnte was dran sein."

„Ich verstehe nur Bahnhof. Worum geht es gerade?"

„Mann Gottes, wenn einer sich mit Codes auskennt, dann doch wohl Du!"

„Ganz ruhig, Jacob. Erregung ist weder Deinem Alter noch Deinem geistlichen Stand zuträglich. Denk an Deinen Blutdruck."

„Ich denke daran, dass wir es hier mit einer sonderbaren Inszenierung zu tun haben. Einem, na ja, Mysterienspiel."

Er kichert, schnalzt schon wieder mit der Zunge und knickt plötzlich ein, ohne Vorankündigung. Geht wie geschlagen in die Knie, kippt seitlich weg, sodass Barth im ersten Augenblick glaubt, Jacob stelle das Computerbild nach, was Unfug ist, selbstverständlich, aber da ist es zu spät, und er kriegt den Freund nicht mehr zu fassen, der knapp neben Melchiors Rollstuhl aufschlägt, nicht hart, aber doch robust, mit einem abschließenden Ton: dumpf, der Schädel, eindeutig.

21

„Vielen Dank."

Ein Abschnitt ihres Gesichts zögert.

„Ich bin mir nicht sicher, ob ich ihn annehmen darf. Oder möchte."

„Es war gut, dass Sie, ähm … dass Du da warst. Es geht ihm ja auch wieder besser."

„Wirklich? Mir wär lieber, Sie hätten sofort den Rettungsdienst angerufen. Der Pastor sieht alles Andere als gut aus."

Barth kann sehen, welche Antwort sich M verbeißt.

„Sie hätten Jacob mitgenommen."

„Das ist der Sinn in einem solchen Fall. Das hat er doch nicht zum ersten Mal, oder? Dass er das Bewusstsein verliert?"

Barth bewegt seine Zustimmung, still. Er hält es für möglich, dass Jacob auch in diesem Zustand alles mitbekommt.

„Sie hätten ihn nicht mehr hergegeben. Das durften wir nicht zulassen."

Letzter Satz, denkt Barth, und ihm fällt eines der Stücke ein, die M so mag. Rebecca Coenens Augen scheinen die Farbe zu wechseln. Dunkel wie ein nachlassender Akkord. Kein Pathos. Sie hält die Stille, die das alte Schulhaus einschließt.

„Das Risiko kennen Sie?"

Dass er stirbt? Früher oder später? Barth möchte nicht verhandeln.

„Ich bin keine Ärztin. Ich arbeite in einer gynäkologischen Praxis. Über mehr als medizinisches Grundwissen verfüge ich nicht."

„Na ja, Erstversorgung im Notfall geht schon, oder? Es hat doch gereicht."

„Meinen Sie? Pastor Beerwein bräuchte ein CT. Und einiges sonst noch."

„Er will nicht. Verweigert sich."

M spricht, wie der Freund denkt.

„Ist seine Entscheidung. Passt mir auch nicht."

M schluckt einen fremden Wirkstoff.

„Wie soll es weitergehen?"

„Schritt für Schritt."

Wieder gibt Jacob den *Deus ex Machina*. Ans Staunen gewöhnt man sich nicht, denkt Barth. M bedient sein mobiles Cockpit mit einem gefährlichen Ruck, beinahe hätte er Rebecca Coenen gerammt. Die geht zu Jacob. Schaut ihm in die Augen. Übt einstudierte Handgriffe aus. Sagt nichts. Jacob lässt zu, was er nicht vermeiden kann. M rollt zur Fensterfront, verschafft sich Luft, aber was hineinwabert, besteht nur aus der gasigen Dichte der vergangenen Tage.

„Mach …"

Jacob vermisst ein Wort. Bei Namen geht er gewöhnlich das Alphabet durch. Es weist Lücken auf.

„*Kalt.*"

Das hat er längst gezeigt, die Decke hochgezogen.

Arm ist er dran, denkt Barth und wüsste gerne, was sich da in Jacobs Körper wie ein Urteil vollzieht.

„Uhr? Wie viel Uhr?"

Als wäre das die wichtigste oder auch nur eine naheliegende Frage.

„Dunkel."

M. Barth weiß nicht, auf welcher Tonleiter seines Sarkasmus Melchior diese Antwort ansetzt. Die beiden Freunde haben eine eigene Sprache für das, was sie verbindet.

„Ich … Nach Hause."

Aus unvollständigen Sätzen macht Jacob ganze. Manchmal. Er lebt wie in einem Sekundenschlaf. Vielleicht muss sich Jacob bloß konzentrieren? Aber das fragt Barth nicht laut. Er hat so etwas noch nie erlebt, nie davon gehört. Und die Ärzte?

„Geht das?"

Daran hat Jacob gearbeitet. Ein gurgelnder Laut folgt. Rebecca Coenen übergeht ihn.

„Das entscheiden Sie."

Sie taxiert den alten Priester, dann den Kommissar. Manchmal möchte Barth dem Freund einen Schubs geben, als löste sich dann etwas. Eine lächerlich mechanische Vorstellung. Eine primitive. Als erzielte sie Wirkung, setzt Jacob nach:

„Möchte allein sein."

Weite Kinderaugen blicken M an: *Ich weiß es doch selbst nicht* … Aber dem Freund muss er nichts erklären.

„Du kannst auch hier übernachten, das weißt Du?"

Jacob bewegt seinen Kopf zustimmend. Das klappt noch.

„Hinlegen geht immer."

Dann lacht er heiser, und es geht wieder, als sei nichts gewesen. Kein Fachbuch verzeichnet Jacobs Krankheitsbild, aber das weiß Barth längst und es hilft kein bisschen.

„Ich riskiere es mal mit dem Aufstehen."

„Ich helfe Ihnen."

Sie fasst Jacob rechts unter, Barth auf der anderen Seite. Schwerer Mensch, denkt der Kommissar und weiß genau, was er meint. Seine linke Hand pocht verdächtig.

„Vielleicht warten wir noch etwas?"

Flackernde Augenlider. Jacob bricht der Schweiß aus. Aufstehen ist keine leichte Aufgabe.

„Warten. *Etwas.*"

Wie ein harmloses Wort böse werden kann, denkt Barth.

„Sicher warten wir. Nur worauf, Jacob? Worauf?"

Jacob fehlt mehr als nur die Kraft, nach Hause zu gehen. Sein Widerstandsgeist hält sich woanders auf.

„Und was machst Du dann da drüben? Hinfallen?"

M sprüht Sorge, wütende Sorge. Aber er flüstert sie.

„Hast Recht. Ich bleib hier. Für eine Nacht. Barth, kannst Du holen, was man so braucht?"

„Ich komme mit."

Rebecca Coenen steht schon. Barth fragt nicht, was Jacob so braucht. Auf der Treppe hört er, wie sich die Freunde unterhalten, leise, gedämpft.

„Lange geht's nicht mehr."

Barth nimmt seine Mephistos. Zwängt sich hinein. Die Füße sind etwas geschwollen. Wahrscheinlich von der Wärme im Zimmer. Als er den ersten Schnürsenkel anzieht, um eine Schleife zu binden, reißt er. War absehbar: sprödes Material. Kümmert er sich später drum. Hat irgendwo Ersatz. Oder Jacob hat. Die paar Schritte ins Pastorat gehen auch so. Rebecca beobachtet ihn. Wartet auf Antwort. Auf eine Frage, die sie nicht gestellt hat.

„Ich weiß. Aber ich weiß nicht, was er wirklich hat."

„Was hat man, wenn man hat, was Pastor Beerwein hat …"

Früher hätte Barth einen Blick, wie ihn die Coenen auf ihn heftet, genossen. Und was draus gemacht, vielleicht. Annaweiß zieht im Nebel auf, als sie die siebenunddreißig Schritte zum Pastorat in Angriff nehmen. Der Kommissar vorsichtig wegen des offenen Schuhs. Auf dem Kirchturm versammeln sich die üblichen Gespenster.

„Multimorbidität, möglicherweise."

Rebecca Coenen zögert.

„Bitte?"

„Nennt man so. Mehrfacherkrankung. Kann man googeln. Symptome passen. Kommt nicht so selten vor. Aber ich bin, wie gesagt, keine Ärztin."

„Wir vermuten etwas Dementielles."

Wieder dieses *Etwas* …

„Würde ich nicht ausschließen. Aber die Symptome … Ich weiß nicht. Gibt es manchmal, dass mehr zusammenkommt. Fehlermeldungen im ganzen System. Überschneiden sich. Abhängig vom einzelnen Patienten."

Morbus Beerwein, denkt Barth. Fast muss er lachen. Melchior würde es bestimmt. Typisch Jacob. Geht nicht an einem simplen Lungenkarzinom zugrunde. *Multimorbidität* … Klingt nach Mehrfachtod, findet der Kommissar. Und dass dies wohl die angemessene Form ist, zu sterben. Als er die Haustür des Pastorats aufschließen will, hält ihn Rebecca zurück, behutsam.

„Wie geht es Ihnen eigentlich?"

Barth überlegt, was sie wissen kann. Wo er anfangen muss, um einem anderen Menschen zu erzählen, wie es um ihn steht. Und wie man Zeit gewinnt, wenn man nicht weiß, was zu sagen.

„Was halten Sie von einem Kaffee? Und einem Cognac? Ich glaube, Jacob und Melchior brauchen mal Zeit für sich."

„Wenn Sie einen ordentlichen haben?"

„Jacob hat immer was in Reserve, glauben Sie mir."

Rebeccas Frage nehmen sie mit in Jacobs Wohnzimmer.

Der Nebel, der draußen Schwaden operiert, macht den Raum kälter. Barth ist versucht, den Kamin anzufeuern. Doch das dauert ihm zu lange. Er probiert es mit einigen Kerzen und Jacobs Stehlampe. Ihr Licht passt zum rustikalen Altholz. Dann kümmert er sich um den Kaffee und seine Schnürsenkel.

Als er zurückkommt, hat Rebecca Coenen schon den Cognac gefunden und die passenden Gläser platziert.

„Kann nicht aus meiner Haut."

Sie lächelt anders als jede Frau seit so viel mehr als vielen Jahren.

„Hoffe, das ist okay? Bin das Anpacken gewohnt. Einige Jahrzehnte Kneipe."

Barth rechnet nicht, er konzentriert sich auf etwas Anderes.

„Na dann. Stoßen wir an. Ich habe auch einen Vornamen."

„*Barth.* Ich weiß."

Was sie weiß, grinst sie. Der Cognac schmeckt nach Jacobs Gedanken, eine komplexe Note: Eiche, außerdem eine feigenartige Zutat, nicht unscharf, vermutlich Pfeffer. Aber das hat er wohl eher irgendwann gelesen als geschmeckt. *Eiche*, denkt Barth, sperrt aber den Kommissar in ein benachbartes Zimmer.

„Also?"

„Also was?"

„Wie es Dir geht?"

Das *Du* macht die Frage direkter.

„Mein Körper nimmt sich Bedenkzeit. Vor dem Endspiel. Opfert ein paar Figuren. Aber der König steht noch, würde ich sagen."

„Schach? Ich verstehe nichts von Schach. Aber ein wenig

von menschlichen Körpern. Deinem tut nicht gut, was Du gerade tust."

Sie mag kreisende Sätze, denkt Barth. Wiederholungen. Gefällt ihm.

„Mag sein. Aber was macht es für einen Unterschied? Ich spiele nicht mehr auf Zeit. Höchstens für diesen Fall."

„Warum ausgerechnet dafür?

Barth weiß warum. Doch er weiß nicht, ob er es sagen will. Oder kann.

„Ist was Persönliches."

„Sterben ist immer persönlich."

Barth zuckt, allergisch gegen Weisheiten, bedingt duldsam. Rebecca Coenen lächelt nicht, nichts. Sie ist nicht die Frau für Kalendersprüche, wendet der Kommissar ein, bevor ihm einer seiner Lamecksätze herausfährt. Schärfe passt gerade nicht. Er schaut auf die Hand, die sie ihm verbunden hat. Ob die Wunde heilt, bevor es Zeit wird?

„Es geht um Anna."

Barth bildet ihren Namen wie einen fertigen Satz.

„Annaweiß."

Er hat sich entschlossen. Dafür ist Zeit. Er schaut in Rebeccas Gesicht, das so anders schön ist als das seiner Frau, die vor dem Fenster Schwebefiguren studiert. Sie lächelt ihm zu. *Annaweiß …*

Und dann nimmt er die Flasche, macht Platz im Raum, bedient sich an Jacobs Großzügigkeit und feuert den Kamin doch noch an. Das trockene Holz braucht, bis es knistert, erst zaghaft, dann bäumt es sich auf. Es riecht nach Winter, nach Jakobs Bibliothek und seinen Geschichten, nach Imperfekt.

„Kann dauern."

Rebecca streift ihre Schuhe mit den Füßen ab, einen nach

dem anderen, geschickt, beinahe erotisch, und streckt die Beine aus. Das kann sie. Lang sind sie, beeindruckend lang in den schwarzen Strumpfhosen unter ihrem eng taillierten Rock. Kann sie tragen, denkt Barth und blickt nach draußen, um Annas Meinung einzuholen. Doch die hat den nächsten Transport genommen. Tatsächlich hat Regen eingesetzt, gleichmäßiger niederrheinischer Regen. Unsichtbare Finger malen auf Jacobs Fenster.

„Kann dauern."

„Ich habe Zeit."

22

Zu den Dingen, die Barth aus seiner aufgegebenen Wohnung gerettet hat, zählt Annas *Bridge* mit Kreuzpackgurt, ein Geschenk zu ihrem letzten Geburtstag. Anna träumte Reisen. In den *Viaggio* hatte sie sich in einem abgelegenen Lederwarengeschäft verliebt, beim Schaufensterschlendern, weil er Versprechen auf Ferien machte. Der Koffer war teurer als alles, was Barth je erworben hatte, seinen unerschütterlich rostenden VW-Käfer eingeschlossen, die eingesetzten Türen in unterschiedlichen Farben. Den Motor hatte er selbst ausgetauscht, eine Notoperation, und den *Ovali* irgendwie über den TÜV gebracht. Der *Viaggio* stammte aus einer anderen Welt. Drin: ein Kleid, unbedingt rot. Passende Pumps. Zwei Bikinis, eine Tunika für den Strand. Aber auch praktische Textilien: Jeans, T-Shirts, Hemden, schwarze Slips, keine Strümpfe – Barth kennt die Liste auswendig. Ohne Schmuck. War nichts für Anna. Ihr *Necessaire* hatte sie im Seitenfach verstaut. Dazu ein Stromadapter, gelbes Plastik mit Anschluss für südliche Länder. Ein paar weiße Tennisschuhe, abgelaufen, doch wichtig für Annas Befinden. Ein bescheidenes Arrangement. Die Schatulle, in der Anna ihren Ehering aufbewahrte, hatte sie oben auf die Badetücher mit den psychedelischen Farbspiralen gelegt. Sie trugen ihre Ringe nicht, aus unterschiedlichen Gründen, doch einen zu besitzen, wie eine eiserne Reserve, bedeutete Anna etwas. Auf Reisen nahm sie ihn mit. Einige hatten sie unternommen, doch weiter als bis an Zeelands Küsten waren sie nie gelangt. Nimmt man das Wochenende in Paris aus, dieses eine. Annas Vorliebe für Flieder kann Barth bis heute riechen.

„Anna hatte gepackt. Ihren Koffer. Meiner leer daneben. Um mein Zeug wollte ich mich am Abend noch kümmern."

Der nächste Satz hat über die Jahre Schorf angesetzt. Was drunter ist, muss nicht aufgekratzt werden, um zu bluten.

„Ihr *Viaggio* stand da wie eine Anklage."

Wie der Cognac, denkt Barth, jetzt, und schätzt, was er Jacob schuldig ist. Eine neue Flasche Hennessy. Mindestens.

„Wer packt für einen Urlaub und hängt sich dann auf?"

Die Frage will keine Antwort. Jede Antwort macht alles schlimmer.

„Du machst Dir Vorwürfe?"

Die Nummer hat Barth oft genug gezogen. Beim Polizeipsychologen. Dem ersten und dem zweiten und dem dritten. Barth hat sie zum Verzweifeln gebracht. Einer hat sich später grundsätzlich verabschiedet. Den Fall durfte Barth bearbeiten. Leichte Lösung: Die Ehefrau hatte den Doktor erst betrogen und schließlich verlassen. Eine Woche hatte es der gute Mann allein ausgehalten und dann einen Zug genommen, auf offener Strecke, nachts, aus Rücksicht auf mögliche Zeugen. Den Lokführer hat es ein Jahr später gerissen. Kettenreaktion …

Was hat Rebecca noch gesagt? Es fällt Barth nicht leicht, in ihre Gegenwart zurückzufinden. Dass ihm der Name der Schauspielerin nicht einfällt, an die sie ihn erinnert … Oder zumindest der Film …

„Keine Ahnung."

Barth setzt einen zweifelhaften Punkt.

„Ist so lange her. Am Anfang, sicher. Läuft man sich selbst hinterher. Rollt Zeit vom anderen Ende her auf. Wäre ich eine Stunde früher nach Hause gekommen …"

„Hätte das gereicht?"

„Knapp. Möglicherweise …"

„Irgendwann kam dann die Wut. Auf Anna. Dass sie nicht warten konnte. Dass sie nichts gesagt hatte. Dass es … ich weiß nicht … Dass es keine Anzeichen gab, die ich hätte verstehen können … Dass es den Anruf aus dem Büro gegeben hatte. Dass ich den Hörer abnahm. Tausend *Dass* …"

Barth versucht es einmal mit links. Hält das Glas gegen das Licht und sieht nicht mehr als mit der anderen, unverletzten Hand. Der rotbraune Pegel bildet einen nachgiebigen Horizont.

„Immer nur Folgesätze. Nie ein Anfang, der vor dem Schluss kommt."

23

Kann man Narben zählen? Abgestorbene Haut auf Landkarten übertragen? Geologische Vertiefungen als Auslagerungen von Hoffnungen, Ängsten lesen … Jacob hat Barth von der Idee seiner biographischen Einleitung erzählt. Die Lebensgeschichte des Kasper Bareisl will er so beginnen. In sein tintenverwischtes Manuskript hat Jacob ein Kupferstichporträt Bareisls eingelegt: ein freundlich-zurückhaltendes Gesicht, weich gezeichnete Züge, die Nase in einem harmonischen Bogen geschlagen, eher ein Dichter als ein Kämpfer, aber vielleicht deshalb Diplomat? Jacob interessiert der politische Theologe, der das Reich Gottes ins Praktische dachte. Barth konzentriert sich auf den Strich am rechten Wangenknochen Bareisls. Er kennt solche Schnitte. Da hat jemand mit einem Messer gearbeitet. Die verhalten femininen Züge gewinnen durch das brutale Zeichen nur an Ausdruckskraft, findet der Kommissar. Ein schöner Mann, und Barth weiß, was ihn an Anna erinnert: die geringfügig versetzten Augen, die zur Seite blicken, in unbestimmte Tropen, etwas bekümmert, nicht traurig, eher sanftmütig ironisch, als könnten sie die Welt nur seitenverkehrt wahrnehmen.

„Es ist das Unwahrscheinlichste in meinem Leben, dass Anna mich wollte. Hab ich das schon erwähnt?"

Rebecca Coenen neigt ihren Kopf zur Seite, aber schweigt.

Annaschön, wo fängt schön an?

Hat er Anna gefragt. Früher. Barth nimmt ein Foto aus seinem Portemonnaie. Rebecca betrachtet es, als meditiere sie.

„Annaweiß?"

„Annaweiß", bestätigt Barth mit dem Nachdruck von Verlust.

„Sie war, wie sie sich nannte. Hat ihr als Kind zu schaffen gemacht, später nicht mehr. Sie mochte das albine Paket, in das sie ein genetischer Zufall eingeschnürt hatte."

So hat sich Barth Andersens Meerjungfrau vorgestellt: grundweiß, die Schnittspuren der Messerstiche unter ihren Füßen verborgen. Auf unsichtbaren Narben tanzen: So erinnert sich Barth an seine Frau.

Ich bin eine feine Mutation, oder?"

Barth bemüht sich, Annas Lachen zu übersetzen, innendrin, mittendrin, wo geschädigtes Gewebe zieht.

„Meine Anna konnte wie losgelassen lachen. Wild, ausbrechend. Genauso, wenn sie abstürzte. Da hielt sie nichts. Anlassloses Verschwinden in sich selbst. Vielleicht brauchte sie deshalb einen dicken Mann. Zum Auffangen."

Er versucht ein Lächeln, an das er nicht glaubt.

„Da fängt schön an, meinte Anna und umschlang mich dann wie einen Globus. Nur dass sie nie ans Ende kam mit ihren Armen. Ich war immer schon umfangreich."

Rebecca legt ihren Kopf schief, ein wenig. Auf ihrer Stirn bildet sich eine freundliche Linie.

„Muss ich mir merken, den Ausdruck. Wo schön anfängt …"

Sie blickt in ihren Cognac, lässt ihn aber stehen. Barth sucht nach dem Faden seiner Geschichte. Sie spannt sich wie ein unregelmäßiges Raumnetz auf: fängt immer wieder woanders an … wie Anna … mit ihren Linien aus Schnitten und Narben … *Narben erzählen* – aber das ist Jacobs Programm … Barth verliert sich, und er bemerkt es im selben Moment, als beobachte er sich beim Einschlafen.

„Wir haben uns, wie soll ich sagen, *nebensächlich* kennengelernt. Waren Nachbarskinder. Kannten uns eher im Vorbeisehen. Mit Altersabstand. Als ich aufs Gymnasium wechselte, ging sie in die zweite Klasse. Kam mir wie eine andere Generation vor."

Manchmal kann Barth noch den Schulgong hören, den überragenden Eindruck der ersten Lateinvokabeln empfinden. Einmal im Leben kam er sich groß vor.

„Ansonsten. Einfache Verhältnisse, wie man damals sagte. Wir alle. Annas Vater musste viel auf Montage. Brückenbau. Verdiente ordentlich, war hart wie seine Arbeit. Anna stellte sich immer seine Hände vor, erzählte sie mir später, wenn sie an ihn dachte. Strenger Herrscher, besorgt um seine Familie, kein übler Kerl. Auf klare Regeln bedacht, trittsicheres Proletariat. Für seine Familie wünschte er sich sozialen Aufstieg, vor allem für seine Tochter, seine einzige Anna. Da durfte nichts dran."

Barth zögert an einer Stelle, an der auch Anna immer anhielt, vor einer Ampel, die nie auf Grün springt. Totalausfall aller Systeme. Wieder und wieder.

„Deshalb sperrte er sie manchmal ein. Wenn sie etwas angestellt hatte, was die Mutter nicht vor ihm verbergen konnte, bekam sie Hausarrest. Tagelang, manchmal sogar Wochen. Es ging um Kleinigkeiten: schmutzige Schuhe, vernachlässigte Pflichten, schlechte Noten. Vor allem versäumte Kirchgänge. Annas Vater war schwer katholisch. Rosenkranz. Maiandachten. Kevelaerwallfahrten. Jeden Sonntag Messe, oft auch unter der Woche. Hielt die Fastenzeiten. Und wachte darüber in der Familie. Wenn der Vater unterwegs war, dispensierte sich Anna hin und wieder. Meist kam es heraus. Der Vater verfügte über Zuträger, Elfuhrmessinformanten. Aber jede Strafe stachelte Anna nur dazu an, es noch einmal zu probieren. Gott zu schwänzen."

Widerstand, in einem nachträglichen Satz, hingerotzt, so klang er und nicht anders.

„Einmal verabreichte ihr der Vater eine Ohrfeige, die erste und einzige in ihrem Leben. Da war sie neun. Sie hatte sich zu lange draußen *herumgetrieben*, an einem Sommerferienabend, an dem die Kinder aus dem Dorf bis in die Dunkelheit am *Hohen Busch* herumtollten. War dem alten Cadwer zu gefährlich. Den Abdruck im Gesicht sah man tagelang. *Papas Handschrift*, nannte Anna ihn. Dabei sagte sie sonst nie *Papa*."

Die Lust, es dem Mann heimzuzahlen, kann Barth bis heute spüren. Aber dafür war es immer zu spät. Nur dass er sich damals, als Anna erzählte, schon gefragt hat, warum er nichts davon mitbekommen hat. Er erinnert sich an diesen Sommer. Ein Ferienlager mit Zigaretten und einem ersten Kuss, einer Zungenspitze bald beginnenden Lebens. Wie groß er sich vorgekommen war, beinahe erwachsen. Und ein Haus entfernt begann Anna zu sterben, an einem Sonntag. Im Kalender könnte er das Datum finden.

„Ihr Vater schlug sonst nie, trank auch nicht, jedenfalls nicht übermäßig, keiner von der Sorte. Aber an dem Abend, als er Anna suchen musste, haute er, wie ein Mann von seiner massigen Statur ein Kind hauen kann."

Anna sitzt auf dem Treppengeländer. Macht eine Pause. Dreht sich im Kommissar einmal um ihre Achse.

„Sie fühlte sich ein Leben lang wie umstellt. Zog bei jeder Gelegenheit eine Verteidigungslinie. Rechtfertigte sich gegenüber Anschuldigungen, die niemand erhob. Fehlermeldungen beim alltäglichen Straßenverkehr. Wieso sitzt Du auf dieser Seite? Kommst zu nah an mich ran? Biegst falsch ab?

Hast was gesagt, was Du nicht solltest … Anna hatte ein Registriersystem für Bezichtigungen ausgebildet. Sie wusste, dass das pathologisch war. Half nicht. Sie entkam sich nicht."

Barth steht auf, geht einen Schritt ans Fenster. Gegenüber rührt sich nichts, was zum Aufbruch zwänge. Melchior und Jacob führen ihr eigenes Gespräch. Also setzt er sich wieder, wie man versinkt. Er schaut auf die Uhr: gleich zwanzig Uhr, nicht zu spät. Zeit für Nachrichten.

„Haben Sie, ich meine … hast Du eigentlich Hunger?"

„Nicht jetzt. Oder brauchst Du etwas?"

Barth schüttelt Bauch und Kopf. Nach Essen ist ihm nicht. Warum erzählt er dieser Frau Annas Leben? Er sollte einen Fall lösen, doch er weiß nicht wie. Wo ansetzen. Jetzt fällt ihm der Übergang wieder ein, der lose Zusammenhang, der gar nicht so lose ist. Ein wüster Comic aus Bildfolgen und Sprechblasen: wie Menschen in der Luft hängen …

Barth steht noch einmal auf, geht gebückt zum Kamin, legt mit einer Hand Scheite nach. Das letzte wirft er ungeschickt, zu ungestüm hinein. Funken stieben auf und erwischen ihn an der unversehrten Rechten. Er schlägt sie ab, es ist nichts weiter passiert, nur ein verglühendes Partikel haftet auf dem Handrücken. Barth bläst es weg: eine minimale Hostie aus gestohlenem Licht. Hinter der Glasscheibe schießen Flammen hoch, dann beruhigt sich die Szene. Barth wartet das Geschehen einen Moment ab, nachdenklich ohne Anhaltspunkt. In der matten Kaminscheibe spiegelt sich Rebeccas Gesicht. Still beobachtet sie den Kommissar. Nähe, denkt Barth. Nähe, die er so selten in diesen letzten Jahren, Jahrzehnten zugelassen hat. Anna hat ihn damals weggeschlossen, und das ist der Gedanke, der ihn zurückführt, zu seinem Sessel, zum Kellerloch am Lühpfuhl, von dem es nicht weit ist bis zum abgerissenen Haus der Cadwers, eine englische Meile hinter der Schnapsbrennerei des alten Ceysers. Anna ist diese Strecke auf Tempo gelaufen, wettkampfmäßig. Als Barth sich den Rest des Cognacs ins viertelvolle Glas gießt, zittert seine Stimme nicht.

„Anna hat nicht geweint. Nach dem Schlag. Nur geguckt. Der Vater bebte, schrie etwas, mit einer fremden, irrwitzig hohen Stimme, daran hat sich Anna wie an nichts sonst erinnert: als habe man in seinen Kehlkopf eine toxisch verzerrende Substanz injiziert, und dann scheint er erstarrt zu sein. Die Mutter saß auf der Couch im Hintergrund, verkrampft in ihr Strickzeug, der Fernseher lief, die Szene der Ausschnitt einer mehrfach einstudierten Variante eines Films, der nun in letzter Fassung zu sehen war."

Barth kriegt nicht genug von der Flüssigkeit, die Erinnerungen konzentriert. Er säuft sie in achtsamen Schlucken.

„So hat Anna es mir erzählt. Nicht nur einmal. Dass ihre Wange an manchen Tagen immer noch brennt. Anlasslos feuerrot wird, innen, unter der Haut. An dem Abend lernte sie durch die Luft zu sehen. Sie hörte auf, mit dem Vater mehr als das Notwendigste zu reden. Erledigte ab dann alles, was vorgeschrieben war. Cadwer konnte ihr nichts vorwerfen, obwohl er spürte, dass sie nichts tat, wie er es wollte, wenn sie seine Ordnung einhielt. Anna legte sich eine eigene zu. Sie schielte durch Cadwers Welt."

„Aber da muss doch mehr passiert sein."

„Sicher."

Manchmal hätte Barth gerne eine Pfeife, an der er sich festhalten könnte.

„Annas Leben ist *passiert*. Ein ständiger Wolkendruck aus Pflichten, aus Verboten von allem, was leicht war, was ihr gefiel. Anna *musste* immer. Also nahm sie Abstand. Wir kannten sie nur wie aus Distanz. Das kalte schöne Mädchen.‟

Barth spannt zwischen den hornigen Rissen von Zeigefinger und Daumen die Nervenreste eines Märchensatzes auf, den ihm Anna hinterlassen hat. *Das kalte schöne Mädchen …*

„Ein Kind von neun Jahren beschließt, sich so zurückzuziehen? So … radikal?‟

„Ins Lesen. Anna las sich um die Welt. Was nicht so einfach war. Die Schulbücherei reichte nicht für das, was sie interessierte. Kinderbücher. Und ihre Eltern fragte sie nicht, wenn sie Bücher kaufen wollte. Also hörte sie irgendwann auf. Typisch Anna. Der nächste Abbruch. Sie hatte Phasen, ihre *Annaphasen*. Lag tagelang auf ihrem Bett. Antriebslos. Brauchte alle Kraft, um zur Schule zu gehen. Der Vater war ihr einziger Motor. Ihm bloß keine Gelegenheit geben, keinen Anlass für einen weiteren Ausbruch. Dabei war es nur das eine Mal geschehen, in dieser Form. Aber der unterströmige Verdacht, er könne noch einmal so schreien, die Angst vor diesem Geräusch schloss Anna ein.‟

Barth fällt eine erzählte Fotografie des frühen Kinds ein. Anna hatte sie präpariert, wie man geschossene Tiere am Leben hält, ausgestopfte Souvenirs.

„Eine von Annas Erinnerungen: Der Vater betritt abends ihr Kinderzimmer, setzt sich auf ihr Bett. Behutsam, um sie nicht zu wecken. Seine Tochter kneift die Augen zu, aber er merkt, dass sie zucken. Dass Anna nicht schläft. Zärtlich bläst er ihr eine Haarsträhne aus dem Gesicht, und Anna dreht sich zur Seite. Nichts geschieht. Nur dass der Vater ihr dünnes Laken, es ist Sommer, heiß, um sie schlägt und in den Bettritzen festmacht. Ordnung, Schutz, was auch immer.

Väterliche Sorgfalt. Aber für Anna: die Klammer ihres Lebens. Sanfte, unbeabsichtigte Gewalt."

Rebeccas Gesicht bedient einen ungläubig-abwehrenden Muskel.

„Und die Mutter?"

„Wie gefroren. Ängstlich. Ganz auf den Vater konzentriert. Auch da: Er scheint nie etwas getan zu haben. Nur dass auch die Mutter wohl ständig damit rechnete. Sie nahm Anna selten in die Arme. Schaute mitleidig, wenn ihre Tochter hinfiel, krank war. Kümmerte sich, besorgte den Haushalt. Aber wenn sie Anna berührte, dann wie von hinten."

Es reicht mit dem Cognac. Barth braucht nun doch etwas zu essen. Appetit auf wirksame Kalorien.

„Gehen wir runter? Ich mache uns ein paar Brote. Magst Du *Strammen Max*?"

Rebecca Coenen hat sich an den Wechsel von Du und Sie gewöhnt. Sie lächelt die Vertrautheit der Geschichte, die ihr der Kommissar erzählt.

„Gerne."

Barth braucht nicht lange. Er kocht selten, ohne großen Aufwand, aber für Hausmannskost reicht es.

„Was trinkst Du?"

„Ein Wasser bitte. Einfaches Leitungswasser reicht."

Gibt es auch nicht mehr lange, denkt Barth. Die Zufuhr wird abgestellt. In einigen Haushalten sprudelt schon mal erdiges Wasser hoch. *Tiefbraun.*

„Was machst Du, wenn es so weit ist?"

Barth geht davon aus, dass Rebecca seine Gedanken lesen kann.

„Wegziehen. Was sonst? Nach Maashaft. Meine Mutter will nicht mit. Muss nicht wollen. Muss müssen."

Als habe sie es verdient.

„Was bleibt ihr übrig?"

Das klingt mehr nach Rebecca, findet Barth.

„Altersheim? In Markandern soll *Tiefbraun* eigens Plätze zur Verfügung stellen, habe ich in der Zeitung gelesen."

„Meine Mutter? Kannst Du Dir das vorstellen?"

Bei Rebecca klingt das Du selbstverständlich. Barth muss sich darauf erst einstellen. Wie die Uhrzeit. Seine geht nach. Es gibt nicht viele Menschen, die ihn duzen dürfen.

„Ich kenne sie nicht weiter. Nur von den Freitagabenden her, in der Gaststätte."

„Wie gesagt. Ist ihr Leben. War es immer. Sie sitzt es aus. Unternimmt nichts. Bleibt einfach. Lässt sich raustragen, wenn es so weit ist. Schiere Sturheit."

Rebecca grinst, verhalten.

„Nicht nur ihre Figur ist, wie soll ich sagen, *eckig*?"

Beide grinsen. Rebecca Coenen hat wirklich nichts von ihrer Mutter, denkt Barth, und wieder mischt sich Anna aus dem Nebel ein.

„Schon beunruhigend."

„Was?"

„Na ja, dieser Dauernebel. Ist nicht normal."

Beide verzichten auf den nächsten Satz. Stattdessen serviert Barth sein Gericht auf zwei Holzplatten: keine große Kunst, aber mit geschnittenen Gurkenscheiben an der Seite. Die Spiegeleier sind ihm exakt gelungen. Nicht zu hart, nicht zu weich. Man muss reinstechen, damit die gelbe Lava fließt. Barth nimmt ein Bier dazu. Sie essen schweigsam. *Verzehren*, denkt Barth, etwas altmodisch. Die eigenen Kaugeräusche sind dem Kommissar nicht angenehm, aber was soll er tun? Gelegentlich benutzt er seine Serviette, doch Rebecca beobachtet ihn nicht. Die Ruhe gefällt ihm, das Gleichmaß von einfachen Bewegungen, das pure Vorhandensein eines anderen Menschen, der mit am Tisch sitzt. So war das einmal, eine Zeit lang …

„Noch eine Scheibe?"

„Bloß nicht. Zwei Lagen Schinken und Käse, ziemlich mächtig. Aber lecker."

„Na dann."

Daraus folgt nichts. Sie sitzen, Barth mit seinem Pilsglas beschäftigt, in das er den Rest *Jever* schäumt. Warum Jacob diese Marke bevorzugt, weiß er nicht. Jacob Beerwein. Der Freund kannte Anna. Auf der Küchenuhr bewegt sich die Zeit im Minutentakt, der Sekundenzeiger hängt. Barth verfolgt die Fortschritte. Sein Leben setzt sich aus Schildkrötenzeit zusammen, denkt er. Was ihn an Jacobs Gott reizt, ist die Vorstellung, Zeit zu erzählen. Wie ihre Geschichten gleichzeitig ablaufen, ineinander, und dass Annas Geschichte nicht aufhört, solange er sie sieht. Solange Melchior seinen Friedhof betreibt, dieses Raumschiff aus Daten, das er irgendwann loskoppelt und das dann auf ewig durch Raum und Zeit gleitet …

„Anna hat irgendwann angefangen, sich zu ritzen."

Das kommt Barth gerade so, ein Einfall, vielleicht weil er sich entschlossen hat, Geschirr und Besteck wegzuräumen, die beiden scharfen Bauernmesser in der Hand. Er hat das Gefühl, die Geschichte zum Ende bringen zu sollen.

„Geritzt?"

„Kennst Du, vermute ich. Junge Mädchen meistens."

„Sicher. Hab nur nie daran gedacht, dass es das schon früher gab. Wie naiv man sein kann …"

Barth bewegt mit den Fingern ein entschiedenes Nein.

„Wie soll man sehen, was andere einen nicht sehen lassen?"

Rebecca sieht aus, als wolle sie etwas erwidern, aber Anna ist in diesem Moment wichtiger.

„Anna hat Dich sehen lassen."

„Ja. Stimmt. *Meine Jahresringe*, hatte sie gemeint. Nur dass sie nie so alt werden konnte."

Er denkt nach, ob sich diese Formulierung zurechtbiegen lässt. Das Vexierbild korrigieren, das sich aus tausendundeinem Albtraum zusammensetzt. Er ist froh, dass er etwas mit seinen Händen tun kann. Spült ab, während Rebecca neben ihn tritt und ein Handtuch nimmt. Dabei streift sie seinen Arm, die beschädigte Seite.

„In der Pubertät hat sie angefangen. Tat ihr gut. Nahm Druck. Irgendwann hat sie begriffen, dass sie …"

Barth zögert den Ausdruck heraus, als ließe sich aufschieben, was er nach sich zieht, am Ende, am Ende von allem.

„Borderline?"

Das klingt nicht nach Frage. Nicht nach Diagnose. Eher wie die freundliche Feststellung einer Katastrophe. Barth nickt.

„Und davon kam, was gekommen ist?"

Jetzt nickt der Kommissar nicht. Er muss nachdenken. Was kommt von etwas?

„Vielleicht."

24

Was ist der erste Gedanke? Nicht dass Annaweiß auf dem Geländer saß, mit sechzehn, als sie nicht zu jung für Barth war, sondern er zu alt für sie. Das Abitur hatte er gerade hinter sich gebracht, mit einem behäbigen Notenschnitt bestanden. Ein Studium interessierte ihn nicht. Lehramt irgendwas? Nichts für Barth. Außerdem verfügte er nicht über die finanziellen Mittel. Da ihn zum Bund auch nichts zog, folgte er einer Eingebung, für die es wenig Gründe brauchte. Geregelter Job, berufliche Aufstiegsmöglichkeiten, Beamtensicherheit bei Aussichten auf nicht allzu eintönigen Alltag. Seine Eltern nahmen seine Entscheidung hin wie ihn selbst.

„Das musst Du wissen, Junge."

Also hatte er sich im Herbst des letzten Schuljahrs bei der Polizei beworben, kaum volljährig, an der problematischen Grenze zur behördlich verlangten Mindestgröße. Doch er hatte alle Hürden genommen, auch die sportlichen, und sogar Gewicht abtrainiert. Mit Jacob und Melchior in einer Klasse quälte er sich durch die Durststrecken des letzten Schuljahrs, um im Abitur beinahe an Ovids Metamorphosen zu scheitern. Aber da hatte er schon die Zusage für eine Ausbildung zum gehobenen Polizeivollzugsdienst in der Tasche.

Ohne es je zu erfahren, hatte Melchior entscheidenden Anteil daran, dass Barth Annaweiß entdeckte. Weil sie sich kannten, *ewig nicht kannten*, brauchte es länger. Anna saß auf dem Geländer, das die aneinandergeklebten Kleinhäuser ihrer Familien trennte. Sie flatterte mit ihren Augenlidern.

Guckte Luft. Grinste schön, als sich Barth an seine Geländerhälfte lehnte und Anna guckte statt Luft.

„Mein Freund ist abhandengekommen."

Das sagte sie aus dem Nichts heraus und machte schmale Lippen. Dabei lächelte sie ihren Anteil Luft, als könne sie weh tun.

„Magst Du Baumhäuser?"

„Hab noch nie drüber nachgedacht."

„Ich plane eins. Erst 'nen ordentlichen Baum finden, und dann baue ich was rein, was niemand sonst kennt und hat und sieht."

In ihrer Jeansjacke steckte Truman Capotes *Grasharfe*. Barth hatte sie nicht gelesen. Doch auch so reichte es für erste Annazeit. Gleich am Anfang hatte Barth die Zeichen gesehen, die in Serpentinen Kränze um ihre Arme zogen.

„Was machst Du mit Dir, Anna?", hatte er sie schüchtern gefragt und ihr einen Blick angeboten wie man eine Zigarette vorschlägt, zur Besänftigung.

„Ich male Gedanken."

Sie besaß ein Messer dafür, und Anna genierte sich nicht, es Barth von nebenan vorzustellen.

„Mackie Messer. Kennste?"

Barth hatte es in die Hand genommen und etwas getan, was ihm vollkommen bescheuert und ganz unausweichlich erschien. Er probierte es an sich aus. Schnitt einmal den linken Arm entlang, nicht zu tief, aber doch blutig.

„Ist das so richtig?"

„Äh Mann, das war keine Aufforderung! Mackie Messer ist schüchtern. Hochempfindlich. Der schneidet nicht mal so andere Menschen."

„Tut mir leid. Aber ich kenne mich damit nicht aus. Kann man das lernen?"

„Ist Kunst. Braucht Zeit. Hab früh angefangen."

„Sieht man. Feine Episoden. Die da oben ist wichtig?"

Barth zeigte auf eine Stelle, an der Anna länger gearbeitet haben musste. Ein aussagekräftiger Wulst ließ auf tiefe Traumdeutung schließen.

„Jede ist wichtig."

So ging es dahin, seriöse Minuten lang. Einmal Karussell fahren, Eintritt frei, Kirmesmusik im Bauch. Irgendwann begann Anna zu lachen, über sich und den unglaublichen Ernst, mit dem sich Barth daranmachte, Annas Haut wörtlich zu nehmen.

„So einen wie Dich kenne ich nicht. Wohnst Du hier?"

„Bin auf der Suche nach was Neuem."

„Was für ein Zufall. Wird nebenan ein Zimmer frei, habe ich gehört. Da zieht der dicke Schweiger aus. Will Bulle werden. Kannst Du ja einziehen."

„Wenn Du auch noch ein wenig bleibst?"

„Hier? Eher nicht so lange. Schwierige Aura. Rund um die Uhr Gespensterstunde."

„Und Dein Baumhaus?"

„Ist für woanders. Immer woanders. So ein Baumhaus soll es werden. Bin viel unterwegs."

„Ist Dir Dein Freund deshalb abhandengekommen?"

„Ach der … Der wollte das Gespenst an zu vielen Stellen anfassen. Mochte es nicht."

Anna erwähnte einen Namen, den sich Barth nicht merken wollte, aber kannte. Gut kannte. Der hatte schon viele Mädchen *abgegriffen*. Barth nicht. Und dann, dann grinste Anna nicht mehr, sondern schaute mit rot unterlaufenen Augen durch Barths Körper. Der erste Gedanke: zwei von Annas Tränen, links und rechts verteilt, abwärtsgerichtet, die Barth sieht, weil ihn Melchior versetzt hat. Statt ihn zu einer

Scheunenparty in Maashaft zu begleiten, hatte der sich krankgemeldet. Also saß Barth im Eingang zu seinem Haus neben Annas Haus, so nah wohnten sie. Die Flasche Altbier, die er trank, *Lohbusch*, kein *Hannen*, konnte Anna niemand mehr verbieten. Also gönnten sie sich diese und noch zwei, drei weitere, bis Anna sich entschied, an Stelle von M zu der Fete zu fahren. Auf dem Gepäckträger von Barths Fiets hielt sie sich auch auf der Rückfahrt mit ausgestreckten Beinen gut. Da steckt der zweite Gedanke: dass sich Barth verliebte, noch bevor Annaweiß wusste, wie das geht.

25

Barths Rechnung geht so: vierzehn Monate und vier Tage. Davor die Zeit bemisst sich nach Intervallen. Zehn Jahre hat Anna gebraucht, um zu wissen, was Barth früh wusste. Auf seinem Gepäckträger hatte sie nicht nur die Beine weit ausgestreckt, sondern mit ihren Armen den harmlosen Kerl umfangen, an dem sie sich unbedarft festmachen konnte. Auf der Fete hatten sie getanzt: Barth versuchsweise, mit beschränktem Taktgefühl, den Oberkörper handpuppenartig vor- und zurückneigend; Anna mit verträumten Bewegungen, die ihrem Rhythmus unabhängig von der Musik folgten. Sie schritt durch Psychorock-Alben von *El Alamo* bis *Spektar*. Dabei tranken sie nicht nur. Anna überzeugte Barth von der Schwebekraft ihrer Joints, *gutes Gras*. Ihre Augen strahlten von dem, was sie sich sonst noch eingeworfen hatte. Aber das hinderte beide nicht. Der Abend wurde zu einem wie keiner zuvor, für Barth. Als es allmählich leiser wurde, saßen sie zwischen Strohballen und erzählten Gott und die Welt. Abfällige Blicke bewiesen, dass die meisten Leute nicht von Annas Planet stammten. Irgendwann baute sich ein Gesicht vor ihnen auf.

„Hey Barth, was machste mit Milkyway? Pass bloß auf, anfassen hinterlässt Bremsspuren.“

Barth hatte dem besoffenen Typen eine drücken wollen, aber Anna hielt ihn zurück, die Pupillen eindrucksvoll vergrößert. Sie suchte in seinen Augen nach etwas, für das sie einen Kuss einsetzte, wie ein Pfand. Dann lehnte sie ihn an sich und schlief für eine Stunde ein. Barth durchwachte sie in seliger Schieflage, Nacken und Schultern unbequem verdreht, ohne sich zu rühren, um den Zauber nicht zu brechen: auf die unwahrscheinliche Weise glücklich, mit der sein Trabant in die Umlaufbahn dieses Mädchens eintrat. Er hatte eine Erektion, die nicht nachließ, bis sie zu Hause waren, bei Anna.

„Mit einem Bullen habe ich noch nie gevögelt", spottete sie, nachdem sie ihn mit stimmtiefen Lauten auf unbekanntes Terrain gelockt hatte. Das ging schnell und unkompliziert. Sie waren beide reichlich voll: *Schicker schicker schicker*, gurrte Anna vor sich hin, vor der Haustür, hinter der sich auf beiden Seiten keine Eltern befanden, aus unterschiedlichen Gründen.

„Lust auf Lust?"

Dabei zog sie ihr schwarzes T-Shirt ein wenig hoch, ohne mehr als die Ansätze von allem zu verraten, was Barth noch nicht kannte. Den geringen Druck ihrer Brüste hatte er schon auf dem Rad gespürt, einen Impuls, der ihm enorm vorkam.

„Lütte Dinger, was?"

„Sag das nicht."

Traurigkeit, an die er sich lebenslang erinnert.

„So schön. *Annaschön.*"

Mit einer Vokabel gewann er das Spiel. Glaubt Barth. Denn Anna zog ihr T-Shirt mit dem martialischen Aufdruck einer Band, von der Barth noch nie etwas gehört hatte, anders herunter als hoch: sanfter, friedlicher. Nicht willkürlich.

„Kommschön", flüsterte sie eine Parole, die sie fürs Erste nur an diesem Abend gebrauchte. Sie küsste von oben nach unten, stirngrößer als Barth. Er tastete raue Haut und weiche, besorgt um falsche Tendenzen seiner Finger. Aber Anna nahm ihm Angst um sie, nahm mit beiden Händen beide

Hände und führte sie über Land. Da war er schon mutiger geworden, obwohl er sich für seinen ausgedehnten Körper schämte. Sie befanden sich in Annas Zimmer, das kein Vater mehr betrat; den hatte Pastor Loosen vor einem Jahr vergraben. Nicht aber Annas Ängste, und so schliefen Angst und Angst miteinander, ein erstes Mal, mit angenehmen Widerständen, die auch Anna früher noch nie überwunden hatte. Irgendwann schrie sie, sehr ernsthaft, fest entschlossen, und hörte nicht auf, auf eine Weise, an die sich Barth nie gewöhnte, weil sie aus seiner Stille etwas machte.

„Kommekommekomme.“

Das reimte sich schnell, mit Annas gewölbten Brustwarzen, an denen sich Barth nie sattsah. Er bearbeitete sie mit Gedanken, Worten und Werken, und in ihrem Liebesspiel entdeckte Annaweiß ihren Namen und besondere Regeln für dieses ständige Spiel.

„Kommekommekomme.“

Und dann: „Mann, bin ich fertig. Nasse Wäsche … Hmm … Lust auf mehr Lust?“

Wenig Atem, aber Barth ließ sich überraschen, und es überrascht ihn, dass er jetzt davon erzählt, nicht alles, aber doch die Bilanz einer Nacht, in die sich Rebecca Coenens Gesicht mischt. Er muss mehr von Jacobs Cognac konsumiert haben, als er dachte und verträgt. Doch der Frau, die ihm gegenübersitzt, scheint das nichts auszumachen. Sie wirkt nicht verlegen, und vielleicht hat er ja auch weniger preisgegeben, als sich im Album dieser ersten Nacht versammelt.

„Kaffee?“

„Zu spät.“

Ob Rebecca Coenen die Uhrzeit meint, lässt sich nicht so leicht entscheiden.

„Entschuldigung, ich stehe ein wenig neben mir. Wo war ich noch?"

„Vor einer Haustür. Mit Anna und ihrer Geschichte. Dass Ihr Euch auf einer Party kennengelernt habt. Und Du sie nach Hause begleitet hast."

Begleitet. Barth lässt es dabei und vertraut darauf, dass sein wirres Hirn den Sperrvermerk aktiviert hat, den kein Alkohol außer Kraft setzen konnte, seit sich Anna in die Luft hängte ... Davon wollte er erzählen, von Annas Versuchen, am Leben zu bleiben ...

26

Wie begreift man Tod? Annas letzte Gedanken hat Barth in ihrem Koffer bewahrt: in finaler Gegenständlichkeit von Zahnbürste, Kosmetika und dem Nagellack, den sie auftrug, bevor sie den Entschluss fasste, der sich in keinem Ding der Welt findet. Solange Barth nicht versteht, was Anna im ausschlaggebenden Moment ihres Lebens dachte, kann er nicht sterben. Aber Barth weiß natürlich, dass das nicht stimmt. Dass es sich umgekehrt verhält.

„Am nächsten Morgen war sie weg. Ohne Nachricht abgehauen."

Er nimmt sich eine Pause. Beobachtet sich beim Beobachten, wie sich Nebelschwaden andere Formen suchen. Rebecca Coenen sitzt ihr Stillhaltespiel, das aufmerksame Gesicht wie ein aufgeschlagenes Buch: der Roman, den Barth gerade erzählt …

„Ich lag in ihrem Bett, eine enge Angelegenheit, und vermutete, dass ich sie vertrieben hatte. Anna war abgetaucht. Das Haus leer. Die Mutter befand sich in einem Urlaub, aus dem sie nicht zurückkehren sollte. Sie war an die Nordsee gereist und schwamm eines Nachts nach vorne, geradeaus, von einer friesischen Insel Richtung Nordpol. Meinte Anna. Aber diese Nachricht erreichte sie mit Verspätung."

Asthmakinderzeit. Kuranstalten am Wattenmeer. Salzige Inhalationen. Urangst ersticken. Barth versucht es mit Luft. Atmet tief ein, aus. In seiner Brust befindet sich ein Totraum. Er probiert die verordnete Übung, um sich zu beruhigen. Aber sobald er daran denkt, wird alles nur noch enger, als würde er auf dem Trockenen ertrinken. An Annas Mutter kann er sich kaum erinnern. Ihr Bild setzt sich aus Stücken zusammen, die sich nicht zu einem Ganzen fügen: strichdünne Arme und Beine, rote Haarfransen, porzellanweiße Haut, Annaaugen, sonst nichts. Wie sie untergehen konnte, fragt er sich, ohne jedes Gewicht.

„Für suizidales Verhalten gibt es familiäre Muster. Dispositionen. Aber erklärt das Annas Moment?"

Er atmet gegen eine Wehe an. Eine von denen, die Totgeburten betreiben.

„Jedenfalls hatte sich Anna abgezogen. Das kam auch später vor. Stundenweise, tagelang verschwand sie. Wo sie sich aufhielt, blieb ihr Geheimnis. Ich wartete den ganzen Tag vor unserer Haustür, mit kurzen Unterbrechungen, um zu duschen, etwas zu essen, nicht viel mehr. Irgendwann rief M an, um zu fragen, wie der vergangene Abend gelaufen sei. Währenddessen beobachtete ich den Hauseingang und klingelte zur Vorsicht immer wieder einmal bei Anna, weil ich Sorge hatte, sie verpasst zu haben. Doch da tat sich nichts. Ein sommerträger Samstag und ein brütender Sonntag versickerten. Beinahe hätte ich die Polizei verständigt, aber das war mir zu peinlich: blöde Sprüche wegen der vergangenen Nacht. Außerdem hatte ich keinen Anspruch darauf zu wissen, wo sich Anna herumtrieb. Ich musste mich damit abfinden, dass es nur eine gemeinsame Nacht gewesen war, nicht mehr."

„Hat sich aber nicht so angefühlt?"

Barth denkt fast ein ganzes Leben rückwärts, dazu braucht er keine Zeit.

„Nein. Hat es nicht. Für mich … für mich war es nicht nur das erste Mal, ich meine, dass ich mit einer Frau geschlafen habe. Es war *alles*, von Anfang an."

Für *alles* sind keine mathematischen Operationen vorgesehen. Kann man nicht teilen, nicht vermehren, auch nichts von abziehen. *Alles.* So ein Jacobsgedanke, denkt Barth und denkt nicht an Jacobs Gott. Aber dass man das denken kann, *alles*, das packt ihn schon, lässt ihn nicht los, nachdem Anna es ihm später eingeflüstert hat: *Alles, he?* Da hatten sie das nächste Mal miteinander geschlafen, ausgiebig, andauernd, eine andere Nacht lang.

Barth musste am folgenden Tag ausrücken. Er sollte einen Ferienjob antreten, den ihm sein Vater vermittelt hatte. Autozulieferer, Fabrik im Saarland, er kam bei Verwandten unter. Sollte er ohnehin mal besuchen. So kombinierte er Job mit etwas Urlaub. Sechs Wochen schuftete er Gummiabdichtungen. Den Geruch wurde er auch nicht los, als er zurückkehrte. Er hatte Anna Postkarten geschrieben, jede Woche eine: Sehnsuchtspappen mit immer weniger Worten, die sie nicht beantwortete. Der Anlass seiner verfrühten Rückkehr war erzwungen. Barths Eltern waren auf der Rückfahrt von ihrem Campingurlaub tödlich verunglückt. Der Vater hatte wie immer Landstraßen gewählt, um die Mautgebühren zu umfahren. In der Höhe eines Ortes mit einem unaussprechlichen Namen platzte einem LKW vor ihnen ein Reifen. Der überladene Mehrtonner schleuderte seitwärts, Barths Vater reagierte noch rechtzeitig, verzog aber das Lenkrad, geriet auf die andere Straßenseite und auch der entgegenkommende Fahrer sah nie wieder ein anderes Licht als die Scheinwerfer eines deutschen Volkswagens.

Dem schriftlich hinterlegten Wunsch der Eltern entsprechend, veranlasste Barth ihre Beisetzung im malerischen Wendweiler, woher der Vater stammte. Zur Bestattung erschien niemand außer der trauerschwarz gekleideten Familie, die ihm wie eine Delegation der Zeugen Jehovas vorkam und nach der gottesdienstlosen Verabschiedung gleich verschwand. Erst später fiel ihm ein, dass er vergessen hatte, einen Beerdigungskaffee zu organisieren. Er selbst verließ das

Kaff ohne Umschweife am selben Tag und bezog für einige Wochen noch einmal das Elternhaus. Es war gemietet, und man hatte ihn aufgefordert, es zeitnah zu räumen. Wie so viele Immobilien in Dornbusch gehörte es dem alten Ceysers: Teil der Arbeiterkolonie, die rund um die Schnapsbrennerei angesiedelt war. Seine Eltern hatten dort gearbeitet – die Mutter in der Verwaltung, der Vater als Fahrer.

Barth packte. Er hatte an seinem Ausbildungsort ein Zimmer gemietet, das ihm für die nächsten Jahre reichen sollte. Das Klever Land war nicht seine erste Wahl, aber als es ihn erwischt hatte, fügte er sich. Die Eingeborenen waren vornehmlich freundlich und die Niederlande nah. Für sein sonstiges Leben benötigte er nicht mehr als die Waschecke in einer Nische neben dem Kleiderschrank und eine Grundausstattung, wie er sie aus dem Studienheim des *Cajetan-Gymnasiums* kannte: PVC-Boden mit farbneutralem Läufer, ein Arbeitsbereich mit Schreibtisch und einfachem Holzstuhl, Kleiderschrank und Bett aus entsprechendem Material. Mit einem Vorhang konnte er diesen Teil abtrennen. Hinter dem Schrank, am Fenster mit Blick auf einen ausgreifenden Apfelgarten, hatte er sich eine Leseecke eingerichtet. Genügte. Die Eltern fehlten ihm, sachlich. Er würde sie nie wieder fragen können, aber auch nicht müssen. Es gab keine Beanstandungen, nichts, wofür sich väterliche Warnungen nahelegten. Und auch wenn es Barth nicht darauf ankam, naheliegende Grenzen zu überschreiten, leistete er sich in der ersten Woche zu Hause schon mittags eine Flasche Bier. Er mochte den alkoholischen Leichtsinn, das unbedeutende Verfahren eines anderen Lebens. Auf die Zeit am Cajetan schaute er distanziert. Die meisten Mitschüler waren gezogen worden. Würden beim Bund antreten, mehr oder weniger bald schon. Einzelne wie Jacob und Melchior tauchten gleich ins Studium ab. Beunruhigend blieb, was aus Raven Richards geworden war, der von einem Tag auf den anderen verschwunden war. Doch Barth freute sich in diesen Tagen auf seinen unsentimentalen Abschied ins Beamtenleben. Seine Schulzeit war ein schnell verblassender Abschnitt, nichts für Phantomschmerzen.

Also sortierte er aus, was auf den Sperrmüll sollte, und wie ein knappes halbes Jahrhundert später schleppte er zwei Koffer in sein neues Leben. Er brauchte eine Woche und einen gemieteten Transporter, um die Hinterlassenschaft seiner Eltern zu entsorgen. Unter dem schmalen Erbe aus Gegenständen befand sich ein Sparbuch. Barth ließ es unberührt. Zinsen häuften Zinsen an. In Pfennig und Deutscher Mark lebten die Eltern weiter. Sie hatten sich liebevoll um ihr einziges Kind gekümmert, aber er hatte nie das Gefühl abschütteln können, seine Existenz sei ein Versehen. Kinder glauben manchmal, man habe sie nach der Geburt verwechselt. Barth hielt dies für eine belastbare Theorie, schon weil die Eltern so anders aussahen: schlanke Menschen aus Material, das sich bis in ihre Köpfe anders zusammensetzte als er.

Und dann klingelte Anna. Sie hockte auf ihrer Seite des Geländers und spitzte ein Lächeln an.

„Hab's natürlich gehört."

Die Haustür fiel ins Schloss. Barth hatte sich ausgesperrt. Aber das war nachrangig.

„Und ich von Deiner Mutter."

„Wer kondoliert zuerst?"

Barth schaute, was er sagen sollte. Anna zappelte mit den Beinen, vermutlich arbeitete sie an einem Überschlag auf dem Treppengeländer. So was hatte er schon mal beobachtet. Doch jetzt verzichtete sie auf ein artistisches Intermezzo.

„Also dann – herzliches Beileid, Du Waisenkind."

Das fällt ihm am schwersten: Annas Stimme zu übertragen. Den Energiehaushalt von Satz und Ton.

„Und Dir."

Im nächsten Augenblick geschah etwas Verstörendes. Anna stand auf, konzentriert, wie sich eine Turnerin auf ihre nächste Übung vorbereitet, um mit zwei eleganten Schritten Barth zu erreichen und mit ihrer linken Hand durch sein Gesicht zu streichen, einmal die Wange entlang. Anna hielt still, Barth auch, die Arme wie bei einer Puppe eingehakt: die starre Mechanik turbulenter Gefühle.

„Magst Du noch eine Hand, Du armes Waisenkind?"

Dann zog sie Barth an sich. Er konnte den Kuss riechen, bevor er ihn schmeckte. Er hätte sie gerne gefragt, warum. Aber das fragte sich nicht leicht und in diesem Moment schon gar nicht. Also ließ Barth anfangs zurückhaltend, dann durchaus beteiligt zu, was Annaweiß fortsetzte, als wären sie gerade erst nebeneinander aufgewacht und Anna nie gegangen. So, denkt Barth, ist es geblieben: Jeden Augenblick rechnet er damit, aufzuwachen, neben Anna …

Sie wiederholten Annas Übungen, auf ihrem Schwebebalken und bei verschiedenen Gelegenheiten. Das konnte heute und in keinem Fall morgen sein, aber auch tagenächtelang am Stück. Mal musste Barth in sein Lager zurück und dort wochenlang auf Nachrichten warten, mal hungerte ihn Anna bei seinen Wochenend-Besuchen in Markandern aus, wohin sie wenig später zog. Sie begann im Herbst eine Ausbildung zur Krankenschwester. Eine alleinstehende Tante nahm Anna in ihr Stadthaus auf, in ein Obergeschoss mit eigenem Leben. Die Tante war eine recht freie Person. Was sie sich anschaffte, stand auch ihrer Nichte frei.

Das betraf sogar Barth. Freilich sahen sie sich nur sporadisch. Auf Annas Zeitachse rieben sich Tage und Monate auf. Selten telefonierten sie und wenn, für Minuten. Ob sie zusammen waren? So etwas gab es für Anna schon deshalb nicht, weil sie für sich nie zusammen war.

„Was soll man menschenzusammen sein? Welche Annateile kämen dafür in Frage?"

Und sie strich über faltige Buchten, die sie weiterhin anlegte, um in ihre undurchdringliche See zu stechen. Auch danach fragte Barth nicht. Sie sollte da sein können. Was vorkam. Deswegen, nicht nur deswegen, aber doch deswegen war der Sex so unausweichlich für sie. Sie klappte sich auf dem Stoßbauch unter ihr aus und *kamkamkam* zu Wort.

„Weiß nicht, warum so viel dunkle Materie in mir wächst. Weiß nicht, was soll es bedeuten … Aber alles wird Barth, nicht wahr? Alles, he?"

Und doch war sich Barth nie ganz sicher, ob es nicht bloß Sex für sie war. Obwohl er es nicht glauben konnte. Dazu lud sich Anna zu sehr an dem auf, was sich nicht aus heftigen Stimulationen, ausgiebigen Belohnungen, Flüssigkeitsverlust und dem niemals Üblichen ergab. Manchmal lachte, manchmal weinte Anna; biss dazu und sagte Sachen, die Barths Höhepunkte bestimmten.

„Gewagte Nummer, was?"

Wenn sie sich verknäulten und nach keinem Ausweg aus ihrer verfahrenen Situation suchten, sondern andere Stoppregeln für ihren Verkehr aufstellten und Anna immer wieder neu ins Risiko ging.

„Alles, he?"

Für Barth war das Liebe, keine Frage. Aber er stellte sie Anna nicht.

27

Das Kaminfeuer brennt herunter. Unsichtbare Gase mengen Hitze aus. Zerfallene Scheite zeigen Zeit an. Barth sollte mit seiner Geschichte zu Ende kommen, Jacob wird schon auf sein Zeug warten.

„Ich glaube, ich sollte mich mal um Jacobs Schlafsachen kümmern."

„Ich helfe Dir."

Gemeinsam betreten sie erst das Schlafzimmer, das Jacob ungewohnt aufgeräumt hinterlassen hat. Keine Wäsche liegt herum, die Bücher auf der Konsole sind sortiert, er scheint sogar Staub gewischt zu haben. Den Bettüberwurf hat er sorgfältig glatt gestrichen. Der Raum wirkt nicht steril, aber wie vorbereitet für die Gedanken, mit denen Barth ihn betreten hat. Dabei ist Jacob nicht einmal am Altar ein ordentlicher Mensch. Barth nimmt aus dem Kleiderschrank einen Pyjama und Unterwäsche, dazu ein frisches Hemd. Rebecca wählt im anliegenden Bad die erforderlichen Utensilien aus.

„Die Sporttasche sollte reichen, oder?"

Sport verbindet Barth nicht unbedingt mit dem Priester, aber Rebecca hat eine Puma-Tasche gefunden, ein grünes Kunstlederteil.

„Mein Gott, die muss noch aus Schulzeiten sein."

Barth verzichtet auf weitere Kommentare. Stattdessen packt er Jacobs Stundenbuch ein. Brevier betet der Freund immer noch. Es wird Zeit für die Komplet.

„Gehen wir rüber?"

Rebeccas Amulett bewegt sich.

„Ich würde gerne wissen, wie Annas und Deine Geschichte weitergegangen ist."

Abwartend steht der Kommissar am Bett des Freundes. Ob er dort ewig einschlafen wird?

„Gibt nicht mehr viel zu erzählen. Wir liefern das Gepäck ab, dann begleite ich Dich nach Hause. Bei dem Nebel lass ich Dich nicht allein gehen."

Rebecca scheint einen Einwand zu erwägen, aber sie hält an der Aussicht auf Barths Erzählung fest. Als sie das Pastorat verlassen wollen, klingelt Barths Telefon.

„Barth?"

„Wer sonst, wenn Du meine Nummer wählst?"

„Schon gut. Sei friedlich. Jacob ist ziemlich platt. Brauchst Du noch lange?"

Womit? Aber die Frage lässt Barth aus.

„Wir stehen schon in der Haustür. Wollte Jacob noch was Spezielles?"

Im Hintergrund überlagern sich Stimmen.

„Sein Brevier. Es liegt auf …"

„Weiß schon. Habe ich für die Nachtlektüre draufgepackt."

Melchior gibt ein anerkennendes Geräusch von sich, nur unwesentlich besser als Jacobs Zungenschnalzen. Barth legt auf. Fünf Minuten später stehen sie in Ms Wohnzimmer.

„Soll ich Ihnen helfen, Herr Pastor?"

Die Anrede befremdet Barth noch immer. Er hat Jacob nie als Priester betrachtet, selbst wenn er seine Gottesdienste besuchte. Vielleicht weil er im Schulfreund das alte Kind mag, das er selbst nie preisgeben mochte. Und seitdem er wieder in Dornbusch ist, meint er manchmal, diesen letzten Abschnitt des Lebens zu spielen.

Dass sie sich nach dem Abitur aus den Augen verloren,

hatte jedenfalls andere Gründe als Jacobs geistliche Ambitionen. Die kamen sowieso später. Es hat Barth nicht sonderlich überrascht, dass ihr Primus schließlich in die Theologie wechselte. Kam Barth wie ein stilles Fach vor. Lesen, nachdenken, für Jacob gemacht. Als Barth ins Klever Land ausrückte und die beiden Freunde nach Bonn zogen, verloren sich ihre Berührungspunkte. Hin und wieder hörte der Kommissar etwas aus Dornbusch. Dass M das Schulhaus gekauft hatte. Dass Jacob im Ruhestand zurückgekehrt war. Aber bis zum letzten Winter ergab sich kein Anlass für erneuerten Kontakt. Abiturtreffen hatte er gemieden wie Menschen. Barth kam allein zurecht. Und dann dieses Wiedersehen aufs Ende hin. Nicht nur Ravens Ende. Sonderbare Konstellation. Dabei muss Jacob mit Anna in Verbindung gestanden haben. In ihrem Notizbuch mit Telefonnummern fand sich jedenfalls sein Name mit Adresse. Mehrfach durchgestrichen, erneuert: Station für Station folgten die Einträge Jacobs Leben. Barth rief ihn an, um ihn über Annas Tod zu informieren. Und Fragen zu stellen. Doch das Telefonat verlief unbefriedigend. Jacob war kurz angebunden. Er kondolierte heiser, nach langem Schweigen. Aber warum Anna seine Kontaktdaten verzeichnet hatte, schien er nicht zu wissen. Heute fällt Barth die genaue Formulierung ein:

„Kann ich nichts zu sagen."

Er wägt die modalen Nuancen von *Können* ab. Könnte auch *nicht dürfen* bedeuten. Aber das lässt sich nicht mehr an diesem Abend klären. Trotzdem: Vielleicht weiß der alte Schulfreund mehr? Barth erinnert sich an Jacobs Stimme: wie entzündet.

Auf dem Weg zu Mutter Coenens Gaststätte hakt sich Rebecca bei ihm ein. Kaltfeuchter November zieht die Gelenke hoch.

„Also?"

„Also was?"

„Annas Geschichte?"

Das Fragezeichen spannt sich wie Barths Regenschirm auf. Wenn sie statt auf der Landstraße den Weg am Friedhof vorbei nehmen, lässt sich erzählen. Außerdem möchte der Kommissar zum Hof der Haverkamps, um nach dem Rechten zu sehen. Und ein Blick auf das Fabrikgelände interessiert ihn: wie weit *Tiefbraun* mit dem Abriss gekommen ist.

„Also gut. Aber dazu müssen wir einen kleinen Umweg machen."

„Das passt schon."

Da ist sich Barth nicht sicher. Der Niederrhein regnet beträchtlich. Der Kommissar zieht den Mantelkragen hoch und die Schultern ein. Rebecca kriecht unter den Schirm. Ihr Trenchcoat erscheint dem Kommissar zu dünn, auch wenn er ihr steht.

„Nicht zu kalt?"

Sie winkt ab.

„Kalt ist woanders kalt."

Was sie damit meint? Nicht ihre rechte Hand, die hat ihn angefasst, gerade, aber auch wieder losgelassen. Unter Rebeccas locker gebundenem Schal nimmt Barth erneut das Medaillon wahr. Nach diesen sinistren Schutzheiligen muss er sie wirklich einmal fragen.

28

Der Weg ist nicht harmlos. Im Nebel stolpern sie in eine Pfütze, Schlamm spritzt hoch.

„Ein echtes Abenteuer."

Anna lacht, da heißt sie längst *Annaweiß*. Der alte November vermischt sich mit einem neuen. Barth unterscheidet sie mit dem Parfum, das Rebecca aufgetragen hat. Anna bevorzugte eine herbere Mischung. Sein Glück, dass ihm der Duft nur äußerst selten begegnet ist. Anna hat ihn festgelegt. Überhaupt, nach Anna traf er keine andere Frau, die ihn ernsthaft beschäftigt hätte. Ernsthaft, wie man Gefahr definiert. Jetzt fällt ihm das auf, als Rebecca Coenen an seiner Seite schlingert. Hat sie etwas zu viel von Jacobs Cognac genossen? Sie lehnt sich an den Kommissar. Aus der Entfernung könnte man sie für ein Paar halten. Doch das ist längst unmöglich.

In den Abständen, die Anna zwischen ihnen beiden einlegte, hat Barth andere Frauen, wie sagte man: *gehabt*. Sein bitterer Charme, die Attitüde eines Mannes, dem andere Menschen fast gleichgültig schienen, das knurrige Selbstbewusstsein des Kriminalisten: was es auch war, Barth fand interessierte Frauen oder sie fanden ihn. Anspruchslose Episoden. Körperliche Abfolgen. Wenn er sich erinnert, dann wie mit verschränkten Armen.

Der Regen bildet feuchte Schwaden. Es braucht keinen Nebel, um nichts zu sehen. Barth hat selbst Schuld. Hat angefangen, von Anna zu erzählen. Wie man Atem holt vor einem giftigen Anstieg am Ende einer Bergetappe auf dem

Rad. Solche Touren hat er in seinen Urlauben absolviert, Sommerferien immer ohne Anna. Französische Alpen, spanisches Baskenland rund um San Sebastian bevorzugt. Er experimentierte mit seitenstechenden Schmerzen, mit Übersäuerung der Muskulatur, mit grenzwertiger Sauerstoffschuld. Kantabrische Gipfel machten ihn mürbe, Passagen für todmüde Abende. So konnte er am besten einschlafen, ein Leben lang ohne Anna. Das ist es, was er in den Knorpelschäden seiner Gelenke spürt. Seine Knochen haben alles gespeichert, ein unbestechliches Langzeitgedächtnis, das Endlager seiner Erinnerungen. Aber auf den Metern am verschleierten Dornbuscher Friedhof vorbei tritt ihm für einen Geistermoment entgegen, was er alles ausgelassen hat. Komisch, denkt er, ausgerechnet jetzt kein Annazeichen. Hat sich davongestohlen. Mal wieder. Schläft sich aus, und da ist sie, die träge, morphinfromme Müdigkeit, die ihn aus dem Krankenhaus ins Pastorat evakuiert hat.

Rebecca begleitet ihn am Hof der Haverkamps vorbei. Sie bemerken das einzelne Licht, das auf Leben schließen lässt. Eine gewisse Beruhigung geht davon aus. Sie schlendern weiter, am Gelände der Schnapsfabrik vorbei. Hinter Gitterzäunen mit Warnschildern türmen sich die Eingeweide von Rohren, Maschinenteilen, Mauerresten und purem Schrott zu großartigen Maulwurfshügeln auf. Ein Bagger hat sich quer vor die Einfahrt gestellt, wie zur Abschreckung. Nicht nötig. Die letzten Demonstranten haben aufgegeben. Der Regen auch. Es nebelt nach.

„Geisterstadt."

„Meine Eltern haben hier gearbeitet. Lange her."

„Lange …"

Rebecca Coenen dehnt ihre eigene Idee von Zeit aus. Sie machen kehrt und stehen schließlich, fast unerwartet, vor der Gaststätte, die Rebecca einmal gehören sollte. Aber hier erbt niemand mehr.

„Zuhause."

Das sagt sie so wie dieses *Lange* vorhin. Sie sind still spaziert. Die Geschichte, die Rebecca hören wollte, hat sich Barth aufgespart. Er drückt zum Abschied ihre Hand, freundlich fest, aber nicht mehr, und empfiehlt sie in Gedanken ihren Schutzheiligen. Als er etwas bemerkt. Der Regen hat alles planiert, aber dort stand vorher der Ford. Der verlassene Wagen ist weg.

29

„Nein, ich habe nichts bemerkt."
Rebeccas Mutter schläft bereits, die kann Barth nicht ohne Radau befragen. Es eilt nicht, Lameck wird zu dieser Tageszeit nichts mehr anstellen. Morgen müssen sie den Fahrer einvernehmen. An eine Flucht hat Barth zwar nie geglaubt und also auch nicht daran, dass der Eigentümer des Ford verwickelt war. Aber wer weiß? Zum Zeitpunkt des zweiten Suizids war er unauffindbar. Vor allem: Vielleicht hat er im Umfeld von Haverkamps Tod etwas beobachtet? Oder jemand. Seine Theorie mit dem seitlichen Absprungwinkel erscheint dem Kommissar, aus etwas Abstand betrachtet, inzwischen eher abwegig. Wenn auch nicht unmöglich.

„Lameck wird Dich das schon gefragt haben, aber kennst Du diesen Frank Terhag?"

„Wen?"

Lameck hat nicht gefragt. Barth grummelt.

„So heißt der Kerl, dem der Ford gehört. Hat wohl für den alten Ceysers gearbeitet. Auf dem Grundstück, im Haus. Eigentlich müsste er Dir irgendwann begegnet sein."

„Der Schraubenzieher."

„Wer?"

„Wurde so genannt. Langes Gewächs, Technikfreak. Ich kannte seinen Namen nicht."

„Und was weißt Du über ihn?"

„Weitgehend harmlos."

„Was heißt das?"

„Na ja. Er war mit den Neffen vom Haverkamp unterwegs. Manchmal. Ist aber kein Schlägertyp. Nicht wie die beiden …"

Sie stockt.

„Und warum hast Du das nicht schon vorher erwähnt?"

Der Kommissar hat Sorge wegen des Verhörtons. Aber er kann nicht anders. Rebecca ist einiges gewöhnt. Sie schaut Barth offen an.

„Man hat Mutter befragt. Die hat gesagt, was jeder wusste. Hat Dich Kommissar Lameck nicht informiert?"

Wieder grummelt Barth.

„Muss er ja auch nicht. Bin außer Dienst."

Aber daran glaubt er nicht und Rebecca Coenen auch nicht.

„Wenn der Wagen weg ist, dürfte er ja irgendwo in der Nähe aufzufinden sein. Wir probieren es morgen noch einmal mit seiner Wohnung in Markandern."

„Ehrlich gesagt, ich könnte mir vorstellen, dass er einen seiner Ausflüge gemacht hat."

„Ausflüge? Wohin?"

„Die beiden toten Jungs haben gedealt. Wusstet Ihr das nicht? Keine großen Geschäfte. Kleinkram. Gras vor allem. Manchmal mehr. Hin und wieder habe ich über unsere Praxis was mitbekommen. Fanny hat mich mal nach ihnen gefragt. Fanny Layel. Meine Chefin. Es gab da … Probleme."

„Probleme?"

Rebecca legt den Kopf leicht schief.

„Na ja …"

Sie beschreibt eine kreisende Bewegung mit ihren Händen. Barth begreift. Speed vermutlich. Etwas in der Art. Schlechtes Zeug, das Patientinnen konsumiert haben dürften. Macht nicht nur die falschen Träume. Er kennt das von

Anna. Der Kommissar schiebt mehrere Gedanken ineinander. Doch die neuen Informationen verändern das Bild nicht entscheidend. Für den Tod der beiden alten Männer kommt dieser Frank Terhag nicht als Erstes in Frage. Vor allem weil er für den zweiten Vorfall eigens hätte zurückkommen müssen. Und trotz Jacobs Idee: Es ist immer noch nicht abschließend geklärt, ob es Tötungen mit Fremdeinwirkung waren oder, was Barth weiterhin für wahrscheinlicher hält, suizidale Ereignisse.

Rebecca nimmt noch einmal seine Hand.

„Da ist noch etwas. Ich wollte es vorhin schon erwähnen, aber lieber abwarten, was Du noch von Anna erzählst."

Barth lässt sich den leichten Druck gefallen, mit dem Rebecca Coenen seine Hand hält. Seine Überraschung versteckt er im Halbdunkel des Hauseingangs.

„Es geht um Fanny."

Jetzt fällt es Barth ein: der fehlende Link, als Melchior im Netz recherchierte.

„Fanny. Hieß sie früher Winter? Fanny Winter?"

„Mädchenname."

„Dann war sie die Ärztin von Anna."

„Nicht ganz. Fannys Mutter."

So dunkel kann es nicht sein, dass Rebecca die nervöse Unruhe des Kommissars nicht spürt. Am Rumpf und unter den Achseln salzt feine Lauge aus. Unwillkürlich zieht Barth seine Hand zurück, sucht ein Taschentuch, ein unbenutztes, führt es über seine Stirn. Er schwitzt so, dass er seinen Stoffwechsel riecht. Konnte er lange Zeit nicht. Nach Annas Tod reduzierte sich alles. Unterfahriges Betriebssystem. Geschmacks- und Geruchssinn schalteten sich ab. Er verstumpfte. Es dauerte ewig, bis seine Rezeptoren wieder funktionierten.

„Anna hatte einen Termin bei dieser Dr. Winter."

Das *dieser* legt Distanz ein; weniger als nötig. Rebecca Coenen blickt nicht den Kommissar an, sondern in die Richtung der Fabrik. Aber dort klart nichts auf. Der November zieht seine Schnüre.

„Ich weiß."

Was man wissen kann, vom Tod eines anderen Menschen, wendet Barth gegen sich selbst ein.

„Ich darf das nicht sagen. Eigentlich. Unter keinen Umständen sogar …"

Sie gibt dem Kommissar Zeit für Korrektheit, doch der rührt sich nicht.

„Ich habe einen Blick in alte Krankenakten geworfen. Nach Deinem letzten Besuch hat meine Mutter Andeutungen gemacht. Zwei Selbstmorde in unserer Nachbarschaft. Dazu der Tod Deiner Frau …"

Barth schaut Rebeccas Auslassungszeichen ungläubig an. Sie tut sich beim nächsten Wort schwer, ein verrenkter Wirbel im Satzbau. Sie lässt etwas weg.

„Ich war … nicht neugierig, sondern … betroffen. Mir wurde klar, wer Anna war. Wir sind auf dieselbe Schule gegangen. Realschule. Anna war drei Jahrgänge über mir."

Barth rechnet. Sieht man Rebecca nicht an, könnte aber hinkommen.

„Anna war … Sie fiel auf. Sie …"

Rebecca sucht nach der richtigen Formulierung, nach einer, die auch Jahrzehnte später niemand verletzt.

„Sie war *drauf.* Nicht gut. Aggressiv manchmal. Dann wieder total hilfsbereit. Kümmerte sich um die Kleinen. Ging in Streit rein. War eigenbrötlerisch und mittendrin. Die Jungs waren hinter ihr her, gerade die coolen. War eben auch hübsch, auf ihre Art. Sie bewegte sich über den Schulhof irgendwie *stolz*, unangreifbar. Trug Klamotten, die niemand sonst anzog. So wie ein paar Jahre später *Punk* war. Schrieb Gedichte und las sie im *Dollhaus* vor. Erinnerst Du Dich? Der stillgelegte Kulturbahnhof in Maashaft?"

Barth hat die Hefte mit Annas Gedichten und den Karikaturen aufbewahrt: kafkaeske Figuren, Strichmännchen mit kuriosen Bäuchen und überproportionalen Gliedmaßen, ohne Gesichter, mit Sprechblasen aus Girlanden, in die Anna Wortsplitter aus Zeitschriften geklebt hat. Wenn man die Panels verbindet, ergeben sie skurrile Reime.

„Nachdem Anna die Schule verließ, habe ich sie ewig nicht gesehen. Hat Abi gemacht, oder? Dazu reichte es bei mir nicht."

Rebecca lächelt, etwas mokant.

Annas Abi. Ein später Kampf. Nach der Ausbildung. Abendgymnasium und Nachtschichten im Krankenhaus. Lernattacken und Phasen, in denen nichts ging. Barth als geduldiger Begleiter, zwischen Nachhilfe und eigenem Arbeitsstress. Ein Jahr Wiederholung, nach verpatzten Klausuren. Endlich der Weg in ein Studium, das Anna nie abschließen sollte ... Aber auch ein Traum lässt sich nicht mehr zurücknehmen.

„Bin ihr erst Jahre später wieder begegnet, in der Praxis. Anna war eine neue Patientin. Ich bin davon ausgegangen, dass sie mich in der Schule nie wahrgenommen hat. Aber sie sprach mich mit meinem Namen an. Fragte, wie es mir ergangen sei. Nett. Keine bloße Floskel."

Die Erinnerung ist lebendig, sie spielt um Rebeccas Wangen, hält an.

„Inzwischen weiß ich, dass ... dass Anna an dem Tag

zum letzten Mal in die Praxis gekommen ist, an dem sie …
an dem sie sich … das Leben genommen hat.“

Rebecca lässt noch einmal Zeit für den Einwand, den
Barth vorhin nicht gemacht hat.

„Das ist der Grund, warum ich Dir das erzähle. Ich
konnte es nicht *nicht sagen*. Auch wenn ich damit … ein Be-
rufsgeheimnis verletze.“

Barth meint, Rebecca würde weinen, aber es sind seine
Tränen, durch die er die Welt sieht.

„Sie hatte am Morgen vor unserer Reise einen Termin.
Stand in ihrem Kalender. *Routine*, hatte sie gesagt.“

Er flüstert das, als dürfe es niemand wissen.

„Es war kein Routinetermin, Barth.“

Rebecca Coenen stockt.

„Mein Gott, ich darf das ja alles nicht … Aber … Anna
ist tot. Es schadet ihr nicht mehr. Und für Dich ist es wichtig, nicht wahr …?“

Barth tangieren juristische Bedenken nicht. Nicht jetzt.

„Weiter.“

Er schaut sie an: nicht fordernd. Rebecca lässt es sich gefallen.

„Anna hatte eine starke Blutung. Aber es war nicht ihre
Periode. Sie war schwanger. Hatte es nicht bemerkt. Igno-
riert. Keine Ahnung.“

Er weiß, warum er zu schwitzen begonnen hat. Wie man
sich im Voraus fürchtet. Annaangst vor Geräuschen, die niemand verursacht. Angst vor Stille, weil sie nie vollständig ist.
Weil immer noch was kommen könnte. Der Vater. Nicht nur
er.

Als Barth auf seine Hand schaut, hat er sie in Rebeccas
gelegt. Daumen über vier Fingern, ihre grazil. Einfache
Gliedmaße, gekreuzt, ohne bestimmte Absicht. Ein unge-

wöhnlicher Effekt, für seine Verhältnisse. Oben, ganz oben: keine Sterne, warum auch. Den Mond hat es auf die andere Seite der Welt verschlagen. Wo Anna jetzt ist? Der Kommissar schaut auf eine leere Stelle im Raum. Aber ihn interessiert nicht der Ford. Ihn fordern andere Quanteneffekte. Dunkle Energie. Und was Jacob Beerwein gerade so macht. Oder denkt. Ein eigenartiger Trost geht von der Vorstellung aus, dass die beiden Freunde diese Nacht gemeinsam in Melchiors Schulhaus verbringen werden. Nicht entfernt. Keiner allein.

30

Regen klatscht gegen die Fenster. Keine stille Nacht. Barth hustet Blut in sie hinein. Spuckt irre Teilchen in die Luft. Setzt sie auf Taschentüchern zusammen, als ließe sich abgestoßenes Material zu Leben versammeln.

Spontaner Abort.

Lebenslängliche Diagnose. Für die Träume, die sich das Säugetier Hirn zwischen drei und vier Uhr morgens ausdenkt, existieren keine Beruhigungsmittel. Eigene Schreie wecken ihn – oder halluziniert er? Losgelassene Bilder treiben durch Barths Wolfsstunden.

Symptomloser Abgang. Keine Blutung. Als hätte es nichts gegeben, was Anna austragen sollte. Nichts hatte sie erwähnt. Nichts vom Kind, dessen Vater Barth war. Falsch. Werden sollte. Hat es nicht halten können, nicht aushalten, das fetale Objekt, das niemals kompakt genug wuchs, um einen Namen zu erhalten.

Schlafloser Einwand: Wie verliert ein Vater ein Kind, von dem er nichts weiß, nie etwas wusste, und jetzt fehlt auf einmal, wo nichts war und was Bedeutung bekommt wie im Krampfgriff eines Organs. Andere Botenstoffe als Dopamin sind in dieser Nacht unterwegs.

Wo nichts war, kann nichts fehlen.

Aber Husten kann er noch. Der längliche Sack im rechten Körperspektrum bleibt in Betrieb. Barths verbliebener Lungenflügel scheidet aus, was Anna vor sechsunddreißig Jahren auf die Welt brachte. Wie sich die ausgenistete Lücke angefühlt haben muss. Als etwas in Anna absprang, ohne dass sie es bemerkte? Eine falsche Bewegung und ab durch die Mitte, *wegwegweg* nicht *kommkommkomm*.

Nichts hat sie geahnt. Aktenvermerk, bleistiftgrau, sichere Handschrift. Rebecca Coenen hat ein weiteres Gesetz gebrochen und ein Handyfoto gemacht, wie man leere Gräber dokumentiert. Fanny Layels Mutter hatte sich Sorgen um Anna Barth gemacht und auf einem mit Büroklammer befestigten Zettel Eindrücke notiert, nichts für die Krankenkasse: *Teilnahmslose Akzeptanz des Befunds; Anzeichen emotionaler Taubheit.*

Barth kennt die Symptome. Zeitverzögert konnte sie darüber sprechen. Manchmal. Über ihre *annaleptischen* Schocks. Über Ausnahmezustände nach Umstellung ihrer Medikation. Nach Sondermomenten, wenn sie wieder einmal Gesichter falsch zuordnete oder ihr der Vater auf einer Rolltreppe entgegenfuhr, in Zeitlupe auf sie zu und mit Atemkontakt an ihr vorbei, während sie festfror und Mühe hatte, den unteren Treppenabsatz zu überwinden. Schon als Kind hatte sie gefürchtet, diese Rolltreppen würden sie verschlucken oder zerschneiden. Stattdessen hing sie an einem Abend in der Luft, ihr Bauch eine leere Wölbung.

Annas Geheimnis. Das und dass sie ihm nichts gesagt hat. Ewigkeit eines Versprechens, das über den Tod hinausreicht und ihre Ärztin lebenslänglich bindet. Während Barth sich fragt, wie er mit dem leben kann, was er nicht erfahren durfte. Recht der Toten über die Lebenden. So also lebt Anna fort …

Barth versucht, sich an ein geschlechtsloses Kind zu erinnern, das heute fünfunddreißig Jahre alt wäre. Wer weiß, ob er es nicht umgebracht hat, mit einer unvorsichtigen Geste, einem zu scharfen Wort, an diesem letzten Morgen vielleicht, als sie sich ein letztes Mal liebten. Als könne man mit offenen Augen einschlafen, starrt Barth an eine Zimmerdecke ohne Auskunft. Er hat in die verkehrte Richtung gelebt, immer nach hinten, und es stellt sich nun heraus, dass er nichts finden konnte, weil er nie wirklich wusste, wonach suchen.

31

Er muss eingeschlafen sein. Orientierungslos greift er nach seinem Handy. Vergessen abzuschalten.

„Ja?"

Wie man *Nein* sagt. Der Belag auf der Stimme stammt aus dem Teer seiner Träume.

„Wir haben ihn."

Lameck. Er beschränkt sich aufs Notwendigste. Hat vermutlich ausgerechnet, wie viel Lebenszeit er gewinnt, wenn er Barth nicht jedes Mal am Telefon mit Namen anspricht. Außerdem geht er davon aus, dass Barth weiß, wen er meint. Er kennt seinen alten Chef.

„Wo?"

Barth führt eigene Zeitkonten.

„Die Vermieterin hat sich heute Morgen gemeldet. Terhag scheint in der Nacht nach Hause gekommen zu sein."

„Ich weiß."

„Sie wissen?"

„Wiederholen kann ich mich selbst. Hör zu, Lameck, mir ist gerade nicht nach Spielen. Fass zusammen, was ich wissen muss, um Deinen Fall zu lösen."

Schweigen. Oder Luft holen. Davon scheint es nicht viel zu geben auf der anderen Seite der Leitung. Möglicherweise überlegt Lameck, das einzig Richtige zu tun, aber das ist nicht seine Art. Er legt nicht auf.

„Also die Kurzfassung, Herr Kommissar."

Nicht ganz standesgemäße Anrede, aber Barth ist heute nicht kleinlich.

„Terhag hat von den beiden Todesfällen nichts mitbekommen. Den Wagen hat er vor der Gaststätte Coenen abgestellt, weil er sich dort mit einem Kumpel verabredet hatte. Sie wollten ein Bier trinken. Aber der Kollege hatte es sich anders überlegt, und sie sind spontan nach Holland."

Rebecca hatte also Recht, doch das sagt Barth nicht.

„Spontan für fast zwei Wochen weg?"

„Tja, komische Geschichte. Scheint zu stimmen. Sie sind nach Venlo, haben sich was reingezogen, und irgendwann ist Terhag im Krankenhaus aufgewacht."

„Wie das?"

„Er erinnert sich nicht. Man hat ihn wohl übel zusammengeschlagen. Schwere Gehirnerschütterung, Prellungen, Verdacht auf Schädel-Hirn-Trauma. Das *VieCuri medisch centrum* hat seine Angaben bestätigt. Er lag einige Tage auf Intensiv."

Opfer statt Täter.

„Verrückte Geschichte."

„Kann man wohl sagen. Seinen Kumpel haben wir noch nicht erreicht. Er hat ihn im Krankenhaus abgeholt und auch den Wagen für ihn organisiert. Fahren kann Terhag eine ganze Weile noch nicht. Dafür hat er etwas über seinen ehemaligen Chef berichtet. Der Abschied sei sonderbar gewesen. Ceysers habe sich bei ihm entschuldigt."

„Entschuldigt?"

„Weil er ihn entlassen hat. Dabei hatte Ceysers ja keine Wahl, meint Terhag. Es sei klar gewesen, dass die Fabrik und das ganze Gelände eingestampft würden und es dann für ihn keinen Job mehr gäbe. Aber es scheint Ceysers nahegegangen zu sein. Er hat Terhag ein Jahresgehalt zum Ausstand überwiesen, dazu eine Prämie als Dank für die vergangenen Jahre."

Lameck baut Spannung auf. Barth lässt das kalt.

„Was Ceysers zum Schluss gesagt hat, genauer: *wie*, fand Terhag eigenartig. *Das war's dann.*"

„Das war's dann?"

„Ist nichts Besonderes, aber dass Terhag es erwähnen musste, macht es eben doch bemerkenswert. Ist kein sensibler Bursche. Er meint, er könne es nicht erklären, aber der Satz habe anders geklungen als alles, was sein Chef jemals gesagt hat."

„Na ja, jetzt wo er tot ist."

„Kann sein. Aber ich glaube ihm."

Du glaubst was ganz Anderes, aber das sagt Barth nicht. Er legt auf. Wer nicht begrüßt wird, muss sich nicht umständlich verabschieden.

32

Jacob schmunzelt. Seine Strategie ist aufgegangen. Listig hat er einen Springer geopfert und Ms König gelockt. Es dauert einige Züge, bis es sich auszahlt. Das Spiel verlagert sich, der weiße Druck nimmt zu. Irgendwann begreift Melchior das Malheur. Kein Entkommen.

„Nette Variante."

Dem Kommissar gefällt, was er sieht.

„Ein bisschen abgewandelt."

„Mit anderen Worten: geklaut."

M ist kritischer als Barth und verbissener beim Spielen als Jacob. Er will gewinnen.

„Wir jetzt?"

„Ich setze heute aus. Schlecht geschlafen."

Die Nacht verfolgt ihn bis in den abgründigen Mokka, den ihm Melchior vorgesetzt hat. Manchmal überrascht ihn, wie konsequent Jacob noch spielt. Seine Aussetzer treten ohne Vorwarnung auf, mit Unterbrechungen. Dann scheint er wieder normal sprechen, folgerichtig denken zu können. Sonderbar, dass er in seinem Bareisl-Manuskript oft nicht zusammenhängend schreibt. Als sperre sich mehr als nur der Satzbau.

„Übrigens hat sich die Geschichte mit dem abgestellten Ford aufgeklärt."

M räumt die Schachfiguren ein und hält inne.

„Nämlich?"

Barth übernimmt Lamecks Kurzfassung.

„Das heißt, wir stehen wieder am Anfang?"

„Nicht ganz. Lameck vermutet, dass Ceysers mit seinem *Das war's dann* einen grundsätzlicheren Abschied ins Auge fasste."

„Also doch Suizid."

„Glaube ich nicht."

„Wegen der fehlenden Spuren am Baum?"

„Nicht nur."

„Sondern? Deine alte Theorie?"

„Ja. Und ein bisschen mehr. So wie Du es beschreibst, Barth, hat Terhag den Druck gespürt, unter dem Ceysers stand. Das passt nicht zu ihm. War ein extrem beherrschter Mann. Immer der Chef. Immer obenauf. Ließ sich von nichts treiben. Ein Entscheider."

„Aber auch solche Menschen sind nicht unverwundbar."

„Eben."

Jacob hat einen geschlagenen Bauern in der Hand behalten. Er bewegt ihn kreisförmig, tastet mit dem Daumen die Rillen der Figur entlang, eine von seinen meditativen Übungen.

„Was ich letztens meinte: Jemand hat ihn treiben können. Jemand, der Macht über ihn besaß."

„Wer soll das gewesen sein? Und was hat das mit Haverkamp zu tun?"

Barth schaltet sich ein.

„Was sie verbindet, ist *Tiefbraun*. Der endgültige Abriss. Auf dem Gelände von Ceysers sind sie schon recht weit. Das dauert nicht mehr lange. In seinem Haus hätte Ceysers jedenfalls höchstens noch ein paar Tage bleiben können."

Er denkt an Frau Haverkamp. Da geht es auch nicht länger.

„Du meinst, sie haben sich das Leben genommen, weil sie keinen Ausweg mehr sahen?"

Klingt für Barth nicht unplausibel. Aber warum so?

„Ich meine, dass sie der Tod in den Tod getrieben hat."

„Geht es auch etwas weniger mystisch?"

„Wer sich einmal entschieden hat, lebenslang zu bleiben, verlässt seine Heimat nicht. Das weißt Du doch am besten, Melchior. Schon gar nicht in einem Alter wie Ceysers."

„Also?"

M setzt auf klare Schlussfolgen. Zug um Zug.

„Es war nicht einfach Verzweiflung. Oder Depression. Zu kalkuliert. Irgendwie folgerichtig. Schau Dir unser Spiel vorhin an. Opfer werden auch erzwungen. Von der Situation."

„Das ist doch banal."

Jacob investiert einen ruhigen Blick in seinen Freund. M wechselt ihn mit überlegener Skepsis.

„Man muss jemand nur im richtigen Moment das Falsche sagen."

Der Kommissar weiß, was der Priester meint.

„Gerade wenn Du mit Ceysers Recht hast: So jemand lässt sich doch nicht fremdsteuern."

„Meinst Du?"

Jacob fragt leise.

„Manipulieren geht lautlos. Langsam. Sanft."

„Sagt der Pfaffe."

„Sagt der Pfaffe."

Plötzliche Pause. M nimmt sie sich. Zählen bis eins zwei drei. Irgendwie so. Synkopische Verschiebung.

„Sorry, war überflüssig."

M ärgert sich. Über sich selbst. Barth kann es sehen. Melchior verliert den einen Freund, und nach einem Abend wie gestern wird es immer unausweichlicher. Besonders wenn Jacob so klar, so sehr Jacob ist wie an diesem Vormittag. M rettet ihren gemeinsamen Ton in ein Leben, das es schon nicht mehr gibt. Er weiß, dass er übrigbleibt. In einem Jahr spielt niemand mit ihm Schach. Nicht hier. Nirgendwo.

Die Türklingel unterbricht sie. Wieder einmal. Lameck spielt Drama, vermutet Barth. Aber es ist nicht Lameck. Ms Videosystem überträgt direkt auf den überdimensionalen Bildschirm seines PC. Vor dem Haus stehen zwei Bauarbeiter in robuster Montur. Das Firmenlogo von *Tiefbraun*, polyphemartig auf ihren Helmen platziert, starrt blind in die Kamera.

33

Melchior nimmt argwöhnischen Anlauf. Die digitalen Aufnahmen, die ihnen die beiden Arbeiter vorlegen, zeigen einen ausgebauten Sarkophag mit Ornamenten und dachförmigem Aufsatz.

„Was macht eine Tumba auf dem Fabrikgelände?"

„Ob es eine ist, wird sich herausstellen. Dürfte keine Attrappe sein. Bin gespannt, wer drinliegt."

Jacob amüsiert sich.

„Attrappe?"

„Na ja, in einer katholischen Tumba befindet sich in der Regel nichts."

„Ziemlicher Aufwand, oder?"

Barth nimmt die beiden Arbeiter ins Visier.

„Wie sind Sie darauf gestoßen?"

„Zufall. Vor Abriss müssen wir alles checken. Sicherstellen, dass niemand drinnen ist. Kommt schon mal vor. Penner und so. Hatten Bauplan. Hier."

Das *Hier* zieht nach. Rollendes *r*. Russisch? Es fällt Barth auf, mehr nicht. Der Mann kramt einen gefalteten Lageplan hervor.

„Sehen Sie? Da. Hätte Treppe sein sollen. War Wand vor. Noch nicht lange. Fiel Pawel auf."

Er weist auf seinen Kollegen hin. Der nickt. Die Verhältnisse zwischen den beiden sind klar.

„Haben geklopft. Kamen, wie heißt es: so kleine Stücke. Also haben wir gegengeschlagen. Leichte Wand. Dahinter sah man Tür. Sind wir rein."

„Und dann haben Sie dieses Kabinett entdeckt."

Barth beobachtet den Wortführer der beiden, einen Marx-Kopf mit krausen grauen Haaren und beeindruckendem Bass. Der Mann sucht nach einem Wort.

„Irgendwie … unheimlich."

„Gibt es Anzeichen für den Inhalt des Sargs?"

Marx zuckt mit den Schultern und macht mit beiden Händen eine ratlose Bewegung, die Mundwinkel beinahe übertrieben verzogen. Er entsperrt sein Smartphone, durchsucht einen Ordner, schließlich zeigt er Barth eine Videoaufnahme. Sie führt einmal um den Sarkophag. Er ist mit rankenden Steinrosen verziert. Auf der Abdeckung befinden sich verschlungene Embleme, aber keine Buchstaben oder Daten.

„Haben Chef angerufen. Der schickt jemand. Wir sollten schon mal hierhin. Zum Pfarrer. Ob Sie was wissen. Wegen Verzeichnis oder so. Von Toten."

Jetzt amüsiert sich M.

„Ich schaue mal nach. Aber von so einem Schrein auf dem Ceysers-Anwesen müsste ich eigentlich gehört haben."

„Sieht alt aus."

„Grablege der Familie?"

Barth kennt sich nicht aus, aber er hat Friedhöfe besucht, auf denen sich Fabrikanten-Dynastien in monumentalem Marmor und mit unterirdischen Legeplätzen verewigt haben.

„Nicht legal."

Melchior protestiert mit sichtlichem Vergnügen.

„Es existiert ein Bestattungsgesetz. Auch für Großkapitalisten. Nette Ironie. Da hat der Staat das Monopol. Auch die Enormreichen müssen ihre Leichen auf ausgewiesenen Friedhöfen unterbringen."

„Stimmt."

Jacob denkt katholisch. Von Privatbesitz nach dem Tod hält er so wenig wie M.

„Was sollen wir machen?"

Der Mann spricht wie eine Karikatur aus den Sendungen, die Barth nicht schaut. Aber er verfügt über echte Autorität. Barth kennt einige Russlanddeutsche, die nach der Wende in den Neunzigern übersiedelten. War nicht immer ganz einfach mit ihnen, für Barth, als Bulle. Eigene Welt. Wie alt mag der Mann sein? Mitte fünfzig? Aufbaugeneration, denkt er und ärgert sich über die Klischees, die er nicht mehr loswird.

„Kurzerhand öffnen. Entweder es ist niemand drin oder gesetzeswidrigerweise."

Barth mischt sich ein.

„So einfach geht das nicht, M. Ich nehme doch an, dass *Tiefbraun* die Polizei verständigt hat."

Er wendet sich an Marx, der auf zuverlässige Anweisungen wartet. Die Situation behagt ihm nicht besonders. Sein Kollege flüstert ihm etwas zu, das Barth nicht versteht. Sie wollen weg. Kann er verstehen.

„Sie warten bitte mit jeder weiteren Maßnahme, bis Beamte eintreffen."

„Na ja. Vielleicht kann Herr Pfarrer mitkommen? Raum anschauen? Sieht wie … Kapelle aus. Muss Kirche doch wissen."

Ob Jacob *die Kirche* ist, wüsste Barth gern. Aber die Diskussion überlässt er M. Die Vorsichtsmaßnahmen von *Tiefbraun* findet er nachvollziehbar. Man will keine Fehler begehen. Nicht in diesem heiklen Augenblick. Bloß keine Komplikationen. Marx scrollt noch einmal durch sein Samsung.

„Hier. Schauen Sie. Ging nicht besser."

M rollt heran.

„Zeigen Sie mal. Hm. Sieht tatsächlich ziemlich sakral aus. Was meinst Du, Jacob?"

„Stimmt. Aber von einer Kapelle weiß ich nichts. Hat mein Vater nie erwähnt, und der dürfte so etwas gewusst haben."

„Also?"

Marx macht die Situation zunehmend nervös. Barth erlöst ihn.

„Okay. Ich schlage vor, wir riskieren einen Blick. Aber wir fassen nichts an. Und öffnen den Sarkophag auch nicht. Können wir Ihren Transporter nehmen? Kriegen Sie unseren Rollstuhlfahrer rein?"

„Lass mal, Barth. In das Gelass komme ich ohnehin nicht runter. Ich recherchiere mal. Die Sterberegister von St. Thomas habe ich vor geraumer Zeit schon digitalisiert."

„Also gut. Jacob, brauchst Du noch etwas?"

Der winkt ab.

„Ist ja keine Bestattung."

Eher umgekehrt, denkt Barth. Eigenartige Resurrektionsarbeit. Jemand aus dem Grab helfen.

34

Lameck trifft zeitgleich ein. Sie passieren die Absperrung zum Ceysers-Gelände und betreten das Haupthaus durch einen Seiteneingang. Er führt in ein ausgefächertes Kellersystem mit verschiedenen Gängen. Marx wirft einen Blick auf die Karte, die ihn durch das Labyrinth leitet. Der zweite Arbeiter folgt der kleinen Gruppe mit einem grellen Handscheinwerfer und einem wuchtigen Gerät, um den Grabdeckel anzuheben. Er hat sich Verstärkung besorgt: vier weitere *Tiefbraune*. Sie schleppen zusätzliche Instrumente: Bohrer, Hacken. Die Männer besitzen Phantasie.

„Hier existieren Verbindungsstücke zur Fabrik. Das gehört zum Privatbereich. Sehen Sie? Da vorne befindet sich der Weinkeller. Da dürften ordentliche Bestände gelagert worden sein."

Sie betreten einen Saal mit ausgeräumten Holzregalen.

„Heftige Landschaft."

Lameck ist beeindruckt. *Na warte mal, was Du gleich siehst …* Aber Barth spart sich die Warnung.

Lameck hat sich den Karlstadt zur Absicherung mitgenommen. Doch der scheint Redeverbot erhalten zu haben. Misstrauisch schleicht er hinter Barth her, um bei Bedarf polizeilich einzuschreiten. Wie auch immer ein solcher Bedarfsfall aussehen könnte. Doch das sind Barths interne Ansichten.

Sie nehmen neue Gestalt an, als sie auf Umwegen, die der alte Kommissar nicht durchschaut, eine absteigende Treppe erreichen. Zwanzig steile Stufen, Barth zählt mit, den Handlauf fest im Griff und Jacob vor sich. Notfalls kann er ihn packen. Aber der scheint heute stabil.

Für die Eisentür braucht Marx einen Schlüssel, wie Barth ihn von der Witwe Coenen erhalten hat, und einigen Körpereinsatz.

„Haben zugesperrt. Zur Vorsicht."

Lameck gibt Karlstadt ein Zeichen. Er wird später alles versiegeln. Auch dafür braucht es ihn.

Die Türkonstruktion öffnet sich deutlich leiser, als Barth erwartet hätte.

„War in Gebrauch. Gut geschmiert."

Marx weiß, wovon er redet. Dann schaltet er zwei Reihen Strahler an, seitlich eingesetzte Spots. Die Kapelle *ist* eine Kapelle. Ein ausgebranntes ewiges Licht steht auf einem Altarabsatz, eingelassen in die Wand. Der Sarkophag thront in der Mitte des Raums, gusseiserne Kerzenständer am Kopfende. Eine Gebetsbank bildet den Fuß des Ensembles. Die Seitenwände im Abstand von jeweils zwei Metern sind hell getüncht. Kühle Wirkung. Die gewölbte Deckenkonstruktion ist ebenfalls weiß ausgemalt. Ein steriler Raum, trotz der sakralen Merkmale, die Jacob mit Kennerblick begutachtet. Staub hat alles wie eine zweite Haut überzogen.

„So was habe ich noch nie gesehen. Merkwürdige Anlage."

Er streicht mit den Händen über den Steinsarg. Wenn es einer ist. Es finden sich keine Hinweise auf die Identität der Person, die er möglicherweise verbirgt.

„Widersprüchliche Formation. Ewiges Licht und das Grab ohne Kreuz?"

Barth weiß nicht, worauf der Freund hinauswill. Weiß er vielleicht selbst nicht. In dieses Puzzle passen wenig Teile.

„Ich denke, wir öffnen den Sarkophag."

Lameck will vorankommen. Die Arbeiter von *Tiefbraun*

setzen ihre Werkzeuge an. Die Abdeckung besteht aus leichterem Material. Metall. Kein Eisen.

„Sollte klappen. Hier, Markierungen. Kann man Hebel einrasten."

Marx und seine Kollegen finden die korrekten Punkte. Sie experimentieren etwas, dann stocken sie.

„Ha. Muss man nicht anheben. Sind Schienensätze. Da."

Marx macht sich seitlich an einem Scharnier zu schaffen.

„Geht anders. Leichter. Pack mal an, Pawel."

Sie schieben den Aufsatz behutsam nach hinten. Er bewegt sich wie ein schlecht geölter Waggon. Dann rastet ein Mechanismus ein.

„Brauchen Schraubendreher. Mit, wie heißt es?"

Er schaut seinen Kollegen fragend an. Der reicht ihm, was er sucht.

„Sehen Sie? Bis zu Sperre läuft Schiene. Dann hakt es."

Karlstadt begutachtet die Konstruktion.

„Kluge Entscheidung. Sonst droht die Abdeckung abzurutschen."

„Sehen Sie Bohrungen? Man kann Schrauben einzeln lösen."

Die beiden Russen machen sich an die Arbeit.

„Hmm ... Gewinde gerostet."

„Warten Sie."

Karlstadt untersucht die armlange Öffnung, die Marx und sein Kollege geschaffen haben. Sie reicht für eine erste Inspektion. Mit seiner Taschenlampe leuchtet Karlstadt den Bodensatz aus.

„Meine Herren ... Kein Spaß. Schauen Sie mal selbst."

Ob er Lameck oder Barth meint, ist egal. Sie werfen beide einen Blick in den Funeralbehälter. Der Kommissar winkt Jacob heran. Von wegen Auferstehung.

35

„Wie kommt so ein Teil nach Dornbusch? Was meinst Du, Jacob, ist der Raum eigens dafür angelegt worden?"

„Ist das wichtig?"

Melchior forscht bereits nach Fabrikationsorten, Vertriebswegen, Preisen.

„Klar macht es einen Unterschied, ob man einen Sarkophag anfertigen lässt und dafür den Ort schafft oder umgekehrt. Sagt was über die Bedeutung der Person aus, die wir gefunden haben. Und man sollte leichter herausfinden können, wann Ceysers oder wer immer diese Kapelle bauen ließ. Was nicht nur den Zeitpunkt betrifft, wann die Person gestorben ist, sondern auch den Anlass: War es geplant? Vorgesehen?"

„Die Eltern von Ceysers wurden regulär bestattet, das weiß ich von meinem Vater. War kurz nach dem Krieg."

„Also?"

„Also gar nichts. Wenn es eine private Familiengeschichte war, hilft uns das nicht weiter."

„Und dieser Steinsarg?"

M knurrt aus dem Hintergrund seines Lebens im Netz.

„Ihr werdet lachen, die Beschaffung eines Sarkophags ist zumindest heute kein Problem. Braucht man nicht einmal *dark net*. Nachbildungen von römischen Sarkophagen kann man im Internet bestellen."

Den Einwand des Kommissars nimmt M vorweg.

„Gibt es schon lange. Bedarf an solchen Stücken. Für

Friedhöfe. Repräsentative Grabstellen und so weiter. Wer so was erwirbt, kann es sich auch diskret liefern lassen."

Barth muss an die skelettierten Reste eines Lebens denken. Wer so einen Aufwand betreibt, dem muss dieser Mensch wichtig gewesen sein. So wichtig, dass er ihn nicht in ein entferntes Grab geben wollte. Aber warum dann eine namenlose Reliquie?

„Lameck meint, es handle sich um eine Frau?"

„Ziemlich sicher. Ausprägung der Glabella."

Barth fasst sich an die Nasenwurzel.

„Wie alt?"

„Knochenbau, Becken – ausgewachsen. Mehr lässt sich nicht sagen. Und selbst das ist nicht wirklich seriös."

„Und seit wann lag sie in dem Sarkophag?"

„Schwer zu sagen."

„Und schätzen?"

Die Erfahrung des Kommissars ist gefragt.

„Ich wüsste nicht wie. Kein Anhaltspunkt. Wir müssen den forensischen Befund abwarten."

„Nicht unbedingt."

Jacob spielt mit den Perlen seines Rosenkranzes. Er betet ein unbekanntes Gesätz.

„Hast Du mal wieder eine Deiner Eingebungen?"

M kann es nicht lassen. Er haut seine boshaften Spitzen wie Haken ein. Macht sich daran fest. In der Wand, die er allein besteigen muss. Sätze für später, denkt Barth. Orientierungspunkte. Ihm wird elend, wenn er an Melchior denkt, der in seinem Rollstuhl sitzen bleibt und irgendwann für Jacob einen Platz auf seinem virtuellen Friedhof anlegen wird. Wie für ihn selbst.

„Hab den stibitzt."

„Wie meinen?"

Barth reckt sich empor. Viel Höhe gewinnt er nicht.

„Gebe ihn zurück."

„Wen?"

Jacob schelmt vor sich hin.

„Den Rosenkranz natürlich."

Jacob zieht einen aus der Seitentasche seines Jacketts und zeigt ihn den Freunden.

„Rosenkränze sind nicht natürlich."

M findet seine Einwände überall.

„Lag am Fußende. Sollte man nicht meinen."

„Heiliger Vater, kannst Du es mal mit ganzen Sätzen probieren? Sinnvollen vorzugsweise? Was hat es mit dem Teil auf sich?"

Jacob gewinnt auch diese Partie, kein Zweifel. Er lenkt M dorthin, wo er ihn braucht. Lädt sich an seinem Widerstand auf. Genießt die vertrauten Abläufe. Durchbricht jede Nachgiebigkeit. Je schärfer M, desto lebendiger Jacob. Noch so eine Gleichung, die nicht wirklich aufgeht. Wieder beobachtet sich Barth beim Beobachten und stellt mit seinem peripheren Sehsinn fest, dass er sich in Jacobs Spiel verwickeln lässt. Der gestrige Abend dämmert weg.

„Einen Rosenkranz legt man Verstorbenen in die Hände, nicht unter die Füße."

„Kann weggerutscht sein."

„Möglich. Aber nicht wahrscheinlich. Der Sarkophag hat keine Schieflage. Hatte er sicher auch nicht beim Verschließen."

Was ein eigenes Thema darstellt. Barth überlegt sich, wie viele Leute es brauchte, um das Metalldach zu verschieben. Wenn die Schiene gut geölt ist, kann das ein einzelner Mann bewerkstelligen.

„Folgt was raus?"

„Dass man ihn arrangiert hat."

„An der falschen Stelle?"

„Na ja. Der alte Ceysers war Katholik. Der wusste, was er tat."

„Muss ja nicht Ceysers gewesen sein."

„Ziemlich sicher doch. In seinem eigenen Haus."

Melchior ist nur bedingt zufrieden.

„Kommt auf das Alter des Skeletts an. Könnte da länger untergebracht sein."

„Womit wir wieder beim Rosenkranz wären. Schau ihn Dir mal genau an."

Jacob legt ihn auf den Tisch, neben das Schachbrett. Die Figuren stehen noch vom letzten Matt.

„Was müsste ich sehen?"

„Den Anhänger. Papstmedaillon. Pius XII. Heiliges Jahr 1950. Verkündigung des Dogmas von der leiblichen Aufnahme Mariens in den Himmel."

„Wirklich?"

Melchior schmunzelt, Barth rechnet.

„Also haben wir ein Datum *post quem*. Aber das hilft nicht entscheidend weiter."

„Die Eltern von Ceysers waren zu dem Zeitpunkt verstorben. Ihm gehörte das Haus. Als Eigentümer dürfte er von dem Sarkophag gewusst haben."

„Und weiter?"

„Für Katholiken war die Verkündigung des Dogmas bedeutsam. Auch wenn Du es nicht glauben magst, Melchior."

„Bitte keine Vorlesung."

„Im Leben nicht."

Jacob grinst in verschiedene Richtungen.

„Du weißt doch noch etwas mehr, Jacob."

Barth sucht den zweiten Fixpunkt.

„*Ante quem?*"

„Bin mir nicht sicher. Mein Vater hat erzählt, dass Ceysers und er zum Heiligen Jahr nach Rom gereist sind. Pilgerfahrt. Als Dank für ihre Rückkehr aus dem Krieg."

„Mit vollständigem Ablass als Nebenwirkung. Kenn ich."

„So ist es, Du armes Heidenkind. Solltest Du mal Gebrauch von machen. Das Angebot gibt es auch für Deinereinen."

„Können wir das außer Betracht lassen? Was hat es mit der Romreise auf sich?"

„Zum einen besaß mein Vater auch einen solchen Rosenkranz. Zum anderen gab es eine Verabredung zwischen ihm und Ceysers. Sie spielten nicht nur seit früher Jugend regelmäßig Schach. Sie beteten früher jeden Freitag den schmerzhaften Rosenkranz. Ein Gelübde."

„Allerdings auf niederrheinisch."

„Was meinst Du damit, Melchior?"

„Na ja. Ich kenn das von Deinem alten Herrn. Achtzehn Uhr Andacht in St. Thomas mit seinen Rosenkränzlerinnen. Danach kehrte er bei Mutter Coenen ein. Sehr schmerzhaft mitunter."

Jacob hat den Vater oft genug begleitet. Aber dass der sich mehr als einige Biere gegönnt hätte, daran kann er sich nicht erinnern. Auch ein Vater führt ein Leben ohne Sohn.

„Wie auch immer. Irgendwann haben die beiden jedenfalls mit ihrer persönlichen Tradition gebrochen. Sogar nicht mehr miteinander geredet. Keine Ahnung warum."

„Mutter Coenen kann uns vielleicht Auskunft geben. Seit wann Dein Vater und Ceysers freitagsabends getrennt saßen."

In Jacobs Jahren als Auslandspfarrer hat Melchior viel

Zeit mit Johann Beerwein verbracht. Sie waren eng. Barth erinnert sich an Episoden, die M zum Besten gegeben hat.

„Unversöhnlich passt nicht zu Deinem Vater. Aber es war so. Sie grüßten sich, das war's. Wobei ich das als normale Distanz wahrgenommen habe."

„Ich denke, Du wusstest, dass sie mal befreundet waren."

„Guck Dir den alten Ceysers an."

„Stimmt. Konnte einem kalt bei werden."

Barth kommt auf den Punkt zurück, den Jacob setzen wollte.

„Hilf meinen anästhesiegeschädigten Hirnzellen. Warum ist das Deiner Meinung nach von Interesse?"

„Weil Männer wie Ceysers und mein Vater nicht einfach ein Gelübde brechen. Streit hin oder her – das hat sie verpflichtet. Und noch etwas: So einen Rosenkranz gibt man nicht einfach weg. Wenn es der Rosenkranz von Ceysers war, und davon gehe ich aus, dann hat er ihn aus einem besonderen Grund abgelegt."

„Womit wir bei der falschen Stelle im Sarkophag wären."

„Exakt."

M tut sich schwerer mit katholischer Logik.

„Kann Euch mal jemand durchs Hirn pusten? Was folgt aus der ganzen Nummer? Irgendwelche Zeichen?"

„Ceysers hat der Toten den Rosenkranz nicht in die Hände gelegt."

„Und das soll *was* bedeuten? Dass sie es nicht wert war? Kontakt mit dem geweihten Instrument?"

„Dieser Rosenkranz stand für Ablass, Schuldvergebung."

„Mein Gott, dieser katholische Obskurantismus. Wenn *Tiefbraun* für eins gut ist, dann für gründliche Aushebung dieser Sonderwelten."

„Meinst Du?"

Darauf antwortet M nicht. Seine Empörung ist echt.

„Vergebung von Schuld? Schuld woran?"

Den Kommissar interessiert eine andere Frage.

„Und wer ist die Tote?"

Jacob Beerwein schließt die Augen. Nimmt den Rosenkranz wieder vom Tisch. Tastet die Perlenfolge entlang.

„Ceysers Frau."

36

Dieser November macht sich lang. Streckt seine nebligen Fühler aus. *Ad inferos*. Jacob hat sich zur Messe zurückgezogen. Heilige Pflicht. An diesem Abend finden sich die üblichen Betschwestern ein. Barth nennt sie so, dabei weiß er, dass das nicht gerecht ist. Ihm tut die halbe Stunde selbst gut. Vertrautes Ritual, ruhige Kindheitserinnerungen, Stille ohne Anstrengung. Warum er das hinter sich gelassen hat, kann er nicht genau sagen. Vielleicht wegen der fehlenden Einmischungsbereitschaft von Jacobs Gott. Anlässe für etwas mehr Engagement fallen Barth ein.

Anna hat darauf bestanden, die Kirche zu meiden. Zwar wollte sie heiraten, aber ohne katholisches Einverständnis. Den Antrag hatte sie ihm gemacht. Exquisites Abendessen mit Kerzen im Burgpark von Maashaft, streng romantisch. Beim Digestif überreichte sie Barth eine Schatulle. Statt eines Rings war sein Umriss eingelassen: kein leeres Geschenk, nur eins mit offenem Inhalt. Den wollte sie erst nach Zustimmung des Kandidaten erwerben. Barth hatte also die Wahl. Was man so Wahl nennt, wenn Annaweiß kniet und fragt, was ein Mann fragen sollte, damals.

Während Jacob sein *Heiligheilig* liedspricht, lächelt Kommissar Barth in das offene Gewölbe. Jacobs Ernst nimmt ihn gefangen. Er setzt den weiteren Ablauf in Gang, für den sich Barth hinkniet. Was er empfindet, will er nicht kommentieren. Er lässt sich überraschen.

Als sie nach dreißig Minuten vor dem Portal von St. Thomas stehen, erwartet sie Melchior schon. Gemeinsam machen sie sich auf den Weg zu Coenen. Altbier und Panhas, das reicht für ein Konzil. Die Kneipe ist beachtlich voll, wenn man die Zahl der heimatvertriebenen Dornbuscher veranschlagt. Manche kommen aus nostalgischen Gründen zu Besuch, die meisten wegen der reichhaltigen Hausmannskost, die Mutter Coenen zu Preisen auftischt, zu denen man sonst nichts kriegt.

Barth ist erheblich nach Bier. Den beiden anderen auch. Sie arbeiten sich gezielt voran. In Begleitung von Melchior verzichtet Jacob sogar auf den Thekenplatz seines Vaters. Aber ihr Tisch ist gut gewählt. Vom Pastor lässt sich Frau Coenen bestellende Zwischenrufe gefallen, die andere mit einschüchternden Blicken bezahlen. Es dauert drei Runden, bis auch Rebecca erscheint. Sie hat in der Küche hantiert und kümmert sich nun um die Speisung der knapp Fünfzig, die den Abend lärmen.

„Noch eins, Barth?"

Sie spricht ihn an, ausgesucht. M wirkt eifersüchtig.

„Und wir?"

„Die Letzten werden die Ersten sein, oder, Herr Pfarrer?"

Trotzdem erhalten sie ihre herbmalzigen Getränke gleichzeitig. Das Alt ist bitterer geworden, findet Barth, mit der Zeit. Den Panhas mit Kartoffelpüree und Apfelmus nehmen sie schweigsam ein. Einige Unerschrockene bitten um Nachschlag, aber die wimmelt Rebecca ab. Mehr als fünfzig Portionen hat sie nicht vorbereitet. Sie beschwichtigt mit *Ceysersbrand*.

Es dauert, bis sich die letzten Gäste verabschieden. Jacob hat sein Leben zwischenzeitlich auf Wasser umgestellt. Barth versucht mit Melchior mitzuhalten, nicht ganz einfach. Gleichmäßig füllt der sein Altbier ein. Wie der so schlank bleiben kann, wüsste Barth wirklich gern. Aber was soll's, die frisch zugeführten Kalorien beschädigen ihn nicht mehr nachhaltig.

„Haben Sie einen Moment Zeit, Frau Coenen?"

Die harsche Witwe mustert den Kommissar, dann legt sie ihre Schürze ab und setzt sich an den Tisch. Die neue Flasche *Ceysersbrand* stellt sie wie eine eisgekühlte Voraussetzung ab. Die Coenen schenkt viermal ein.

„Prost."

Zum Hackenschlagen, denkt Barth und achtet auf die Gestalt im Hintergrund. Ein Blickwechsel, besser als Korn. Den verträgt er heute Abend nicht.

„Sie haben von dem Fund auf dem Ceysers-Gelände gehört?"

„Hab de baide ja zu Ihenen jeschickt. Russen, nä?"

Den Widerwillen gegen alles *Tiefbraune* schluckt die Coenen auch mit ihrem Schnaps nicht runter.

„Konnte mer koom verstoa."

„Es ist so, dass wir ein paar Fragen haben. Hat mit dem alten Ceysers und Pastor Beerweins Vater zu tun."

„Mit dem Vater?"

Die Frage springt in den aufrechten Gang.

„Die beiden waren befreundet, Frau Coenen. Das wissen Sie wohl. Seit Kinderzeiten. Waren jeden Freitagabend bei Ihnen, nicht wahr?"

Eine lästige Strähne fällt ihr ins Gesicht. Sie löst eine Haarklammer und arbeitet alles fest. Dann mustert sie Barth. Aber der gibt nichts preis.

„Ja seeker. *Natürlich.*"

Das schiebt sie nach, gesprochen wie mit Trennungszeichen. Nichts klingt *natürlich* bei dieser Frau, denkt Barth. Sie wechselt nicht nur den Ton. Fasst sich, einen Gedanken, der etwas in ihr auslöst.

„Der Ceysers kam bis zum Schluss. Redete nicht viel. Tun die meisten nicht mehr. Nich mehr wie früher."

Sie überprüft ihre Erinnerung in Jacobs Gesicht, aber der regt sich nicht.

„War was los hier. Is vorbei. Schluss und vorbei. Der Ceysers, der kam jedenfalls immer noch. Trank und zahlte den eigenen Brand. Hätt er ja zu Hause billiger haben können."

Mehr Anerkennung kann die Frau kaum zollen, vermutet Barth, während sich Rebecca Coenen in die Küche zurückgezogen hat.

„Dann wissen Sie ja auch, dass die beiden alten Herren irgendwann nicht mehr gemeinsam kamen."

„Der Ceysers und der Johann? Tja. Kamen schon noch. Nur für sich. Der Platz hinten an der Theke, in der Ecke, der war dem Johann. Hier vorne saß der Ceysers. Stammtisch. Haverkamp und der Rettungsmeier. Manchmal der Berndaner noch. Skatrunde. Aver dat weten Sie doch."

Skat hat Barth immer gehasst. Nahe dran an Kegelgemütlichkeit. Die Coenen spielt ihr eigenes Spiel. Mischt ihre Karten. Stellt sich dumm. Mustert den Kommissar dabei mit einem verhaltenen Grinsen, das alles andere als einfältig ist.

„Schon recht. Es geht darum, wann die beiden, wie soll ich sagen: getrennte Wege gingen."

Jacob mischt sich ein.

„Ich kenne es nicht anders. Grüßten sich, redeten aber sonst kein Wort miteinander."

Mutter Coenen kehlt ein bitteres Lachen.

„Mal überlegt, warum sie weiter jeden Freitag kamen? Beide?"

Sie saugt tief Luft ein, verbrauchte Kneipenluft.

„Heije se leechter habbe künne. Sich uut der Weäch jon."

181

Sie bricht den Rhythmus von Fragen und Antworten, nicht nur mit ihrem Platt. Wie bei einem Verhör. Barth wartet noch. Blickt wie unbeteiligt in Augen, die ein Leben eingefärbt hat, das gerade verloren geht. Wartet, bis sie ausweichen, sich Jacob zuwenden, dann Melchior, schließlich dem Schnapsglas, wieder leer. Mit dem linken Zeigefinger streicht die Coenen über den Rand des Stampers, nimmt einen Tropfen auf, führt ihn an die Lippen.

„Wir hatten ja früher jeden Abend auf. Bis auf Montag. *Ävver* die beide, die koame bloss friedachs."

Das interessiert M.

„Konnte stur sein, Dein alter Herr. Bei Bedarf. Gab nicht nach, wenn er im Recht war."

„Oder glaubte, es zu sein."

Das bringt Jacob nicht als Einwand vor. Sein Vater war ein Gerechter unter den Menschen. Gütiges Naturell. Barth beobachtet, wie sich die beiden Freunde mit einem Blick verständigen. Er selbst kannte Johann Beerwein, wie man den Küster und Organisten des eigenen Dorfes halt kennt. Er genoss Achtung.

„Sie meinen, die beiden saßen sich aus?"

„Ha! War ein verbissener Kerl, der Ceysers. Deä hätt nie jet opjegäve. Johann wor daa ätt anners."

Wie zur Erklärung blickt sie Jacob an.

„Machte sein Ding. Trank sein Bier und gut war's."

„Ab wann war das? Ich meine, dass sie die Freitagabende nicht mehr gemeinsam verbrachten?"

Die Witwe Coenen überlegt.

„Hab ich noch nie drüber nachgedacht."

Das glaubt ihr Barth, vielleicht weil sie wieder klarer spricht.

„Komisch ..."

Sie steht auf, setzt sich wieder. Schüttelt den Kopf. Nimmt ihr leeres Glas mit dem Aufdruck der Schnapsbrennerei, prüft den Namen, Inhalt, irgendetwas. Tierkäfigunruhe packt sie.

„Rebecca!"

So will niemand gerufen werden, denkt Barth.

„Rebecca!"

Das Kommando wirkt.

„Mutter?"

„Tu mal das Gästebuch. Bitte."

Das *Bitte* tut beinahe weh. Rebecca braucht nicht lange. Zielsicher schlägt Mutter Coenen eine Seite in dem Album auf.

„Für Anlässe. Hat mein Mann ausgelegt. Hochzeiten und so. Hab ich gut drauf achtgeben müssen. War ihm wichtig, dem Jupp. Hier."

Sie blickt Barth auffordernd an.

„Sehen Sie?"

Auf der Seite, die sie wie einen Beweis vorlegt, findet sich mehr als nur lokale Prominenz. Politiker. Namen aus Bonn.

„Ceysers Hochzeit?"

„19. Mai 1951. Ein Samstag. Johann Beerwein war Trauzeuge."

Sie blättert weiter. Barth auch. Er kennt das Datum. Im Mai heiraten viele.

„Und da."

Das eingeklebte Foto braucht keine Erklärung. Lachende Gesellschaft, Familienaufstellung von begeisterten Männern, Frauen, Kindern. Vereinzelte Deutschlandwimpel. Im Hintergrund ein Fernsehapparat, winzig auf dem Gestell über der Theke.

„Das Endspiel."

Als gäbe es nur eins. Barth entdeckt Ceysers' aufgereckte Figur in der hinteren Reihe rechts, Jacobs Vater am anderen Ende. *Das Wunder von Bern.*

„Zufall?"

„Wer von uns glaubt an Zufälle?"

Mutter Coenen nicht.

„Es geht sich um was Anderes."

Sie konzentriert sich.

„Da fehlt jemand."

37

„Gehen wir also davon aus, dass Frau Ceysers um 1954 verschwunden ist – das muss doch aufgefallen sein."

„Ist es auch. Ceysers hat verbreitet, dass sie ihn verlassen habe."

„Ohne weitere Lebenszeichen?"

„Scheint so, zumindest laut Frau Coenen."

„Keine Nachforschungen?"

„Wer hätte die veranlassen sollen?"

Barth macht sich Notizen.

„Lameck muss den Karlstadt mal ins Archiv schicken. Vielleicht gab es ja eine Vermisstenmeldung."

„Noch etwas. Warum wurde Frau Coenen so nervös?"

„Hat sich erinnert. Kam wieder hoch."

„Vergessen oder verdrängt?"

Auch dazu trägt Barth eines seiner Fragezeichen ein.

„Fangen wir mit dem Einfachsten an."

Melchior hat sich ins Standesamt von Markandern eingeloggt.

„Da Ceysers ja eben erst verstorben ist, kommt man günstig an seine Daten. Hm. War nicht geschieden, sondern verwitwet."

„Das ist ein Ding. Wusstest Du was davon, Jacob?"

Der schweigt, aber diese Auskunft reicht Barth.

„Also müssen wir die Sterbeurkunde seiner Frau finden. Noch was für Karlstadt."

Melchior bringt dafür keine Geduld auf. Er absolviert einige weitere Meter auf seiner Tastatur. Scrollt durch bürokratische Landschaften, trotz Barths Anwesenheit nicht eigentlich legal.

„Treffer. Nicht schlecht. Haben die Sterbejahrgänge seit 1950 alle digitalisiert. Wer hätte das gedacht?"

„Und?"

M macht es gerne spannend.

„Warte mal eine Sekunde. Muss was checken."

Jacob Beerwein kreist durch das Kugelwerk seines Rosenkranzes. Seine Augen nehmen eine bedenkliche Form an, er droht wegzurutschen.

„Jacob? Einen Kaffee vielleicht?"

„Bitte?"

„Wo bist Du gerade?"

„In Gedanken, wo sonst?"

„Dann pass mal auf."

M gibt Meldung.

„Lilith Ceysers, geborene Schueman, ist am 27. September 1954 in Buenos Aires verstorben."

„Sie war in Argentinien?"

„Der Totenschein ist von der dortigen Botschaft beglaubigt. Ausgestellt von einem Doktor Eliseo Labruna."

„Todesursache?"

„Herzinfarkt."

„Ein Infarkt? Wie alt war sie?"

„Geburtsdatum 17. April 1926."

„Gerade mal achtundzwanzig?"

„Kommt vor."

Barth verschwindet, um den Kaffee zu kochen. Er nutzt die Gelegenheit und schickt Rebecca Coenen eine SMS.

„Brauchen Foto von Lilith Ceysers. Frag Deine Mutter. Wenn sie eins hat, bitte fotografieren und mir senden."

Rebecca antwortet fast umgehend.

„War im Gästebuch. Ceysers-Hochzeit. Ich bringe es vorbei.“

Das Foto, das sie als MMS sendet, ist unscharf, aber aussagekräftig. Eine attraktive junge Frau strahlt in eine anonyme Kamera. Blonde Haare, zerbrechlich schlank – sie erinnert Barth an ein anderes Hochzeitsfoto.

Melchior meldet sich zu Wort.

„Jetzt wird es wirklich witzig. Hab mal was googlegestöbert. Doktor Eliseo Labruna, Jahrgang 1918, verstorben am 11. Februar 2009 im gesegneten Alter von neunzig Jahren, versehen mit den Sterbesakramenten der heiligen katholischen Kirche, betrauert von drei Töchtern sowie einer Kompanie voller Enkel und Urenkel, war – Dentist.“

38

„Sieht aus wie einer dieser Junta-Generäle."

„Sympathische Fratze."

„Gewinnt man gleich Zutrauen."

M und Barth verteilen ihre Eindrücke gleichmäßig. Jacob setzt sich mit seinem Kaffee auseinander, während Rebecca Coenen die Todesanzeige im Netz studiert.

„Das ist doch alles nicht zu glauben. Ein Zahnarzt in Buenos Aires stellt den Totenschein für Lilith Ceysers aus?"

„Na ja, zu Doktor Labruna finden sich noch ein paar weitere Informationen. Er war nicht nur Zahnarzt."

„Sondern?"

„Jacobs Fraktion. Leib Christi mit Tentakeln. Labruna war in einer Gruppe aktiv, die sich *Nación Católica* schimpfte. Wie es aussieht, waren sie international rechtsvernetzt. Einflussreich. Labruna hat sich in den Fünfzigern unter anderem einige Jahre in Rom aufgehalten. Erkennst Du jemand auf diesen Fotos wieder?"

Jacob überlegt.

„Hmm. Keine Ahnung. Aber das heißt nichts. Schnappschüsse vom Vatikan mit irgendwelchen Monsignores besagen nicht viel. Woher hast Du das Material?"

„Ich betreibe nicht nur einen Friedhof im Netz."

„Heißt?"

„Dass ich zu verschiedenen Datenbanken Zugang habe. Wenn ich will."

Barth will lieber nicht mehr wissen. Dafür schaltet sich Jacob wieder ein.

„Ich versuche mal was Anderes. Kanäle aus meiner Zeit

in den Auslandsgemeinden. Es gibt da einige, die uns weiterhelfen könnten."

Während sich Jacob ins Pastorat zurückzieht, ruft Barth Lameck an.

„Irgendwelche Erkenntnisse?"

„Allerdings. Ich hätte gleich ohnehin angerufen: Im Sarkophag finden sich Kratzspuren. Heftige. An den Seiten, vor allem unter dem Deckelaufsatz."

„Scheiße!"

„Was ist los, Barth?"

Der Kommissar stellt sein Handy laut.

„Sagst Du es ihnen, Lameck?"

„Na ja, die Person, die sich im Sarg befand, hat noch gelebt. Zumindest eine Zeit lang."

Rebecca Coenen stöhnt auf.

„Unfassbar."

„Todesursache wahrscheinlich Ersticken. Die Sauerstoffzufuhr in so einem Kasten ist begrenzt. Doch das werden wir nicht mit letzter Sicherheit nachweisen können. Bislang gibt es jedenfalls keine anderen Hinweise auf die Todesursache. Und eine natürliche scheidet wohl aus, wenn man sich die Heftigkeit der Kratzspuren ansieht. Da hat ein Mensch um sein Leben gekämpft."

„Was für ein Schwein …"

Barth sieht das Hochzeitsfoto, sieht den Mann, der am Lühpfuhl auspendelt, sieht Rebecca und weit hinten, wohin kein Nebel gelangt, Anna auf einem Fenstersims balancieren …

Jacob telefoniert lange. Als er zurückkehrt, blickt er in Gesichter, die er nicht befragen muss.

„Was ich habe, ist nicht viel. Immerhin. Labruna hat eine Zeit in Deutschland verbracht. In Bonn. Bei der argentinischen Botschaft. Wirtschaftsattaché."

„Als Zahnarzt?"

„Sein Schwiegervater besaß eine große Destillerie in der Provinz Mendoza. Mit Kontakten in die deutsche Spirituosenbranche. Vielleicht vor diesem Hintergrund. Ach ja, Ceysers hat in Bonn studiert. War Mitglied einer Studentenverbindung. Scheint dort regelmäßig verkehrt zu haben. Mehr habe ich nicht herausfinden können."

„Immerhin. Zwei mögliche Verbindungslinien zwischen Ceysers und diesem Doktor Labruna."

„Was nichts beweist, Melchior."

„Warten wir die DNA-Untersuchung ab."

„Bleibt uns nichts weiter übrig."

„Aber selbst wenn es die Frau von Ceysers war ..."

„Sag nicht *die Frau von Ceysers*! Sie hat einen eigenen Namen."

Barth zuckt.

„Entschuldige, Rebecca. Du hast natürlich Recht ... Wenn Lilith im Sarkophag liegt, wenn sie ermordet wurde, können wir trotzdem nur mit einer gewissen Wahrscheinlichkeit auf den Mörder schließen."

„Was nichts mehr ändert. Ceysers ist tot."

„Doch!"

Jacob macht sich entschieden laut.

„Es ändert viel. Zu wissen, dass es Lilith ist, bedeutet, dass wir sie unter ihrem Namen bestatten können. Dass Du sie auf Deinem Friedhof verzeichnest. Dass sie nicht spurlos verschwindet. Dass Ceysers nicht durchgekommen ist."

Jetzt unterbricht sich Jacob. Den Nachsatz murmelt er.

„Will hoffen, dass er das am Ende selbst nicht mehr wollte ..."

39

Barth hustet blutige Fäden, die halbe Nacht. Kaum stundenweise kommt er zur Ruhe, von bronchialen Reizanfällen geschüttelt. Gegen fünf Uhr gibt er auf. Gerädert zieht er sich an und mummelt sich in seinen Lesesessel, die warme Steppdecke wie einen Kokon um sich gelegt. Schläfrig nimmt er sich seinen Fontane vor, diesmal ohne Gespenster. Doch er kommt nur einige Zeilen weit, bis zu den Glocken des Hohen-Vietzer Turmes, als er einen vertrauten Geruch wahrnimmt: Kaffee. Ist Jacob schon auf? Behutsam bewegt sich Barth durch sein Zimmer, öffnet leise die Tür, um den Freund nicht zu wecken. Von unten dringen einschlägige Geräusche aus der Küche. Barth macht sich auf den Weg.

„Guten Morgen, Jacob. Ich hoffe, mein Husten hat Dich nicht geweckt?"

„Ich brauche keinen anderen, um schlecht zu schlafen, nach so einem Tag."

Jacob legt dem Freund die Hand auf die Schulter.

„Kaffee?"

„Kaffee."

Barth lehnt sich auf seinem Stuhl zurück. Wenn er eins an seinem Ruhestand genießt, dann morgens nichts mehr müssen zu müssen. Der Kaffeepott ist tief.

Barth hält seine Tasse mit beiden Händen, wie um sich aufzuwärmen.

„Ist ein schlechter letzter Fall, um ihn zu lösen."

„Sucht man sich nicht aus. Nichts von allem."

Der Kaffee dampft, schmeckt, tut.

„Macht mich fertig, dass Lilith Ceysers verschwinden konnte, ohne dass es jemand interessierte."

„Hm … Genau das kann ich nicht glauben. Es muss jemand gegeben haben."

„An wen denkst Du, Jacob?"

„Ich denke an die Frau Coenen. Auch wenn es mit einem halben Jahrhundert Verspätung kam – bei ihr hat etwas Klick gemacht. Hab sie gestern noch mal angerufen. Hatten eigentlich immer einen guten Draht. Früher jedenfalls."

Jacob schaut, wo früher einmal war. Dann fasst er sich.

„Sie hat angedeutet, dass es Gerüchte gab. Dass Lilith von ihrem Mann wegwollte. Dass sie zuletzt schlecht aussah. Abgenommen hatte. Dass sie nicht bleiben *konnte*."

Barth schaut so ungläubig, wie er kann.

„Zwang?"

„Innerer, äußerer. Wer fällt Dir als Erstes ein, Barth?"

Das behält er für sich. Barth denkt an Anna.

„An wen wendet sich eine Frau in einer solchen Situation?"

„Eine Freundin."

„Hatte Lilith eine? Hier?"

„Keine Ahnung. Müssen wir rausfinden."

„Und sonst?"

„An den Pfarrer? Wenn Ceysers so katholisch war, vielleicht auch seine Frau?"

„Selbst wenn. Pastor Loosen kam dafür kaum in Frage. War ein anständiger Kerl, aber eher weltfremd."

Barth denkt immer noch an Anna. An den letzten Eintrag in ihrem Kalender. An Rebeccas Hinweis.

„Mir geht nicht aus dem Kopf, dass die Coenen meinte, Lilith habe so abgenommen. Gewichtsverlust. Scheint erheblich gewesen zu sein, wenn sie das noch so erinnert."

„Du meinst, sie hat sich einem Arzt anvertraut?“

„Oder ihrem Gynäkologen?“

„Eher einer Frau, würde ich tippen.“

„Kriegen wir raus. Gab vermutlich eine begrenzte Zahl hier. Und ich weiß, wo wir beginnen.“

40

Um sie herum sterben Menschen, aber hier, im alten Schulhaus, um das der Nebel mit undurchsichtigen Gedanken schleicht, werden sie mehr. Das Frühstück in Melchiors Wohnzimmer fällt bescheiden aus. Appetit hat niemand. Kaffee braucht es, den ja. Barth trägt die zweite Kanne auf, er hat vorgesorgt. Rebecca Coenen folgt ihm mit etwas Verzögerung.

„Hab Fanny Winter angerufen. Es ist so, wie Ihr vermutet habt. Lilith Ceysers war ihre Patientin."

„Mit der ärztlichen Verschwiegenheitspflicht nimmt sie es nicht so genau?"

Ms Stimme zieht das Satzende hoch. Sein Einwand ist berechtigt, aber Barth hält sich zurück. Nicht nur, weil sie sonst nicht weiterkommen.

„Anders. Fanny hat 1954 eine Anzeige gestellt. Im Mai. Ihr bewahrt so etwas doch auf, oder? Müsste sich finden lassen."

Das bezweifelt Barth: *Aussonderungsprüffristen* und so weiter.

„Aus ihrer Praxis ist eine Patientenakte verschwunden. Liliths Akte. Fehlte einfach. Fanny war erst ratlos. Suchte alles ab. Mehrfach. Bis ihr der Verdacht kam, dass dies kein Zufall war. Dass jemand ausgerechnet diese eine Akte entwendet hatte. Sie schaltete die Polizei ein. Aber die hat sich nicht groß gekümmert. Es gab keine Spuren eines Einbruchs. Man deutete Schlamperei an. Aber das glaubte Fanny nicht. War ja sonst nie vorgekommen. Am Ende war sie sich sicher, dass es jemand aus der Praxis war."

„Warum stiehlt man eine Patientenakte?"

„Um etwas zu erfahren oder zu verschleiern, nehme ich an."

„Hmm. Was verschleiern?"

„Habe ich Fanny auch gefragt. Aber sie schweigt."

„Und wer kam in Frage?"

„Fannys Chefin sicher nicht. Pedantische Frau. Hielt sehr auf Vorschriften. Dann noch die vier Sprechstundenhilfen. Aber keiner ließ sich etwas nachweisen."

„Dafür muss man wissen, wer welches Interesse haben konnte."

„Dann brauchen wir eine Aufhebung der ärztlichen Schweigepflicht. Geht das überhaupt, Barth?"

„Juristisch schwierig bis unmöglich, Melchior. Ist keine Gefahr im Verzug."

Könnte man drüber streiten, denkt Barth im selben Atemzug. Keiner fällt ihm leicht. Auch das kommt wieder. Und der Gedanke an zwei Gehängte. Wer weiß, ob es die letzten waren.

„Wir sollten Fanny besuchen."

Rebecca hat eine eigene Rechtsauffassung. Barth weiß das, und es stört ihn kein bisschen. Nicht jetzt, nicht in diesem Fall, nie wieder.

„Was ändert das?"

„Die Geschichte belastet sie. War zu spüren, als wir telefoniert haben. Ich habe das Gefühl, dass Fanny etwas loswerden will."

Woran sie denkt, läuft als Falte unter Rebeccas Augen entlang.

„Sie ist über neunzig."

41

Der Nachmittag löst sich in Nebelfasern auf. Rebecca fährt durch eine langsame Welt: wenige Wagen, gedämpfte Lichter. Als ihnen Fanny Winter die Tür öffnet, ist Barth überrascht: Eine Schönheit begrüßt sie, attraktiver und weit rüstiger, als er sich eine Frau in diesem Alter vorgestellt hätte. Sie trägt einen schwarzen Hosenanzug, der ihre Hepburnfigur betont, dazu eine weiße Bluse mit elegant übergeworfenem Schal. Dezent geschminkt, wirkt sie jünger als der übergewichtige Kommissar, der sich im Ambiente dieser Wohnung deplatziert vorkommt. Mit Kunst kennt er sich nicht aus, aber dieser Bungalow ist Bauhausstil, umgesetzt bis ins Mobiliar. Ein Gemälde meint er wiederzuerkennen, aber da traut er sich selbst nicht. Auch sonst: Keiner seiner Anzüge von der Stange hätte ihm hier weitergeholfen. Jacobs kollarloses Jackett mit Priesterkreuz zählt auch nicht, während Rebecca Coenen offensichtlich wusste, wie man sich in Gegenwart dieser Dame kleidet. Sie muss gut verdient haben als Ärztin, keine Frage. Ein Foto der Tochter steht auf einem Sideboard, familienähnlich neben dem dunkelhaarigen, sportlichen Mann, dessen auffallend besetzten Ehering Fanny Winter an einer schlichten Halskette trägt. Sie bemerkt Barths Blick.

„Tja, so geht das mit Überlebenden. Tragen Dinge von Menschen, die nicht verloren gehen sollen."

Sie lächelt, schmerzhaft. Der Gedanke führt Barth dahin, wo er fragen muss.

„Vielen Dank, dass Sie sich Zeit nehmen."

„Davon habe ich einige. Aber nicht die Zeit, die Sie vermutlich meinen."

„Fanny, Du weißt, was wir fragen möchten?"

Rebecca sucht Augen, die standhalten. Eine Erinnerung, vielleicht, flackert unter tiefhängenden Lidern.

„Wir wissen, dass wir keine Antwort erwarten dürfen."

„Wüsste ich es nicht, hätte ich mir nicht die Zeit genommen."

Sie nimmt ein Zigarettenetui vom Tisch, auf dem sie Tee vorbereitet hat. Nachdenklich öffnet sie das flache silberne Stück, schließt es dann wieder: ein aufwändig gearbeitetes Teil mit eingelassenen Buchstaben.

„Das Rauchen habe ich vor vielen Jahren aufgegeben. Mein Mann hat es betrieben. Hin und wieder nehme ich eine Zigarette aus seiner letzten Packung, nur um sie zu halten. Rauchen untersagt, sie geht zu schnell auf."

Barth kann nicht anders, er beneidet den Mann, der in einem gerahmten Bild leger ins Unbestimmte blickt. Aber ob er selbst es in der Gegenwart einer solchen Frau ausgehalten hätte?

„Ich muss gestehen, dass ich versucht bin, mir heute eine zu leisten."

Barth fällt ein, dass es diese Frau war, mit der Anna vielleicht als Letztes gesprochen hat. Doch das verrät er nicht, um Rebecca nicht zu verraten. Er braucht heute eine andere Information, während er trotzdem überlegt, ob sich Fanny Winter noch an Annas Stimme erinnert. Wo sich ihre letzten Worte in diesem Körper aufhalten.

Die Ärztin lächelt, wenn auch nicht das, was sie ihnen mitteilen will. Oder muss.

„Was soll ich sagen? Keine Zigarette macht leichter, was

ich Ihnen, wie drücke ich es am besten aus: *anvertraue*. Indem ich Vertrauen breche …“

Ihre Stimme moduliert den Widerspruch. Zur Vorsicht legt sie das Etui wieder weg. Auf dem Tisch wirkt es nicht weniger: eines dieser Objekte, in denen sich mehr verbirgt, als eine Erinnerung speichert.

„Nun, der Tod macht mich frei. Mein Tod, für den ich nicht mehr das Rauchen beginnen muss. Liliths Tod. Und der Tod ihres Mörders.“

Gut, denkt Barth, dass Fanny Winter in ihren Händen nichts hält. Was sie mit ihnen anstellt, ist beunruhigend.

„Ich mache es kurz, ganz kurz. Weil ich es sonst nicht schaffe, fürchte ich.“

Sie wischt sich Tränen ab: Ihre Zeigefinger tasten in Vergangenes, so wie sie früher einmal empfindliche Organe untersucht haben.

„Ich weiß nicht, ob Sie überhaupt zuhören dürfen, Herr Kommissar. Aber Sie wissen am besten, worauf Sie sich einlassen, nicht wahr? Und Sie, Herr Pastor, kennen mein Dilemma wohl gut genug?“

Wie der sich in einem solchen Gewissenskonflikt entschieden hätte, muss sich Barth nicht fragen. Jacob Beerwein besitzt auch eine unbedingte Seite.

„Erstens: Lilith Ceysers hat abgetrieben. Damals war das komplett illegal, aber Lilith bestand darauf. Sie war entschlossen und hatte sich bereits eine Adresse in den Niederlanden besorgt, die mich im höchsten Maße beunruhigte. Also habe ich den Eingriff vorgenommen.“

Fanny Winter blickt Jacob Beerwein an, aber der Priester in ihm rührt sich nicht.

„Zweitens, ihr Mann hat Lilith vergewaltigt. Der juristische Tatbestand existierte damals noch nicht für Ehen, aber

Ceysers hat von seinen *Rechten* in dieser Weise Gebrauch gemacht. Nicht immer, aber es kam vor."

Jetzt schaut die Ärztin ins Leere. Wie viele ihrer Akten solche Geschichten auf ewig verbergen, fragt sich der Kommissar für sie.

„Drittens: Lilith wollte ihren Mann verlassen. Sie hatte alles vorbereitet. Sie hatte über mich Kontakt mit einer befreundeten Ärztin in Amsterdam aufgenommen. Dort wollte sie neu anfangen. Ihr abgebrochenes Studium wiederaufnehmen. Wussten Sie, dass sie Kunsthistorikerin war?"

Barth ist gespannt, wie viele Punkte Fanny Winter noch aufbieten wird. Aber sie kommt ans Ende, versprochen schnell.

„Das war es schon, wenn Sie so wollen. Ich war damals neu in der Praxis. Lilith kam zu uns, als ich gerade begonnen hatte. Wir freundeten uns rasch an. Trafen uns privat. Wir waren beide jung verheiratet. Da tauschen sich Frauen aus. Nur …"

Ihre feine Stimme zieht mehr als Wut hoch.

„Wenn Sie so wollen, spricht also heute nicht die Ärztin, sondern die Freundin. Für die gibt es keine Schweigepflicht. Nur die Pflicht, Lilith zu retten. Damals. Und das habe ich nicht."

Sie holt Luft, wie Barth es tut. Statt zu husten, löst sich ein anderer Widerstand. Lilith Ceysers' Freundin weint: lautlos, aufrecht, unbeugsam. Rebecca setzt sich neben sie, schließt sie auf eine Weise in die Arme, die Barth fühlen kann. Niemand sagt etwas. Auf der Straße: nichts. Der Verkehr hat ausgesetzt. Eine entfernte Kirchenglocke schlägt eine weitere Viertelstunde Zeit. Dann Regen, richtiger Regen. Wie in einem Anfall prasselt er gegen die Fensterschei-

ben und veranlasst Fanny Winter aufzustehen, um die auf
Kipp gestellten Balkontüren zu schließen.

„Helfen Sie mir bitte?"

Jacob sitzt am nächsten. Tut, was ein Priester tun soll,
denkt Barth, als er die alte Dame wieder zu ihrem Platz begleitet, eine Hand in ihrem Rücken. Sie hat sich gefasst, für
weitere Sätze.

„Es strengt mich alles an. Mehr, als ich mir vorstellen
mochte. Entschuldigen Sie bitte …"

Fanny Winter greift wieder nach dem Zigarettenetui. Es
schnappt auf, zu, auf, zu: der Rhythmus eines vergangenen
Geräuschs im Scharnier. Das Monogramm auf der ziselierten
Box verweist auf die Gegenwart ihres Mannes. Ob sich die
Gespenster anderer Menschen sehen können, fragt sich
Barth. Annaweiß streift jedenfalls auch durch diesen Raum.

„Ich muss noch etwas anfügen. Erst einmal zu Rebeccas
Verteidigung. Ich habe sie ausdrücklich gebeten, die entwen-
dete Patientenakte anzusprechen. Natürlich fanden sich dort
keine Hinweise auf eine *Abruptio*. Aber die Schwangerschaft
war verzeichnet. Aus Liliths Notlage ergab sich das Erfor-
dernis eines sehr späten Eingriffs. Ich weiß nicht, ob ihr
Mann etwas von ihrer Schwangerschaft mitbekommen hat.
Wenn ja, muss ihm klargeworden sein, dass sie ihr Kind irgendwann verloren hat. Mag sein, dass ihm dann ein anderer
Verdacht kam. Schließlich hat ihm Lilith Anfang Mai 54
mitgeteilt, dass sie ihn verlassen werde. Das weiß ich von ihr
selbst. Sie verlangte die Scheidung."

Wieder öffnet sich der silberne Metallmund: atmet ein,
aus, ein, aus.

„Sie müssen sich einen Mann wie Ceysers in seiner Position, in dieser Zeit vorstellen. Scheidung war für ihn ein
Unding. Nicht nur als Katholik. Und dann noch eine mögli-

che Abtreibung? Er dürfte alles eingesetzt haben, um diesen Skandal zu verhindern, aber auch Sicherheit zu erhalten. Und damit bin ich bei der Patientenakte. Ich kann mir niemand sonst vorstellen, der sowohl ein so starkes Interesse wie auch die erforderlichen Möglichkeiten besaß, an Liliths Unterlagen zu gelangen. Da sie nach dem Eingriff starke Blutungen hatte, kann jemand von unseren Angestellten etwas mitbekommen haben. Zwei von ihnen hatten, sagen wir einmal: Kontakt mit Ceysers."

„Kontakt?"

„Wollen Sie es medizinisch korrekt? Geschlechtsverkehr. Herr Ceysers pflegte freien Umgang mit jüngeren Frauen. *Verführer*, nannte man das damals. Er schaffte es recht erfolgreich, Abhängigkeitsverhältnisse herzustellen. So war es übrigens auch bei Lilith, am Anfang. Wie auch immer. Meine Chefin und ich verdächtigten zwei unserer Sprechstundenhilfen. Von denen alle wussten, dass sie sich mit Ceysers eingelassen hatten."

Nun lacht sie grimmig.

„Nur die beiden wussten nichts voneinander. Aber das ist egal. Worauf es ankommt: Als erst die Akte und dann Lilith verschwanden, habe ich an einen Zusammenhang geglaubt – und dass Ceysers dahintersteckte. Den Verlust der Patientenakte haben wir angezeigt. Ceysers habe ich selbst konfrontiert. Kein angenehmes Gespräch, das kann ich Ihnen sagen. Er hat mich nicht direkt bedroht, aber doch sehr präzise gewarnt. Ich solle aufpassen, was ich behaupte. Und welche Konsequenzen sich daraus ergeben könnten. *Für alle Beteiligten*. Ich erinnere mich an den Gesichtsausdruck: Da gab es keinen Raum für Zweifel, was er meinte."

Ceysers macht die Runde: schaut jeden Einzelnen an,

dann wendet sich Fanny Winter ab. *Tröste den, der trostlos weint*, fällt es Barth wieder ein.

„Ich hatte keine Beweise. Nichts. Die Polizei ging weder dem Diebstahl noch dem Hinweis auf Liliths Verschwinden wirklich nach. Angeblich habe Ceysers glaubwürdig nachgewiesen, dass sich Lilith im Ausland aufhielt. Das war's dann."

Die Zigarette, die Fanny Winter aus dem Etui genommen hat, raucht niemand mehr.

„Geht es noch, Fanny? Sollen wir eine Pause machen? Oder abbrechen?"

„Einen Moment noch, Rebecca. Ich *muss* das jetzt loswerden. Herr Pastor Beerwein, das betrifft jetzt Sie. Es gab einen weiteren Menschen außer mir, der nicht an Ceysers' Version von Liliths Verschwinden glaubte. Der wie ich wusste, dass sie nach Amsterdam wollte und dort nie aufgetaucht war. Ihr Vater. Er war Liliths Vertrauter. Ein wirklicher Freund. Und, wenn ich das so sagen darf, Lilith bedeutete ihm auch einmal mehr. Vor ihrer Hochzeit. Er hat um sie … geworben. Noch vor Ceysers. Aber der hat sie dann geheiratet. War so. Nahm, bekam. Konnte charmant sein, wenn er wollte. Ihr Vater hat sich dann zurückgezogen. Gab sogar den Trauzeugen. Und Lilith, ja, Lilith hat sich an ihn gewendet, wenn es schwierig wurde mit ihrem Mann. An dessen besten Freund. Aber was heißt schon *Freund* bei jemand wie Ceysers? Ihr Vater war jedenfalls loyal. Loyal gegenüber beiden."

Auf Jacobs Gesicht bildet sich das zurückhaltende Lächeln seines Vaters ab. Die nachgetragene Information scheint auch für ihn neu zu sein. Ein Mann wie Johann Beerwein erzählte sicher nichts von einer Liebe vor der Liebe zu seiner Frau. Nach deren Tod keine andere Frau mehr kam.

„Lilith hat es mir erzählt."

Diese Bestätigung braucht es nicht. Jacob findet eine eigene Erinnerung.

„Dein Vater …", kommt es nur, kehlig.

„Ihr Vater hat Ceysers gestellt. Ich hatte Johann Beerwein um ein Gespräch gebeten. Ihm meine Sorgen wegen Lilith dargelegt. Meinen Verdacht. Eine Woche später holte er mich vor der Praxis ab. Berichtete mir von einer Auseinandersetzung mit Ceysers. Er hatte nachgeforscht. Es gab keine Spur von Lilith, und Ihr Vater glaubte nicht mehr an Ceysers' Version. Also konfrontierte er seinen Freund. Es muss heftig hergegangen sein. Am Ende hat Ceysers zugeschlagen. Mit der flachen Hand. Eine Ohrfeige. Wie man sie einem unartigen Kind damals verabreichte. Das war es dann zwischen ihnen."

Jacob schüttelt nur den Kopf, etwas verlegen, aber auch traurig stolz auf seinen Vater.

„Johann Beerwein hatte so wenig in der Hand wie ich. Keine Beweise. Aber er sagte etwas, was ich nie vergessen werde. Wie …"

Fanny Winter sucht nach der richtigen Formulierung, als gäbe es nur eine.

„Wie man ein Urteil spricht. Rechtskräftig bei Verkündigung. *Ceysers* lügt."

42

„Dein Vater kannte Ceysers ein Leben lang. Für mich kommt das einem Beweis gleich. Nicht vor Gericht. Mag sein. Aber mir genügt das."

Melchior lässt sich nicht beruhigen, will sich nicht beruhigen lassen, niemand versucht es. Rebecca nicht, Barth nicht. Jacob schwört wieder auf seinen Rosenkranz. Die Perlen kommen an kein Ende, er dreht sie im Kreis, schließt die Augen, aber nicht schläfrig.

„Ich muss nach Hause. Mich um meine Mutter kümmern. Sieht so aus, dass wir nächsten Freitag Schluss machen."

„Was? So schnell?"

Jedes aufgegebene Haus rückt näher an Ms Abschied heran, auch wenn die Dorfstraße wohl noch einige Zeit verschont bleibt, weil für den Abriss der Kirche ein Aufschub erwirkt worden ist. Nicht seitens des Bistums, das andere Kämpfe führt und, wie es aussieht, verliert. Aber ein widerspenstiger Landrat hat einen juristischen Winkelzug genutzt, um aus einem vergessenen Stiftungsvertrag sowohl den befristeten Erhalt von St. Thomas als auch des aufgegebenen Klosters am Rande des Kirchhofs abzuleiten.

„Sie können profanisieren, was Sie wollen, Herr Bischof. Aber abreißen können Sie nicht, Herr Dr. Junkers, wie und wo Sie wollen."

Jacob hat von diesem Gespräch vergnügt berichtet und den Schnaps bezahlt, mit dem sich die Herren auseinandersetzten. Dem Vertreter von *Tiefbraun* blieb nichts als einstweilige Kapitulation, während sich die beiden Obrigkeiten auf eine eigene Vertragsgrundlage verständigten. Und Jacob eine Gestellung über seine Zeit hinaus erhielt.

„Na Beerwein, so wie es aussieht, müssen Sie noch länger durchhalten."

„Eminenz, wenn Sie himmlische Bürgschaft übernehmen."

„Och, dem Herrn macht es nicht viel, Sie noch ein wenig zu missen. Ich muss bis fünfundsiebzig durchhalten. Bis dahin haben Sie mich noch ein paar Mal übers Ohr gehauen, oder?"

Der Bischof hatte sich in der Zwischenzeit seinen imposanten Bart stutzen lassen, blieb aber zugänglich, wenn auch ahnungslos, was Jacobs Zustand betraf. Trotzdem bleibt Melchiors Schulhaus gefährdet. Es liegt auf der anderen Straßenseite.

Aber nicht das bringt ihn heute auf. Vielleicht, denkt Barth, braucht er diesen Fall gerade deshalb. M muss ein Leben lang seine Kämpfe führen. Welche Fristen er sich gesetzt hat, wenn Jacobs Zeit abläuft und die der anderen?

Barth konsultiert die Runde. Rebecca sitzt noch, es fällt ihr schwer zu gehen. Die Mutter stellt keine echte Aussicht dar.

„Was passiert denn jetzt?"

„Na ja. Offensichtlich wusste Mutter schon länger, dass es ihr wie Ceysers und Haverkamp ergeht. Der Hof wird diese Woche geräumt. Am Freitag muss Charlotte weg. Spätestens."

Dass Rebecca die Bäuerin duzt, überrascht Barth. Es klingt weicher, zugänglicher als alles, was er mit der Haverkamp verbindet.

„Mutter hat dichtgemacht. Kein Wort rausgelassen. Sieht so aus, dass sie doch nach Markandern zieht. In das Altersheim, das Du erwähnt hast, Barth."

„Verschwiegene Frau."

„Kann man wohl sagen."

„Und Du?"

„Ich muss nicht groß suchen. Fanny besitzt über der Praxis eine Einliegerwohnung, die ihr Sohn bei seinen Besuchen nutzt. Die kann ich erst einmal haben."

„Und dann?"

Ratlose Handflächen. Aus diesem November lässt sich nicht mehr viel machen. Eine dünne Naht am linken Ballen verrät eine Geschichte.

„Zurück vielleicht."

„Zurück wohin?"

„Ich hab nicht immer hier gelebt. War ein paar Jahre als eine Art *Au-pair* im Ausland. Ein paar Stationen. Für mich Auszeiten."

„Und wo?"

„London, bei einer befreundeten Familie, ein paar Monate. New York, da sogar ein ganzes Jahr. Über meinen Ex habe ich Kontakte nach Brooklyn. Mal sehen, wohin es mich treibt. Das Schöne ist, dass mich Fanny immer wieder mit offenen Armen aufnimmt."

Barth stellt sich den Mann an Rebeccas Seite vor. Und was sich hinter *Ex* verbirgt.

„Weg. Einfach weg."

Jacob. Was er meint, muss sich nicht nur Rebecca aussuchen. Er kichert, kurz und bündig.

„Jacob?"

M fragt tendenziell unduldsam. Jacob ist in sein Perlenspiel versunken, aus dem sich kein Gedanke vermittelt.

„Ich gehe dann mal."

„Ich auch. Jacob, kommst Du mit?"

„Lass ihn mal hier. Kann bei mir übernachten. Das Bett ist noch gemacht. In Ordnung, Jacob?"

Der nimmt das Gesicht, aber nicht die Worte zur Kenntnis.

„Meld Dich, wenn ich was tun kann, M."

„Tja …"

Den Laut nimmt Barth mit, zur Haustür, vor der er sich von Rebecca verabschiedet, in das dunkle Pastorat und die ausgekühlte Küche. Verlässlich schlägt St. Thomas die Angelus-Glocken. Der frühe Abend macht Hunger. Dunkel genug ist es. Barth macht einen Umweg in den Keller und wählt aus Jacobs staubigen Vorräten aus, was ihm zusagt. Wieder in der Küche entscheidet er sich für einige Scheiben Schwarzbrot und reichlich Käse, den er in grobe Stücke schneidet. Jacobs Rotwein setzt er auf seine offene Rechnung. Beim Entkorken bereitet ihm die verletzte Hand Schwierigkeiten. Er setzt das Kellnermesser falsch an und gleitet ab. Beim zweiten Mal funktioniert es, aber die Spindel greift nicht richtig. Der Korken ist marode und bricht ab.

„Scheiße!"

Barth weiß selbst, dass niemand antwortet. Er muss allein zurechtkommen. Ihm bleibt nichts übrig, als die verkümmerte Hälfte in den Flaschenhals zu stoßen. Etwas Wein schwappt hoch, und Barth flucht noch einmal, soweit er kommt.

„Kann nicht wahr sein …"

Trotzdem entscheidet er sich, die Flasche in Jacobs Wohnzimmer mitzunehmen. Es riecht noch nach dem letzten Kaminfeuer. Das muss heute nicht sein. Barth macht es sich in Jakobs Lesesessel bequem, baut rechter Hand die

Lebensmittel auf, schiebt die gebeugte Stehlampe in den richtigen Abstand und vertieft sich in die Lektüre, die er sich vorgenommen hat. Er hat eine Idee. Jacob hat etwas erwähnt, dem möchte er nachgehen. Vorsichtig darauf bedacht, das faserige Notizbuch von Johann Beerwein nicht mit Rotweinflecken zu taufen, probiert er den Pinot noir. Den Zwilling hat Jacob einmal kredenzt. *Trockenes Geschöpf, Hinterlassenschaft einer verlorenen Seele.* Barth stimmt zu.

Das Schachbuch von Jacobs Vater setzt früh an. Erste Notizen weisen in die späten dreißiger Jahre. Die taktischen Fortschritte des alten Beerwein erkennt Barth schnell. Seine langen Abende ohne Anna hat der Kommissar nicht selten in ausdauernden Sitzungen mit Großmeistern verbracht. Spielte Stellungen nach. Löste die Probleme Verstorbener. Waren ihm lieber als Realmenschen. Redeten weniger und ließen ihm mehr Zeit. Barth spielt, wie er denkt, wenn er Fälle löst: langsam. Dafür besitzt er ein ausgeprägtes visuelles Gedächtnis. Kein fotografisches, aber er speichert Züge, Kombinationen, Variationen wie M die Fußballergebnisse aller möglichen Ligen und Wettbewerbe.

Johann Beerwein hatte entweder einen ausgezeichneten Lehrer oder eine ähnliche Vorliebe wie Barth für entlegene Meister. Manche Positionen erkennt der Kommissar auf Anhieb wieder. Da besaß jemand ein feines Gespür für langzeitstrategische Bosheiten. C wehrte sich nicht ohne Mittel und mit bissigem Ehrgeiz, aber es war zu sehen, dass Jacobs Vater manchmal bessere Züge ausließ, um den Gegner hin und wieder gewinnen zu lassen. Der raffinierte Organist schlug die richtigen Tasten an, und Barth überlegt sich, ob er so auch sein Instrument spielte. Jedenfalls brachte es Johann Beerwein auf einen Durchschnitt von drei Siegen, einem Remis und einer Niederlage, bei der er seinen Gegner in der

Regel ordentlich zappeln ließ. Wenn C kein Idiot war, musste er wissen, wer hier mit wem spielte. Barth hätte das nur bedingt gefallen.

Aber darum geht es ihm nicht. Er sucht nach bestimmten Einträgen. Folgt der Entwicklung einer Beziehung, die ihre Ecken und Kanten besaß. Verstimmung, Zorn buchten sich in der Form der Niederlagen aus, die Johann Beerwein C verabreichte. Dass sie wirklich Freunde waren, glaubt Barth von notiertem Jahr zu Jahr weniger.

Draußen muss es Nacht geworden sein, denn Barth hat seine Flasche Rotwein schluckweise heruntergebracht. Das letzte Glas reicht für ein schwaches Achtel. Dafür hat er den fraglichen Abschnitt erreicht. Im Mai 1954 hat Johann Beerwein nur eine einzige Partie in abgehackten Buchstaben- und Zahlenfolgen verzeichnet. Letzte Seite. Nicht letzte Seite im Buch.

Barth brütet. Die Partie läuft auf verschiedene Varianten zu. Diejenige, die Johann Beerwein wählte, kennt Barth. Was in diesem Fall ausgeschlossen ist. Zur Sicherheit recherchiert er im Netz. Sein Smartphone hat schwachen Empfang, er braucht längst ein neues, aber er erhält auch so eine Information, für die es eigentlich keine Bestätigung brauchte. Den verbliebenen Wein nimmt der Kommissar wie einen Kurzen zu sich. Diese Partie können die beiden nicht gespielt haben.

43

„Ganz einfach. Es handelt sich um die Zugfolge einer berühmten Partie, die fünfzig Jahre später gespielt wurde. Kramnik gegen Topalov. Januar 2008. Gab eine Vorgeschichte. Der Bulgare war einige Jahre vorher Herausforderer um den Weltmeistertitel. Seine Entourage warf Kramnik Betrug vor. Der Russe beanspruchte auffallend oft und lange Toilettenpausen. Man vermutete, dass er sich mit Informationen versorgte. Ließ sich natürlich nicht beweisen. Kramnik blieb Weltmeister, und Topalov suchte nach einer Gelegenheit, es seinem Kontrahenten heimzuzahlen. Und die bekam er."

„Ich verstehe nicht."

„Wart's ab, M. Im Vorfeld dieser Partie hatten sich Topalov und seine Berater eine vollständig unerwartete Zugfolge ausgedacht. Können wir bei Gelegenheit mal nachspielen."

„Hab davon gelesen, glaube ich."

„Ziemlich sicher sogar, Jacob."

Melchior erinnert sich nun auch.

„Stand in dem Brachialblatt, das Du früher bezogen hast. Auf der ersten Seite. Die gesamte Stellung."

„Springeropfer. Ziemlich provokant. Kramnik nahm es an und verlor am Ende. Topalovs Finte gelang."

„Deswegen hast Du uns aber nicht aus dem Bett geklingelt, oder?"

M sieht nicht weniger zerzaust aus als Jacob, der in einem Bademantel aus weit zurückliegender Zeit auf den Ausgang von Barths Geschichte wartet.

„Hast Du eigentlich was zu trinken für mich?"

„Geh mir nicht auf den Sack, Herr Kommissar. Du bekommst nichts, bevor Du nicht sagst, was Sache ist."

„Barth?"

Jacob zwingt leise.

„Im Schachbuch Deines Vaters bricht die Partie an einem markanten Punkt ab. Vor dem siebenundzwanzigsten Zug, wenn der schwarze Turm die weiße Dame schlagen sollte – womit Kramnik am Ende die Partie verliert."

Jacob ist hellwach, M besänftigt.

„Kann sich ja nur um eine später nachgetragene Zugfolge handeln."

„Geht nicht anders. Aber das ist ja der Punkt. Im Notizbuch ist es die letzte Partie der beiden."

„Du meinst – ein verspäteter Hinweis von Jacobs Vater?"

Das erscheint auch Barth sehr konstruiert. So lösen sich in der Welt des Kommissars keine Fälle auf. Aber das verzeichnete Datum ist real. Johann Beerwein und Ceysers haben nach dem 19. Mai 1954 keine Partie mehr gespielt.

„Was meinst Du, Jacob?"

„Um zwei Uhr morgens nicht viel, offen gesagt. Aber es gibt da etwas, was passt. Melchior, jetzt brauche ich etwas zu trinken."

„Cognac vor dem Aufstehen? Ich komme noch ans Saufen, Männer."

„Macht nichts, Melch. Solange wir die Wahrheit herausfinden."

„Was ist Wahrheit …"

„Idiot."

Jacob forciert seine Wahrheit.

„Was ich vorhin sagen wollte: Mein Vater hat einige seiner Briefe aus dem Krieg so verfasst. Hat geschrieben, wie es ihm geht. Was man so aus Feldbriefen kennt. Aber er hat auch Schach gespielt. Stellungen in algebraischer Notation verzeichnet. Rätsel zur Auflösung."

„In seiner Kriegspost? Im Ernst?"

„Züge als Codes. Manchmal. Partien als Hinweise auf Orte und Ereignisse. Versteckte Marker in seinen Briefen. Einige."

„Nicht Dein Ernst."

„Doch."

„Und an wen hat er geschrieben?"

„Pastor Loosen. Gewiefter Spieler. Sie stellten sich Schachaufgaben, lösten sie und ließen sich so Nachrichten zukommen, die niemand sonst verstand. Die beiden haben das mal erwähnt, als sie ein kniffliges Schachproblem gemeinsam bearbeiteten."

„Kriegspost wurde doch zensiert. Dein Vater kam damit durch? Ist doch auffällig, wenn man sich Schachpartien sendet."

„Jedenfalls hat er keine Probleme bekommen."

„Und was berichteten sie sich?"

„Was man nicht berichten durfte. Niederlagen, Truppenverluste, Kriegsverlauf. Nichts wirklich Weltbewegendes."

„Das ist doch lächerlich. Wer soll das glauben? Klingt eher wie aus einem Spionageroman als nach Deinem Vater."

„Loosen war Teil eines Netzwerks von Priestern und katholischen Laien. Trugen im Krieg Informationen zusammen. Wenn es um Aktionen gegen die Kirche ging, Priester verschwanden. So was."

Melchior hält inne, schmeckt dem Brand nach, den er verschluckt hat.

„Was war mit anderen *Anlässen*?"

Jacob zuckt die Achseln. Sie kennen den Ausdruck. Barth hat denselben Geschichtslehrer wie Jacob und Melchior genossen. Der kann seinen Widerwillen kaum unterdrücken. *Saubere Wehrmacht.* Aber M insistiert nicht. Mehr Vater als Johann Beerwein hatte er in seinem Leben nicht.

„Du meinst also, Dein Vater könnte den Code beim alten Ceysers verwendet haben?"

Barth überfliegt das Schachbuch seitenweise. Aus den Partien liest er nichts als die konsequenten Tanzschritte der Figuren heraus.

„Ich weiß nur, dass mein Vater dieses Kommunikationssystem genutzt hat. So wenig er sonst vom Krieg erzählte."

„Du meinst, er wollte mit dieser nachgezeichneten Partie auf etwas hinweisen. Warum hat er es nicht offen mitgeteilt?"

„Lässt sich nur spekulieren. Wenn Lilith Ceysers verschwunden war, konnte mein Vater ohne belastbares Wissen keine Verdächtigungen aussprechen."

„Aber er hatte Anhaltspunkte."

M macht aus dem Wort einen Begriff.

„Na ja, Fanny Winter hatte ihm ja von ihrem Verdacht erzählt. Und er hat nachgeforscht. Aber was genau er gefunden hat? Vielleicht ist ihm etwas aufgefallen. Wie das Foto, das die Aufmerksamkeit von Frau Coenen erregt hat. Aber das werden wir kaum mehr erfahren."

„Unbefriedigend. Alles höchst unbefriedigend."

Barth hat sich das Spiel mit Eintrag vom 19. Mai 1954 noch einmal vorgenommen. Offener Ausgang.

„Es bleibt also bei Mutmaßungen?"

„Nicht ganz. Wir wissen, dass Lilith Ceysers nicht verreist ist. Dass ein argentinischer Zahnarzt eine falsche Sterbeurkunde ausgestellt hat."

„Den DNA-Befund müssen wir noch abwarten."

„Stimmt schon. Aber alles spricht dafür, dass wir die sterblichen Überreste von Lilith Ceysers gefunden haben."

Den Ausdruck hat Barth nie vertragen. Und was *für* etwas sprechen soll, wenn man sie entdeckt, will er mit M auch nicht diskutieren.

„Gehen wir also davon aus, dass es Lilith ist. Dann haben wir auch Grund anzunehmen, dass der alte Ceysers über seine Geschäftskontakte die Möglichkeit besaß, sich einen Nachweis vom, sagen wir: *Tod* seiner Frau zu besorgen."

„Was sagt der Kommissar?"

„Der Kommissar hält es für wenig wahrscheinlich, dass Lilith Ceysers friedlich zu Hause gestorben ist. Wenn Ceysers herausgefunden hat, dass sie ihn verlassen wollte, kommt er als Verantwortlicher für ihren Tod in Frage."

„Das steht zumindest für Fanny Winter fest."

„*Verantwortlicher …*"

Jacob betont, was ihm nicht passt, in Schräglage.

„Warte mal."

M folgt dem Zeitstrahl mit den Daten des Falls.

„Wann hat sie noch mal abgetrieben?"

„Einige Wochen bevor sie verschwand."

„Sie ist also nicht an den Folgen des Eingriffs gestorben."

„Fanny Winter hätte Komplikationen erwähnt. Nein. Außerdem hätte Ceysers dann alles anders regeln können. Natürlicher Abgang. Schwere Blutungen. Irgendetwas in der Art."

„Todsünde."

„Wie meinen?"

„Für einen Katholiken stellt eine Abtreibung eine Todsünde dar, Melchior. Macht es verständlich, wenn Ceysers eine *Abruptio* vertuscht hätte."

„Mag sein, aber …"

Barth probiert keinen Dreisatz. Jemand ermorden, um eine Todsünde zu sühnen?

M rebelliert.

„Diese ganze Geschichte steckt mit zu vielen *Wenns* und *Abers* voll. Allein die Nummer mit dem Rosenkranz. Oder mit dem Schachspiel. Glaube ich einfach nicht. Zu kompliziert."

Das ruft Jacob auf den Plan.

„*Komplex*. Ist was Anderes. Ist wie das Leben."

„Schon mal was von Ockhams Rasiermesser gehört?"

„Ist selbst eine voraussetzungsreiche Theorie. Um Schlussfolgerungen einfacher zu machen, Melchior."

Barth interessiert Wissenschaftstheorie nicht übermäßig. Doch den Schlagabtausch der beiden Freunde genießt er. Jacob sowieso.

„Hör doch auf. Dein alter Herr notiert sich eine Partie mit verborgenem Schlüssel? Für wen?"

„Menschen schreiben Tagebuch. Für niemand als sich selbst."

„Hmm. Trotzdem."

„Trotzdem was?"

„Diese Theorie ist aus meiner Sicht vollkommen unwahrscheinlich."

„Nicht unwahrscheinlicher als diese Welt."

Jacob kommt in Fahrt. Dass Barth selbst nicht an seine Theorie glaubt, lässt er zu diesem Zeitpunkt lieber unerwähnt.

„Lass mich bloß mit Deinem Theologengewäsch in Ruhe."

„Ist Physik."

„Als wenn Du davon Ahnung hättest."

„Na ja, dass es einen Planeten mit Leben in diesem Meer

von toter Materie gibt … Mit Lebewesen, die herausfinden können, was es mit ihnen und dieser Welt auf sich hat … Faszinierend, oder nicht?"

„Führt uns aber nicht weiter."

„Darüber lässt sich streiten. Egal. Zur Lösung des Falls braucht es nicht das Schachbuch meines Vaters."

Das ist nicht Jacobs letztes Wort. Er holt tief Luft. Sollte Barth auch tun. Dass es wieder schwerer geht, seit ein paar Tagen, kann er auch sich selbst nicht verhehlen. Die kurzatmigen Episoden nehmen zu. Der Gedanke an finale Atemnot lässt sich nicht mit den Entspannungsübungen vertreiben, die ihm der Doktor Sonnenschein empfohlen hat. Er nimmt Anlauf und hustet fälliges Sekret ab. Rebecca schaut ihn an: Röntgenaugen.

„Alles gut, Barth?"

„Der verdammte Nebel. Reizhusten. Mach weiter, Jacob. Worauf willst Du hinaus?"

„Diese letzte Notiz weist auf etwas hin, was wir mit dieser Partie sehen können. Ob sie nun so gespielt wurde oder nicht. Ob mein Vater es so meinte oder nicht. Es macht uns auch auf diese Weise auf das Verschwinden von Lilith Ceysers aufmerksam."

„Worauf Frau Coenen und Fanny Winter längst hingewiesen haben."

„Mir geht es aber um etwas Anderes: um den Zug."

„Um das Damenopfer."

„Richtig, Barth."

„*Opfer.* Mein Gott, bei Dir geht es immer katholisch aus."

M verdüstert, nicht einmal halbironisch.

„Na ja, in diesem Fall hat es Barth angemerkt."

„Katholischer Kommissar, noch schlimmer."

„Beruhig Dich. Gib bei Gelegenheit mal die ganzen Daten ein und betreib etwas Wahrscheinlichkeitsrechnung. Ich wette, Du kommst zur selben Schlussfolgerung."

„Also schließen wir Wetten ab?"

„Wir haben eine Leiche. Wir haben einen Ort. Wir haben einen Mann, der über Gelegenheit und über Handlungsmöglichkeiten verfügte. Wir haben ein mögliches Motiv."

„Was ist das für ein Motiv, bitte schön? Das steckt doch voll von Widersprüchen. Bringt die eigene Frau um – aus Liebe? Rächt im Namen Gottes oder wessen auch immer einen Mord, was er jedenfalls für einen Mord hielt, die Abtreibung, und begeht dafür selbst einen? Tötet Lilith und bewahrt die Leiche zu Hause auf?"

„Motive sind selten so klar wie die Taten, die daraus resultieren."

Barth sagt, woran er glaubt, und will nicht glauben, was das auch für ihn bedeutet.

„Ging wohl über seinen Verstand. Beides. Dass Lilith ihn verlassen wollte und sein Kind getötet hatte."

Bisher hat Rebecca Coenen das Gespräch still verfolgt, auf persönlicher Odyssee.

„Rebecca hat Recht."

„Wahnsinn? Fehlende Zurechnungsfähigkeit?"

„Keiner guckt mehr in diesen Mann rein. Was in ihm vorgegangen ist. Was Ceysers dazu gebracht hat, seine Frau verschwinden zu lassen."

„Zu ermorden."

Rebecca ist unnachgiebig.

„Das Schlimme ist, dass wir das nie wirklich wissen werden. Lilith kann einen Unfall gehabt haben. Oder den besagten Herzinfarkt. Was auch immer. Und Ceysers hat sie in den Sarg in der Kapelle gegeben."

„Er wollte sie bei sich behalten … Obwohl … Nein, weil sie ihm erklärt hatte, dass sie ihn verlässt … Das ist …"

Rebecca bricht ab.

„Gewalt. Pure Gewalt. Über den Tod hinaus. Und da sind ja noch die Kratzspuren im Sarg."

Barth muss erneut husten, körniger. Dürfte kaum besser werden, wenn das Wetter Richtung Dezember einbiegt.

„Umso wichtiger wird der Hinweis Deines Vaters."

„Der *mögliche* Hinweis."

M gibt sich nicht geschlagen. Man sieht ihm die Unzufriedenheit an.

„Dann war Ceysers Suizid nicht *veranlasst*, Jacob."

„Was bei Haverkamp Verzweiflung war, kann bei ihm ein Schuldgefühl gewesen sein. Vielleicht."

Auf diesem Feld verfügt Barth über eigene Erfahrungen. M starrt vor sich hin. Kommt nicht weiter. Offensichtlich nicht.

„Weiß nicht. Ceysers entwickelt mit sechzig Jahren Verspätung Schuldgefühle?"

„Weiß man's? Kann sie ewig gehabt haben. Und jetzt bricht alles weg, was für ihn Bedeutung besaß. Fabrik, Haus, Kapelle werden abgerissen. Ist doch auffällig, dass Ceysers das Grab seiner Frau ein Leben lang gepflegt hat, Melch."

Schon zum zweiten Mal. So nennt Jacob den Freund selten. Ein Name nur für die beiden. Die Geschichte rührt etwas an, das sie allein betrifft.

„Sie war immer bei ihm. Schuld und Vermissen. Vielleicht beides. Diesen Ort verlassen zu müssen, hat möglicherweise den Ausschlag gegeben."

„Und warum macht er dann nicht an Liliths Grab Schluss?"

Jacob nimmt sich Zeit für einen Einwand, der schwierige

Bilder erzeugt. Barth hat Annas Asche damals zu Wasser gelassen. *Zeeland.* Strand nach der Sonne, keine Zeugen. Bis zur Brust watete er raus, nackt, sanfte Ebbe. Zog seine Frau weg, interessierte Möwen im Kreuzflug. Nichts sonst.

„Die Antwort auf diese Frage werden wir auch nie erhalten. Wenn Ceysers Reue gespürt hat, war es vielleicht so etwas wie letzter Respekt. Immerhin wollte sie ihn verlassen."

„Respekt des Mörders für sein Opfer? Klingt das eventuell auch für einen Priester etwas zynisch?"

„Widersprüchlich, Melchior. Verwickelt, was in Menschen vorgeht."

Jacobs Engelsgeduld. Barth meidet jeden Blickkontakt mit Rebecca. Die fasst etwas an. Jacob setzt nach.

„Ich bleibe dabei: Das war kein klassischer Selbstmord. Ceysers hat ein Urteil an sich vollzogen. Ihn hat etwas gezwungen. Da wirkt Schuld stärker als Vermissen."

Barth hängt am Vermissen. Rebecca Coenen wirkt zunehmend angespannt. Ihre Finger spreizen gegenläufige Gedanken auf. Sie bilden ein offenes Dreieck, nach unten hin offen, das sie an die Nasenwurzel lehnt, die Ellbogen auf die Oberschenkel gestützt, mit geschlossenen Augen.

„Gnadenlose Konsequenz?"

Tiefenleise Stimme.

„Das passt, fürchte ich."

Ton van Breijden fällt dem Kommissar ein, gebückt im Regen, mit seinem arthritischen Hund unterwegs. Wie lange der es noch macht …

„Nicht sehr katholisch."

Melchior zieht seine Schlüsse. Jacob widerspricht nicht. Sie sitzen da, zu viert; schweigen, wie man etwas bedauert. Das geht Minuten so. Jeder löst den Fall mit eigenen Schlüssen. In der Gegend, wo sich einmal ein Lungenflügel befand, übt etwas Druck auf Barth aus. Er überlegt, wie sich ein Vakuum schwer macht.

„Ich koche uns was."

M. Irgendeiner musste ja etwas sagen.

„Mettwürstchen mit Grünkohl. Rebecca, Du bleibst sitzen. Hochwürden kann mir helfen. Brauchst auch nicht zu schnibbeln."

„Reicht Flaschen öffnen?"

„Realistische Selbsteinschätzung."

44

Sie stehen da, als könnten sie etwas hervorschauen. Doch da schimmert nichts als brackiges Wasser. Jacob hat hier als Kind das Ertrinken probiert, den Geschmack von nichts mehr. Der Vater hatte ihn noch rechtzeitig herausgezogen, Luft gepumpt und die junge Maschine wieder in Gang gesetzt. Bei einer ihrer Morgenrunden hat Jacob davon erzählt, als habe er im Lühpfuhl etwas verloren.

„Wie man geweckt wird", hatte er gemeint. Aber vielleicht wird so ein Moment schöner, wenn es das Leben danach zulässt. Barth fragt sich, wie es sich anfühlen muss, gerettet zu werden, und blickt zur Eiche, auf der sich nicht einmal mehr Vögel niederlassen. Oder er sieht nicht richtig in diesem elenden Dauerdunst, durch den sie zu dritt staken.

„Fehlt nur noch, dass es wieder regnet."

M hat sich strikt eingepackt und für den Notfall einen mächtigen Schirm dabei. Er kennt Jacobs Geschichte zur Genüge, also dreht er ab und zieht Richtung Coenen. Der verlassene Hof wirft weiter hinten Schatten. Charlotte Haverkamp hat sich davongemacht, ohne Sack und Pack, mit Satteltaschen auf ihrem Rad, wohin auch immer.

„Angemessen für eine Beerdigung."

„Fühlt sich so an."

„Lange Tradition, was, Jacob?"

Für ihn stirbt an diesem Abend der Vater noch einmal.

„Trinken wir weg."

Aus der Gaststätte dringen Stimmen mit Volumen. Ton

van Breijden steuert Stille bei. Auch er hat es sich nicht nehmen lassen, zu kommen.

„Wie geht es Shep?", fragt Jacob den Dirigenten, doch sein Blick geht zu dem Platz an der Theke, den er freitagsabends oft mit Inés belegt hat.

„Ein Jahr, Herr Pastor."

Van Breijden hat dieselbe Richtung angesteuert. Shep folgt ihm mühsam mit steifen Gelenken, wie nachdenklich.

„Ja, ein Jahr bald."

Das *bald* nimmt keine Zeit von dieser Uhr.

Rebecca hat für sie wieder den Ecktisch freigehalten. Es wird übervoll, wie zu erwarten. Alle erhalten einen Ceysersbrand, für den Anfang. Van Breijden kippt ihn routiniert weg.

„Was passiert mit ihm?"

M stößt Jacob an.

„Sein Vierkanthof befindet sich auf der sicheren Seite. Aber was heißt das schon."

Seit sich der Krebs seine Frau geholt hat, sieht van Breijden aus wie eine der Gestalten, die an den Wänden hängen. Irgendwo gibt es auch ein Foto von Inés, von einem gemeinsamen Konzert mit ihrem Mann. Was mit den Fotografien geschehen wird, fragt sich Barth. Einzelne Figuren erkennt er wieder, andere führen in Vorzeiten, die Jacob mit dem Gedächtnis seines Vaters rekonstruiert. Die Gaststätte steckt voll von Geschichten. An der Theke stehen bewährte Gäste, holen das Letzte aus ihren Gläsern heraus, bestellen die nächsten. Einige prosten Jacob zu. Die Namen von Toten fallen. Sein Vater hat die meisten nach unten begleitet. Irgendjemand erwähnt den alten Ceysers. Die Tür geht noch einmal auf. Barth erkennt die mächtige Gestalt und winkt sie heran: Berndaner.

„Je laater denn Daach, je schönder de Lüü?"

„Immer doch, Frau Coenen."

Im Vorbeigehen drückt sie ihm ein Glas Alt in die Hand.

„Wie geht's so, Herr *Oberkommissar*?"

Berndaner darf sich den Unterton erlauben, immerhin hat er Barth im vergangenen Jahr durch mannshohen Schnee zu Jacob verfrachtet. Womit alles anfing. Was nun endet. Aber das will Barth jetzt nicht denken, während er mit dem knorrigen Einsiedler anstößt. In einer Blockhütte haust der, oben am Kamm, neben dem Wildschweingehege, wo noch freies Rotwild läuft und nicht nur in Kinderphantasien Kreaturen umgehen.

„Kommt so hin. Und bei Ihnen?"

Der Förster verliert nicht seinen Job, aber weite Teile seines Reviers werden im großen Loch versenkt.

„Na, den ganzen Busch holzt auch *Tiefbraun* nicht ab. Wird weniger. Aber wo nicht?"

Barth nickt, mit seinen Gedanken woanders. Die Witwe Coenen patrouilliert mit ihren Tabletts durch die Gaststätte, tauscht volle Gläser gegen leere und macht Halt am Schulhaus-Tisch.

„Gibt gleich was zu essen."

Sie dehnt sich. Volumen nicht nur in der Stimme.

„Wat Richtijes. Zum Schluss."

Manchmal redet sie extra breit, denkt Barth. Parodiert sich selbst. Aber da es niemand außer ihm aufzufallen scheint, dürfte er falschliegen.

„Klingt nach Henkersmahlzeit, Frau Coenen."

Berndaner schnappt sich mit seinen Pranken gleich vier Gläser, reicht drei weiter und ext seins.

„Noch eins gegen die Einsamkeit."

„Nur die Ruhe, Berndaner."

Und in die Runde:

„Rebecca tischt gleich auf. Wem sind noch mal hier die fünf Alt?"

Eine Viertelstunde später gibt es deftigen Möhreneintopf, Frikadellen und einen Senf, der es in sich hat. Eigene Herstellung. Dafür wird es keinen Ersatz mehr geben.

„Nur zu. Was nicht vertilgt wird, verkommt!"

Mutter Coenen hext durch den Abend, verordnet Kräuter, serviert sie in eisgelagerten Humpen. Van Breijden ist nicht der Einzige, der Mühe mit seinem Glas hat. In aberwitziger Beschleunigung versuchen die Leute, diese finale Sitzung auszudehnen, indem sie jeden Augenblick herausbrechen, einzeln trinken. Geht Zeit nicht von auf, lässt sich unendlich teilen. Betrunken bleiben wie ewiges Anhalten, faselt ein weißer Dirigent an seinem Pult, mit einer Havanna als Taktstock, und indem er graue Ringe zaubert, wird alles auf einmal still, denn sie können Musik hören, eine Melodie, die jeder kennt und die Mutter Coenen auf Abschied gestellt hat: *Thank you for the music …* So und nicht anders geht es dahin, für jede und jeden, nur Rebecca behält einen Überblick, an dem sich Barth beteiligt. Irgendwann steht er auf, Stunden später, und entlässt gemeinsam mit Rebecca die Trostlosen, die Sternhagelvollen und die Unnachgiebigen, die nicht an Zeit glauben und sich schließlich zu ihren Laudes auf der Straße versammeln: grölende Gestalten, die den Lühpfuhl achtlos liegen lassen.

„Kann nicht mehr."

„Musste nicht."

Berndaner stützt Ton van Breijden, Shep als bestimmender Faktor an ihrer Seite. M hat wie Jacob schon früh das Tempo rausgenommen. Sie lesen in einem nächsten Kaffee die Zukunft, die ihnen Mutter Coenen offeriert. Die drei bleiben; Barth hat Absichten.

„Zufrieden?"

„*Wor mät soll ich zufriede sin …?*

Sie lässt etwas aus.

„Reste alles. Das meinen Sie doch, oder?"

Sie schaut wie Rest, denkt Barth.

„Nemme mer watt met, Herr Kommissar?"

Sie setzt den Satz wie ihr Glas Korn ab. Klarer Schimmer.

„Womit wir zufrieden sein könnten?"

Dann wendet sie sich nach hinten, zu ihrer Tochter. Aber die wechselt den Blick nicht. Barth muss husten. Die Coenen hat zum Abschied rauchen gestattet. Hat Barth nicht gutgetan. Umso tiefer fährt seine Stimme an.

„Kommissar Lameck wird Sie morgen aufsuchen, Frau Coenen. Er kommt nicht nur mit Fragen. Wir haben Ihnen diesen letzten Abend gelassen. Aber damit ist es nun gut. Es reicht, verstehen Sie? Es reicht mit dem Versteckspielen. Bevor Lameck eintrifft, will ich die Antwort auf eine einfache Frage, die Sie, und zwar nur Sie beantworten können: Wie sind Haverkamp und Ceysers auf die Eiche gelangt?"

Perplex steht die Frau vor ihnen, angefasst von dem rauᴄn Tonwechsel.

„Sie …"

Doch damit gelangt sie nicht ans Ende ihres Satzes.

„Ich … Ich muss mich einen Moment setzen."

„Tun Sie das und nutzen Sie den Moment, um sich zu entscheiden. Was Sie als Nächstes sagen wollen."

Eine Drohung steht im Raum, die nur diese Frau versteht, wenn Barth richtigliegt. Aber das muss er riskieren. Wenn er jetzt keine Antwort erhält, dann nie. Er nimmt der

Coenen das Schnapsglas aus der Hand, an dem sie sich festhält, schüttet nach und stellt die Flasche vor sie.

„Ceysersbrand. Darum geht es doch, oder? Alles Ceysersbrand."

Sie säuft den Korn mit Entschiedenheit. Noch einmal dreht sich die Coenen zu ihrer Tochter um, hilflos. Diesen Blick mag es wert sein, denkt Barth, für Rebecca: einmal bedingungsloses Nachgeben. Den Gesichtern der beiden Freunde liest er ab, dass sie sein Spiel spielen. Je unbeteiligter sie wirken, desto sicherer muss es der Coenen erscheinen, dass sie wissen, was sie nur noch bestätigen kann. Sie haben den Bluff nicht vereinbart. Melchior und Jacob vertrauen Barths Eröffnung.

Diesmal fällt die Dame. Sie lehnt sich weit nach hinten, dann versucht sie es mit einem Lachen, das sich tief nach innen schraubt.

„Wat enne Spass. Deppen. All tesaame. Blinge, die Blinge führe."

Vor ihr das Glas, hinter ihr die Tochter. Sie schaut auf den Ring, den sie an ihrer rechten Hand trägt. Witwenring. Ihr Mann beobachtet die Szene aus dem Bild an der Theke.

„Ihr wolld'ed wörklich wisse? Et iss su innfach. Zum Hängjriepe."

Mutter Coenen richtet sich im Sitzen auf. Fährt über ihr Haar. Sortiert sich. Wie man Haltung annimmt. Bemüht sich um gerade Sätze. Langsame Aussprache, halb betrunken, kontrolliert.

„Als Sie, Herr Bartholomäus Kommissar sonst was, mit dem Sicherheitskeller daherkamen … Toller Einfall. Hätt ich schreien können. Vor Lachen."

Für einen Augenblick scheint sie es nachholen zu wollen, aber sie lässt es.

„Je komplizierter, desto überzeugender, was? Besonders für unseren Pastor. Mit seinem gelehrten Kinderglauben."

Sie holt nicht Luft, sondern atmet Gift und Galle.

„Also dann. Klar weiß ich alles. War ja verabredet. War so ein Abend. Wie dieser. Nach der letzten Runde. Hockten zusammen, der Haverkamp, der Ceysers und ich. Die beiden hatten Post bekommen. Räumfrist bis Silvester. War ja längst alles klar. Kein Aufschub mehr. Klage abgewiesen. Der Haverkamp und der Ceysers wollten aber nicht weg. *Wir* wollten nicht weg. Wollten gar nix mehr. Reichte uns, lange schon. Ceysers machte den Vorschlag. *Einfach alles abbestellen.*"

An dieses gurgelnde Lachen will sich Barth nicht erinnern. Er würde etwas darum geben, wenn es Rebecca nicht gehört hätte. Die steht da. Aus der Küche fällt grelles Neonlicht auf alles, was sie wegarbeiten muss.

„Es war also ein ... vereinbarter Suizid?"

Barth ordnet die Zugfolge.

„Gemeinsame Entscheidung. Ja. Schluss machen. Jeder hatte seine Gründe. Haverkamp hatte Schulden bis unters Dach. Ceysers weigerte sich, *seinen Grund und Boden* aufzugeben. *Werden es denen zeigen ...* Tönte rum. Weiß nicht mehr alles. Bin alles müde ..."

Die tief eingelagerten Ränder unter ihren Augen kaschiert keine Schminke. Das linke, tiefere Lid zuckt. Der benachbarte Wangenknochen mahlt. Rote Äderchen haben sich in die Haut gefräst.

„Aber wir wollten nicht einfach verschwinden. Nicht wie *Verlierer*. Es brauchte was. Was Passendes. Für diesen ganzen Wahnsinn. Ceysers hatte die Idee. Schlug vor, uns mit einem Paukenschlag zu verabschieden. Man sollte sich den verdammten Kopf zerbrechen."

Sie schaut ins Glas, noch ein letztes.

„Eins gab das andere. Wir beschlossen abzutreten. Nacheinander. Ich sollte als Letzte ran. Haverkamp und Ceysers losten. Warfen eine Münze. Ha! Ich sollte die Fußleiter wegtun, womit sie auf den Baum kamen. Wohne ja am nächsten dran. Spuren verwischen."

Wieder die zahnschiefe Grimasse. Der Vorhang fällt noch nicht.

„Doa hässe din Antwoot."

Hass hinter jedem Wort, denkt der Kommissar und dass er so nicht sterben will.

„Machten die Zeit aus. Ich hab geguckt, dass niemand sonst da war. Und dann der Nebel. Der kam wie bestellt."

Die Gesichtszüge der Frau verzerren sich hämisch, bizarr. Jacob schließt die Augen, er verzichtet auf seine Frage.

„Und Ihr Abgang?"

Wieder dieses abrutschende Lachen.

„War was Besonderes für vorgesehen."

Melchior ist ruhig geblieben, er reagiert kalt.

„Es war also eine Art Protest, Frau Coenen? Ein absurder Spaß? Um was zu bewirken?"

„Bewirken? Wat bewirkse schon?"

„Schmierenstück."

Aber das flüstert M nur, so leise, dass es Barth kaum versteht.

„Du wolltest Dir das Leben nehmen, Mutter? Einfach so?"

Die nachfolgende Pause macht jeden Unterschied. Verbindet nichts.

„Und warum hast Du es nicht getan? Aus Rücksicht oder aus Feigheit?"

Eine Antwort wartet Rebecca Coenen nicht ab. Sie verlässt den Schankraum, greift sich ihren Mantel und verschwindet in einen Morgen, der noch brauchen wird bis zu etwas Licht.

„Die Frage steht im Raum, Frau Coenen."

Barth gibt nicht mehr nach. Diesmal lacht die Alte nicht.

„Ist was passiert. Was ich nicht dachte. Als ich nach dem Foto gesucht hab. Dem von 54. Da fiel mir was auf. Dass was nicht stimmte. Hab mich an Gerüchte erinnert. Damals. Dass Lilith Ceysers abgehauen ist. Ihren Mann verlassen hat. Später erzählte Ceysers das selbst. Nur … Das passt nicht."

Sie fasst nach dem Gedanken, wie man sich einen Vorwurf macht, zu spät.

„Der war nicht so. Keiner, der das zuließ. So was. War immer ein *Herrscher*. So einer lässt seine Frau nicht einfach gehen und sagt das auch noch. An diesem Abend, dem mit Haverkamp, da meinte Ceysers, er müsse noch eine Rechnung begleichen …"

Sie beugt sich nach vorne. Barth kann den Schweiß eines langen Abends riechen.

„Is Ihnen nich aufgefallen, was? Aber er hatte seinen Ehering an. Als er da hing. Hab es nicht sofort geseh'n. Aber als ich die Leiter wegnahm, da war er. Der Ring. Hat er nie getragen, nachdem Lilith weg war. Muss man wohl wissen, um drauf zu achten …"

Verzweifelt wendet sich die alte Frau ein drittes Mal zur Tür, als könne sie der Tochter verständlich machen, was geschehen ist. Doch die ist weg.

„Noch was. Als er da hing, an der Eiche. Da ist ihm was aus der Tasche gefallen. Was er nicht haben konnte. Ein Foto. Eine Aufnahme von Liliths Vater. War was Besonderes für sie. Ihr Vater war vermisst, wissen Sie … Russland. Sein Bild war was, wie um den Vater nicht aufzugeben. Ihn wiederzuerkennen, wenn er nach Hause käme. War ja nicht unmöglich. 55 kehrten die letzten Kriegsgefangenen heim. Aus Russland. Ein Rest Hoffnung bestand lange."

Sie schaut Jacob Beerwein an, als müsste der es genauso wissen.

„Das Foto, das war so was wie 'ne Reliquie für Lilith. Wollte den Vater bei sich halten. Wenn sie gegangen wäre, das Foto hätte sie nie dagelassen. Und. Ja. Da wusste ich auf einmal, dass Lilith nie weg war. Mit einem Schlag. Dass Ceysers das immer nur behauptet hatte."

Sie greift sich die Flasche *Ceysersbrand*, schüttet ihren Humpen bis über den Rand voll und macht ihn leer.

„Als dann diese Russen von *Tiefbraun* kamen ... Die dann erzählten, was sie gefunden hatten ... Na ja. Da war es. Irgendwie wusste ich, was sie entdeckt hatten. Was das alles bedeutete."

Barth denkt weiter. Es war beinahe zwangsläufig, dass man auf die Kapelle im Untergeschoss stoßen würde. Früher oder später. Ceysers wusste das. Es sei denn, er habe damit gerechnet, dass man das ganze Gebäude ohne weiteres abreißt. Ein Selbstmord auf seinem eigenen Grund und Boden hätte Untersuchungen vor Ort nach sich gezogen. Aber was war es nun? Verzweiflung? Oder hat Jacob mit seiner Vermutung recht? Verspätete Schuldgefühle? Vermissen der Frau, die er mutmaßlich umgebracht hat? Geheiratet hat er nicht mehr. Gehört alles zu den Gründen und Motiven, die sich nicht mehr klären lassen. Aber fürs Erste reicht, was sie gehört haben.

„Legen Sie sich hin, versuchen Sie etwas zu schlafen. Ich schaue nach Rebecca und rufe Lameck an, dass er Sie erst am Nachmittag abholt. Kann ich mich darauf verlassen, dass Sie zur Verfügung stehen werden?"

Barth schaut in das Gesicht eines Menschen, der den eigenen Tod verpasst hat.

„Sicher."

Aber sicher ist gar nichts. Das weiß Barth.

45

„Einen Moment, Eve. Du bist uns noch etwas schuldig, nicht wahr?"

Die Muskeln der Wirtin spannen sich noch einmal an, die letzte Anstrengung eines resignierten Widerstands.

„Ich wööss nit wat."

Barth hat nie bemerkt, dass Jacob die Witwe duzt.

„Hast uns an der Nase herumgeführt, hm? Was hat es mit dem Psi auf sich?"

„Was?"

„Die Frage geht an Dich, Eve."

„Was hab ich mit diesem *Psi* zu schaffen?"

Jacob Beerwein schaut sie enttäuscht an, bewegt den Kopf kaum sichtbar zur Seite.

„Du weißt, wovon ich rede."

M trainiert einige Gesichtsmuskeln.

„Also? Wofür steht das Psi?"

Die Coenen sollte längst zu betrunken sein, um noch klar zu denken. Doch sie reißt sich zusammen.

„Froach di Dauter. Aber die is ja weg. Habt Ihr vertrieben mit Euren Fragen."

Niemand reagiert. Eve Coenen muss mit sich selbst fertig werden. Also lacht sie wieder, wie ihre Haare zur Seite fallen: strähnig, ausgebeizt.

„Weißte selbst, Jacob, he? Kommt von Dir. Hast es erwähnt."

Mit ihren von der Arbeit geschwollenen Fingern bildet sie einen Kreis.

„Hintendrauf isset. Dein Psi. Auf Rebeccas Amulett. Hast es bemerkt, Jacob. Hier, an der Theke. Rebecca beugte sich nach vorne. Da war's. Haste gefragt."

Jacob schaut sie mit mehr als bloßem Erstaunen an: entgeistert.

„Ich erinnere mich nicht."

„Kommt schon vor, was, Jacob?"

Melchior ballt eine Faust. Je böser, desto klarer, denkt Barth, beinahe beeindruckt. Wie sie mit uns spielt. Ist wie sie spricht. Aber Jacob lässt sich von Eves sardonischem Lächeln nicht beeindrucken.

„Hilfst Du mir, Eve? Was hat es mit dem Medaillon auf sich?"

Barth denkt an die beiden bärtigen Heiligenscheine. Das Ψ ist ihm nicht aufgefallen.

„Musste schon selbst wissen. Hast von Deinem Bareisl geschwafelt. Zeichen für …"

„… Kontakt mit Verstorbenen. Okkultes Symbol. *Channeling*. Mein Gott, ich bin der eigenen Spur aufgesessen …"

„Ha! Noch so ein Spaß. Fiel mir ein, als Rebecca ihr Amulett einmal liegen gelassen hat. In der Küche. Nette Zugabe. Noch eine Spur ins Nirgendwo."

„Sie intrigante Hexe!"

M kann nicht mehr an sich halten.

„Und wie kam das Psi auf die Füße von Haverkamp und Ceysers?"

„Schrecklich einfach. Hab 'nen Stempel bestellt. Im Internet. Dauerte ein paar Tage. Vermute, irgendwann wär sogar die Polizei drauf gekommen."

Barth denkt an Karlstadt und übernimmt.

„Sie haben also dieses Zeichen auf den Füßen angebracht. Um was zu erreichen?"

„Na was wohl? Das, was passiert ist! Wenn jemand das sieht, dieses Psi, da springt Jacob drauf an. Wenn nicht … Dann scheißegal eben. Aber so. Hat ja geklappt, was? *Irreführung der Behörden* … Passt doch."

Erneut lacht sie, grotesk wie der ganze Abend. Jacob hatte doch Recht, am Ende: alles eine einzige Inszenierung. Böse. Ohne zu zittern, schenkt sich Eve Coenen einen weiteren Korn ein. Sie trinkt, wie sie redet.

„Wer will noch was?"

46

Barth hat Rebecca Coenen gefunden, wo er sie vermutete. Die Beine angezogen, mit den Armen umschlungen, hat sie sich auf der Bank vor dem Pastorat eingerollt: St. Thomas eine vertraute Wand. Barth lässt sich neben ihr nieder. Den Abschluss dieses Abends hätte er ihr gerne erspart.

„Woher wusstest Du, dass ... dass es meine Mutter war?"

Sie lehnt den Kopf zur Seite, kleinmädchenhaft, findet Barth. Fürchterlich schutzlos.

„Ich *wusste* es nicht. Es gab Indizien."

„Indizien?"

Es fällt ihm schwer, in diesem Moment den Kommissar zu geben, doch er hat nur die sachliche Wahl.

„Das Motiv war mir nicht klar. Der Ort bestimmt die Ereignisse. Erst einmal erschien es mir immer unwahrscheinlicher, dass sich die beiden Alten diese Zirkusnummer zugemutet hätten."

Sie schaut ihn fragend an.

„Der Absprung. Von der Seite. Funktioniert nicht wirklich, physikalisch. Wenn ich diese Möglichkeit ausschließe, bleibt nur eine Unterstützung von außen. Da kommt Deine Mutter ins Spiel. Sie wohnt am nächsten zum Tatort."

„Mit mir."

„Es gab Gründe, warum Du nicht in Frage kamst. Hat mit dem Rest zu tun. Für Deine Mutter war eine Unterstützung leicht zu machen. Schnell, unauffällig. Und sie kannte Haverkamp und Ceysers seit einer Ewigkeit. In einem Dorf wie Dornbusch verbindet Menschen vor allem eins: dass sie ihre Heimat verlassen müssen."

Heimat nimmt Barth nicht leichtfertig in den Mund. Aber seit er bei Jacob eingezogen ist, hat er eine Vertrautheit mit diesem Ort entwickelt. Kurzlebiges Gefühl. Aber ein Gefühl mehr als so viele Jahre.

„Bleiben wir beim Tatort. Die Spuren im Gras konnte Deine Mutter leicht beseitigen. Deshalb hat Karlstadt nichts gefunden. Außerdem hat sich Deine Mutter von Anfang an sonderbar benommen. Abweisend, als ich sie befragt habe. Beinahe feindlich. Jede Frage war ihr zu viel. Wenn sie den beiden geholfen hatte, sich das Leben zu nehmen, dann erklärte das ihr Verhalten. Das war zumindest meine Intuition.“

Die Geräusche aus dem Hintergrund stammen von Jacob und Melchior, der mit seiner Fernbedienung das Schulhaus öffnet und die Beleuchtung anstellt. Sie sind allein gekommen.

„Dann die Episode mit dem Fotoalbum. Deine Mutter wirkte ständig angespannt, von diesem Zeitpunkt an jedoch regelrecht betroffen. Hat sie heute Abend ja bestätigt. Erst dachte ich, sie legt eine falsche Fährte wie beim Gelass am Lühpfuhl. Das hat niemals als Bunker gedient. Taugte nicht. Aber warum tischte sie uns diese Geschichte auf?“

Barth versucht es möglichst ruhig, ohne den Zorn, der ihn packt, wenn er daran denkt, wie die Coenen Jacob manipuliert hat.

„Deine Mutter war drin im Spiel. Nachdem Du mir gesagt hast, wie sie sich durch den bevorstehenden Abschied verändert hat, bin ich heute Abend aufs Ganze gegangen. Mir kam entgegen, dass sie ziemlich geladen hatte. Dazu diese sentimentale Abschiedsstimmung. Ich wollte was probieren.“

„Hat ja geklappt.“

„Allerdings auf eine Weise, die ich mir so nicht vorgestellt habe. So …"

Er findet das Wort nicht, das zu Rebeccas Gesichtsausdruck passt.

„Tut mir leid."

„Tut *mir* leid. Für Dich. Für Euch. Irgendwo auch für meine Mutter. Gibt es … Konsequenzen? Für sie? Juristisch, meine ich."

„Kaum. Sie hat kein Gesetz gebrochen. Es war nicht einmal Beihilfe. Sie hat nur diese Trittleiter entfernt. Aber wer will da prozessieren?"

„Irreführung der Behörden?"

„Gibt es nicht. Nicht im Strafgesetzbuch. Mir macht was anderes Sorge. Wie es für Dich weitergeht."

„Für mich?"

Sie fasst sich, in einem Satz.

„Ich werde mich um meine Mutter kümmern. So, dass ich mir später keine Vorwürfe machen muss."

Später … Barth ist erleichtert, dass Rebecca etwas Mutterkälte aufwendet. Sie lächelt ihr Lächeln. Würde er gerne mitnehmen. Für später.

„Ich habe meinen Job. Ich komme klar. Finanziell und … auch sonst."

Das *sonst* würde Barth interessieren, wenn er nur genügend Zeit hätte.

47

Barth könnte sich daran gewöhnen. Noch einmal zu viert: Jacob schielend müde; Barth zerschlagen wie nach einer durchwachten Nacht; Melchior aufgedreht. Rebecca bleibt. Sie übernimmt das Gästezimmer, M hat Vorbereitungen getroffen. An Schlaf scheint er am wenigsten zu denken.

„Jacob, drei Uhr gleich. Sind für diese Zeit nicht mönchische Gebetsübungen vorgesehen?"

„Du lebst in einem anderen Jahrtausend, Melch. Aber wenn Du fromme Bedürfnisse verspürst, können wir die Komplet nachholen. Ich warne Dich: Schuldbekenntnis am Anfang …"

„Für diese Nacht reicht es mir damit."

Er rollt durch seine Welt und bedient Maschinen.

„Keinen Kaffee und keinen Alkohol mehr!"

„Für mich auch nicht, kann sonst nicht schlafen."

„Lohnt sich sowieso nicht mehr, Barth."

Rebecca bedient sich am Wasser, das sich auch Jacob verordnet. Sehr stilles Wasser. Sie fasst mit ihren Bernsteinaugen etwas ein, das nur Barth und sie sehen können: eine Erinnerung wie ein fossiles Lebewesen, vorzeitlich verharzt. Doch das fällt Barth erst später ein.

„Vorm Schlafen muss ich noch etwas erzählen."

Satz wie ein Schritt. Zieht ein Bein nach, denkt Barth. Fühlt sich an, wie Jacob in letzter Zeit geht, schwer in den Hüften. Körper schlecht geeicht. Schiefe Ebene.

„Den anderen Teil der Geschichte."

M sieht aus, als würde er jeden Moment aufstehen.

„Es gibt noch einen *anderen* Teil?"

Rebecca schaut Barth an, bittend, wie man nur betet, wenn man weiß, dass man erhört wird.

„Meinen Teil. Annas Teil."

Annaweiß fiel auf, natürlich. Ihren Namen musste Barth nicht erfinden. Anna übte Zauber aus. Die *Unheimliche* nannte man sie, hinter ihrem Rücken. Kennt Barth. Weiß, was es bedeutet. Hat Freud gelesen, ein wenig, in der Schule. Bruder Nazaire hat seinen Kurs drauf gebracht. Wie lange das her ist. Kam für ein Schuljahr. Barth kann den Dominikaner aus dem Kongo sehen. Fußball spielte der wie nicht einmal Raven. Ist verloren gegangen wie er. Jacob legt in jeder Messe ein Memento für beide ein. Barth findet keine Gebete mehr. Auf den Advent wartet der Kommissar nicht.

Also liegt er schlaflos, wie anders. Schwitzt nach, was Rebecca nicht auslassen durfte. *Den Vater hat Gott ausgeknipst*, behauptete Anna. Herzinfarkt. Hat ihm zugesehen. Standbild. Kein Flimmern. Rief die Rettung an, hinreichend spät. Wenn Barth die elektroenzephalographische Nulllinie erreicht, verliert sich Anna endgültig. Hat darauf hingearbeitet, mit ihren kurzlebenslangen Ausfällen, ihrem Drogenkonsum. Und nachher, nach allem? Wie eine Drohung wirkt die Beruhigung ihrer letzten Monate. Jetzt danach. Dass sie ihr Baby verloren hat, müsse sie geschockt haben, meinte Rebecca.

Und Jacob? Rückt jetzt raus. War Annas Erzählfreund. Mit Verschwiegenheitspflichten. Annaweiß vertraute dem künftigen Priester. Als er geweiht wurde, gab es sie schon nicht mehr. Knapp verpasst. Hat ihn am Rande eines Dorffestes kennengelernt. Gelegentlich geschrieben. Manchmal telefoniert. An einem Geburtstag, einmal. Dass sie schwanger sei. *Abtreiben wollen müsse.* Jacob erinnert sich an die Formulierung. Um dem Kind *ihr* Leben und diese Mutter zu ersparen. Irgendwann rief sie an und sagte, sie habe es verloren. Dass sie das Gefühl habe, es mit ihren Gedanken abgeschafft zu haben. Der Kontakt blieb, sporadisch. Anna wurde stabiler. Wollte heiraten, erwähnte sie. Kinder haben, eine Familie.

Da sitzt Jacob, in Barths Traum oder wo auch immer, nur dass er wirklich weint, wie man nur weinen kann. Während M sich unter Armen vergräbt und Rebecca den Raum verlässt und Barth Barth sein lässt.

Dass sie ein zweites Mal ein Baby verloren hat, muss zu viel gewesen sein.

Sagt wer? Mit wessen Stimme?

Aus dieser Nacht lässt sich keine andere machen. Der Kommissar fragt sich, wo er seine Dienstwaffe abgegeben hat. Ob man jemand erreichen kann. Gibt noch einen Fall zu lösen, den nach dem letzten. Betrunken ist er nicht. Fasst den fremden Kopf an, der nicht gerade steckt. Falsch aufgepflanzt. So muss es sich anfühlen, wenn einem die Hand eines anderen Menschen transplantiert wurde.

„Warum hast Du nichts erzählt?"

Da sagt er es. Jacob rückt raus. Barth muss es glauben, weil er keine andere Wahl hat, als Jacob zu glauben, und deshalb weiß er, dass es wahr ist, wie man sich am Boden festmacht, um nicht zu fallen, auch wenn Jacob nur flüstert.

„Versprechen. Unbedingt. Durfte mit niemand reden."

Zögert, nach dem Unbedingten.

„Und wenn ich Dir nach ihrem Tod etwas gesagt hätte vom Kind und dass sie Dir nichts erzählt hat, was dann?"

Woher soll Barth das wissen?

„Und warum jetzt?"

„Weil diese Geschichte ans Ende kommt. Weil es tödlicher ist zu schweigen, als zu reden. Weil ich Dich nicht mit der Ungewissheit allein lassen kann. Weil ich die Gewissheit mit Dir teilen kann. Weil Du nur so weiterleben kannst und Anna sterben."

Kannkannkann.

„Weiterleben? Wie lange?"

„Ist nicht allein eine Frage der Zeit, oder, Barth?"

Der Kommissar denkt an vier Menschen in einem Raum. An das Gradnetz, das sich um ihre kleine Welt spannt. Wo alles mit allem zusammenhängt, ohne aus unwahrscheinlichen Zufällen mehr als das zu machen, was nur so Sinn ergibt. Denkt an die letzten Monate und dass sie es Jacob gestatten, heute zu reden. Und Barth erlauben, seinen letzten Fall zu lösen, wie man ein Versprechen einlöst.

48

Er hat sich die Bank am straßenabgewandten Ende ausgesucht. Der Lühpfuhl lagert wie unberührt. Behäbige Amphibien bereiten sich auf ihren nächtlichen Landgang vor. Frösche reklamieren ihr Territorium, Kröten beanspruchen vorgesehene Routen. Barth nimmt die ablaufende Stunde, um zu sehen, was er bald nicht mehr vermisst. Die Tagesschau hat zum Jahresabschluss das Übliche vermeldet: Klimawandel, Attacken auf die US-Botschaft in Bagdad, dazu Bilder vom nächsten Jahrzehnt, das am anderen Ende der Welt bereits ausgebrochen ist. In China häufen sich Lungeninfektionen mit einem unbekannten Erreger. Aber Barth verreist nicht mehr. Seit Weihnachten hustet er auf neuer Frequenz.

Die Kälte des Jahres zieht sich in ihrer letzten Nacht zusammen. Barth beobachtet die Eiche. Wie zaghaft sie der Herbst gemacht hat, den schlanken Spaziergänger, von innerem Widerstand gefesselt, seine Wurzeln Archive vergangener Kriege. Als St. Thomas zum letzten Mal brannte, blickte der Kirchturm auf den unbeweglichen Riesen. Ein verloren gegangener Rabe hebt die Luft zu seiner Entlastung, hält den Himmel auf. Versprengte Wolken stemmen sich gegen den Druck des explosiven Lichts, das ihn in der nächsten Stunde um den Verstand bringen könnte. Spröde von den Schrecken des ersten Frosts, sind seitlich einige Triebe abgebrochen. Sie hinterlassen leere Verbeugungen. Locker sitzt die Krone, mit der dieser Gigant einst die Welt schüttelte. Die Kunst des nächsten Frühlings muss ihn erschüttern. Jedes Grün zu viel. Jeder Blick zu schwer.

Also steht Barth auf. Setzt seine Runde fort. Aus der Gastwirtschaft Coenen dringt kein Licht mehr nach draußen. Rebecca wartet bei Melchior mit einem Sekt und mehr. Jacob hat sich zu einem Gebet in seine Kirche zurückgezogen, Barth wird ihn einsammeln.

Er folgt der Linie, die dieser Rabe zieht, vielleicht immer derselbe, von Anfang an. Noch einmal steigt Novembernebel auf. Doch Barth begreift schnell, dass er sich irrt. Hört das Feuer, das lodernd durchbricht: unversehens eine schreiende Landschaft, die den Haverkamp-Hof einschließt. Als er das Grundstück erreicht, schlägt ihm die Hölle unerbittlich entgegen. Er duckt sich weg, entkommt einem Anschlag stiebender Funken, während es schon keinen Zweifel mehr gibt, dass in diesem Inferno jede Hilfe zu spät eintrifft.

Er blickt sich um. Niemand zu sehen. Im entzündeten Regen heben sich die Himmelsrichtungen auf. An einer Stelle meint der Kommissar, den Umriss eines Menschen zu erkennen: nichts als ein verkohlender Balken. Am Horizont schifft das neue Jahr ein. Entfernte Sterne antworten auf das apokalyptische Bühnenbild, vor dem sich Barth Schritt um Schritt nach hinten bewegt. Wenn alles zu spät kommt, verliert sich jede Zeit. Beinahe genießt er die Szene: wie das wütende Bacchanal auf die benachbarte Fabrik übergreift und sich Holzträger biegen.

Wieder einmal hat er sein Handy vergessen. Wen sollte er anrufen? In Silvesternächten gibt es selten Empfang. Für einen Moment meint Barth, einen Alarm zu hören. Doch im Hintergrund blitzt nicht das blaue Signal eines Rettungswagens auf. Während die Welt ausbrennt, tritt er den Heimweg an, ohne jede Hast. Vorher wird er einen Stein ablegen, den Kiesel, den ihm Jacob mitgegeben hat. Ein letzter Blick zurück. Kein Rabe mehr. Nebel, am Ende.

Nachsatz

Nebel, am Ende greift den Vorgängerroman *Welt verloren* auf. Landschaft und Dorf bleiben wirkliche Vorstellungen. Die Figuren leben in ihnen ihre eigenen Geschichten. Sie bilden Zusammenhänge, die es erlauben, jeden der beiden Romane für sich, aber auch als Teile eines Triptychons zu lesen, das sich mit dem ausstehenden dritten Flügel weiter öffnen soll. Jedes Stück zählt und erzählt für sich selbst.

Der erste Dank des Verfassers geht an Marcus Pauly – in dem Sinn, den die Widmung ausdrückt. Besonderer Dank gilt Adelheid Limbach, die kritisch Korrektur gelesen, sowie Klaus Bökels, der das niederrheinische Platt rund um Süchteln/Dornbusch in Form gebracht hat. Jutta Pitzen hat sich um das Titelbild, das aus den Beständen der Viersener *Galerie im Park* stammt, verdient gemacht. Ruth Kreutzer-Hoff hat wichtige Informationen beigetragen, ist Fehlern auf die Spur gekommen und hat mehr als nur eine offene Frage geklärt.

Aus dem fertigen Buch schaut Thomas Häußner (1959–2023), den sich der Autor nur lächelnd vorstellen kann. Es gehört auf traurigste Weise zu diesem Roman, dass der Verleger des ersten Bandes den zweiten nicht mehr lesen konnte. Er erscheint nun unter der Federführung von Markus Reder als seinem Nachfolger. Tiefer Dank beiden.

Bibliografische Information der Deutschen Bibliothek

Die Deutsche Nationalbibliothek verzeichnet diese Publikation
in der Deutschen Nationalbibliografie; detaillierte bibliografische
Daten sind im Internet über <http://dnb.d-nb.de> abrufbar.

Der Umwelt zuliebe verzichten wir bei diesem Buch auf die
Folienverpackung.

© 2024 Echter Verlag, Würzburg
www.echter.de

Umschlag: Vogelsang Design, Jens Vogelsang, Aachen
Coverbild: Hans Friedrich Busch „Viersener Apokalypse 1945“
Gestaltung Innenteil: CMS – Cross Media Solutions GmbH
Druck und Bindung: Friedrich Pustet, Regensburg

ISBN 978-3-429-05953-8

ebook
ISBN 978-3-429-06657-4 (PDF)
ISBN 978-3-429-06658-1 (ePub)

Welt verloren
Kriminalroman

218 Seiten
13,5 x 21 cm. Broschur
€ 14,90 (D) / € 15,40 (A)
ISBN 978-3-429-05773-2

Das eBook finden Sie in
unserem Online-Shop
als PDF und ePub:
ISBN 978-3-429-05222-5 / € 12,99 (PDF)
ISBN 978-3-429-06578-2 / € 12,99 (ePub)

3. Auflage 2022

Der alte Priester Jacob Beerwein lebt nach seiner Pensionierung wieder in seinem Heimatdorf am Niederrhein, in unmittelbarer Nachbarschaft zu seinem Freund Melchior. Ihr zurückgezogenes, ruhiges Leben gerät in Turbulenzen, als der ehemalige Schulkamerad Raven ermordet wird. Sein Tod wirft Fragen auf, die bis weit in ihre gemeinsame Schulzeit zurückführen. Und es bleibt nicht bei diesem einen Toten. Weitere Menschen aus Ravens Umfeld sterben. Gibt es eine Verbindung zwischen den Opfern?

Mit der Aufklärung des Mordes geht nicht nur die gemeinsame Welt von Jacob und Melchior verloren, sondern auch Jacob selbst – und mit ihm sein Glaube an einen Gott, der so etwas wie Gerechtigkeit verbürgt.

Nachdenklicher Krimi über die Schuld eines Priesters